二見文庫

悲しみにさよならを

シャロン・サラ／氷川由子＝訳

Betrayed
by
Sharon Sala

Japanese translation rights arranged with
MEREDITH BERNSTEIN LITERARY AGENCY, INC.
through Japan UNI Agency, Inc., Tokyo

悲しみにさよならを

登　場　人　物　紹　介

ローガン・タルマン	建設会社経営者
ウェイド・ギャレット	建設会社の統括マネージャー
ジョシュ・エヴァンス	ブルージャケットの警察署長
ビッグ・ボーイ	ブルージャケットに住む男
デイモン・コンウェイ	ローガンの兄。故人
アンドリュー・タルマン	ローガンの夫。故人
バートン・デシャント	ブルージャケットの町長
Tボーイ・ロクラン	不良少年だった男
ケイトリン・バティスト	ローガンの昔の親友
ダニー・ベイルズ	犯人と同じ車種に乗っていた男
トニー・ウォーレン	新聞社勤務の男
ペイトン・アダムズ	弁護士
キャムレン・スティーブンス	自営業者
ロジャー・フランクリン	自営業者
コニー・デシャント	バートンの妹。ダニー・ベイルズの元妻
フェイス・デシャント	バートンの元妻

1

一発の銃声が、じっとりと暑いルイジアナの夜のけだるさを打ち破ったとき、十六歳になるローガン・コンウェイは、ブルージャケットの南側（サウスサイド）に住む良識ある者なら誰でもそうするように反応した。発砲がさらに続くのを確信し、すぐさま床に腹ばいになったのだ。案の定、またもや銃声があがった。

サイレンが聞こえるのと同時に、誰かが家のすぐそばをばたばたと駆けていく足音がした——きっと発砲した連中のひとりが逃げようとしているのだろう。ローガンは両腕に顔を埋（うず）めて涙をこらえようとした。いまは涙の出る幕じゃない。いくじなしは殺される。デイモンが家にいてくれたら、こんな怖い思いをせずにすんだのに。

「兄さん、こんなときにどこへ行ってるの？」

サイレンが近づくにつれ、足音が増えていく。不意にこの家のポーチにあがる足音がして、誰かが玄関ドアを乱暴に叩いた。

「ローガン！　おれだ、Tボーイだ。入れてくれ！」

彼女は跳びあがると、玄関脇に立てかけてある野球のバットをつかみ、木製の戸枠にフルスイングで叩きつけた。ガンと大きな音をたてて、玄関ドアが蝶番ごと揺れた。

「うちのポーチからおりないと、兄さんに言いつけて痛い目に遭わせるわよ」

「ごめん、ごめん」Tボーイは急いで退散した。

すぐに近所は警官やサイレン、警光灯の赤と青の光で溢れた。

ゴキブリがバットの衝撃で隠れ場所から床に落下し、幅木へ逃げようとしたが、ローガンのほうが速かった。靴で踏み潰し、バットを元の位置に立てかける。

「害虫が一斉に逃げてるわ」彼女はつぶやき、通りに面した窓へそっと近づいて、ブラインド越しに外をのぞいた。

路上に横たわる体、その下に広がる黒いものを目にし、ローガンは凍りついた。

あれ、血だわ。

目撃者を探して、いずれ警官が玄関をノックするだろうが、彼女はサウスサイドの掟(おきて)を心得ていた。

何も見ていない。何も知らない。

デイモン・コンウェイは帰宅が遅れていた。もっと早くにローガンに電話をしておくべきだったが、忙しくてついうっかりした。とはいえ、ブルージャケットの北側(ノースサイド)に住む女性からの依頼で材木を運ぶ仕事をしたおかげで、いま懐には百ドル入っている。

遅くなったのは、仕事帰りに〈バーニーズ〉に寄ってビールを一杯引っかけたからだ。早くシャワーを浴びて夕食にしたいと思いながらハンドルを切り、自宅のある通りに入るなり、何台もの警察車両と警光灯が目に飛びこんできて、デイモンはパニックに陥った。

ああ、ローガン。無事でいてくれ、頼む。

通りの一部が封鎖されているのを見て取り、ハンドルをすばやく左へ切って迂回(うかい)し、反対側から回りこむ。車をドライブウェイに乗り入れ、降りながら妹の名前を叫んだ。

「ローガン！　ローガン！」

敷居をまたぐ前にドアが内側へ勢いよく開いた。妹は彼の古いバットを手に、ドアの後ろに立っていた。

「大丈夫か？　外で何があった？」デイモンはドアを閉めて鍵をかけた。

妹は肩をすくめた。「通りで発砲騒ぎよ。誰か死んだみたい。うちの前をふたり走っていったわ。Tボーイがうちへ入ろうとして玄関を叩いていった」

デイモンはうめいた。「すまなかった、キッド。おれが家にいるべきだったのに。仕事のあと、もうひと仕事引き受けたんだ。ノースサイドの金持ちから、材木を運ぶのを手伝ってくれと言われて」

「そう。兄さんの夕食はガスコンロの上よ。待ってて、温め直してくる」

デイモンがハグすると、妹は体をこわばらせて彼の気遣いを拒絶した。怒っているのだろう。彼は嘆息した。ビールを飲みに店に寄ったりするんじゃなかった。

数分後、彼がテーブルで食事をしていると、ローガンは甘いアイスティーをグラスに注いで向かいに座った。デイモンは顔をあげた。妹は平然とした表情を浮かべている。彼女はタフだ、まだ子どもなのに。

「怖くなかったか、シシー？」

小さかった頃の呼び名は、自分を守るために築いた心の壁に吸いこまれてしまった。ローガンは顔をあげた。こらえた涙が瞳を潤ませている。

「怖かったに決まってる。銃弾はこんな壁ぐらい簡単に貫通するわ、中にいるのが誰だろうとおかまいなしに。わたしは今日死ぬつもりはなかったから、弾が当たらないよう床に突っ伏した」

目には涙が盛りあがっているものの、妹の声には感情のかけらもない。その事実がデイモンの胸を締めつけた。

「悪かった……本当に悪かった。材木運びは百ドルの臨時収入になったが、〈バーニーズ〉に寄り道して一杯やったのは余計だった」皿の上にフォークを置き、妹の手を取る。「おれはおまえの面倒をちゃんと見てやれてないな。何もかもおまえにまかせっぱなしで、おれのほうが面倒を見てもらってる始末だ。だけどな、おれはおまえを愛してる。誇りに思ってる。おまえは美人でその上賢い。人生で役に立つのは賢さだ、見た目じゃない。おれが一緒にいてやれないときもあるだろう。そんなときにも事故は起きるものだ。それを覚えておいてくれ、いいな？」

ローガンは兄の手をきつく握りしめた。

「そんな言い方はやめて。これから死ぬかどうかするみたいだわ」

デイモンは肩をすくめた。

「誰にだって死は訪れる、ローガン。わからないのは時と場所だけだ」

彼はウインクをして暗い雰囲気を振り払い、食事を終えた。

「後片付けはやっておく。先にバスルームを使っていいぞ」

ローガンは立ちあがって彼をハグした。心なしか妹の腕に力がこもる。彼は妹の支えであり、妹にとってのわが家なのだ。

デイモンが人生で後悔していることのひとつが、親の代わりとしてもっとそれらしくふるまえなかったことだった。キッチンを片付け、自分の寝室へ行こうと廊下を歩いていると、携帯電話が鳴りだした。非通知の表示を目にして、出るのをためらう。

浴槽に湯を張っていると、バスルームのドアのすぐ外から携帯電話の呼び出し音が聞こえた。ローガンはちらりと時計を見た。もうすぐ十二時になる。こんな夜更けに誰だろう？　兄が何をしているのかはいつも気がかりで、ローガンはドアに耳を押し当てた。

デイモンは四度目の呼び出し音で電話に出たが、聞こえるのは兄の声だけだ。けれども兄の口ぶりに彼女は不安を覚えた。

「もしもし？　ええ、デイモン・コンウェイです。え？　ああ、どうも。お世話になってます。なんの仕事ですか？　電話じゃ話せないって、どういうことです？　人に聞かれたらまずいような仕事は引き受けられませんよ。こっちにだって……一万ドル？　どこへ来いですって？　いまから？　ちょっと待ってください、さっき帰宅したところで、うちには妹しかいない――ええ、わかりました。じゃあ、これから行きますが、話の内容次第じゃ断らせてもらいますよ」

ローガンは青ざめた。兄が何を引き受けようとしているのかはわからないが、違法で、しかも危険なことのようだった。電話で話を続けながら兄が寝室へ入る気配がしたので、ローガンは蛇口から湯を出しっぱなしにしたまま、浴槽の栓を抜いた。これで兄はまだ彼女がバスルームにいると思うだろう。彼女はこっそり廊下に出ると、自分の寝室へ行って財布と家の鍵をジーンズの尻ポケットに入れた。煌々（こうこう）と照る真ん丸の黄色い月の下、寝室の窓から外へおり立つ。

日没後も、気温はまるでさがっていない。すぐさま熱気が顔を叩き、汗が唇の上と髪に覆われたうなじの下から噴きだした。セミの鳴き声が彼女の突然の出現に対する警報のように響き、焦りと不安がいっそうかきたてられる。隠れる場所を早く確保しないと。ローガンはデイモンのトラックのほうへ駆けだした。

警官たちはブロックの反対端にいるが、目撃者を探してこちらのほうまで聞きこみに来るのは時間の問題だ。ぐずぐずしている暇はない。ローガンはトラックの荷台へ跳びあがり、工具の上にかけてある古い防水シートの下に潜りこんだ。シートを体に巻きつけていると、玄関ドアがばたんと閉まる音が響き、続けてトラックへと急ぐ足音が聞こえた。彼女は荷台の隅でうずくまった。防水シートの下には自分以外にも潜んでいるものが何かいそうだったが、それは考えないようにした。エンジンがかかってトラックはドライブウェイをバックし、犯罪現場とは反対方向へ走りだした。

シートが飛ばされないよう端を握りしめ、背中をトラックに押しつけた。早まったことをしたとは思っていなかったが、それはトラックが町の外へ出るまでのことだった。そのあとは、兄に見つかることはたいした問題ではなくなった。

どれだけ時間が経ったのだろう。ハイウェイをおりたあとは、車ががたがた揺れて、タイヤが道路のくぼみに何度も落ち、アスファルトの道路を走っているのがわかった。

その後しばらくすると、トラックはアスファルトの道路からも外れて今度は未舗装の道路を走りだしたようだった。運転室の屋根と荷台の側面を枝がこする音がする。やがて湿地としか思えない臭気が漂いだし、ローガンは怖くなってきた。湿地帯（バイユー）で会いたがるなんてどんな相手だろう？　それにデイモンはどこへ行けばいいかをどうして知ってるの？

デイモンはエンジンをかけっぱなしにしたまま車を停（と）めた。ここがどこだかわからず、ローガンはシートの下からまわりをのぞいてみたが、スパニッシュモスを枝から重たげに垂らす糸杉が見えるだけだ。入り江の黒い水面に月の光が反射している。後方から別の車のヘッドライトが近づいてきた。ローガンはシートをさげてトラックの運転室に背中をぴったりくっつけた。

おかしい、絶対におかしい！　デイモン、何をしてるの？　家に引き返して！　早く！

デイモンが車から降りる音がし、自分も出ていこうかと考えているうちに、気づいたら機を逸していた。あとから来た男はすでに車を降り、話しながらこっちへ近づいてきている。

遠くでアリゲーターがうなり、ローガンは鳥肌が立った。彼女の心の叫びを代弁するかのように頭上でフクロウが鳴く。デイモンと一緒にあそこにいるのはいったい何者なの？　湿地からあがるカエルの大合唱は、ブルージャケットのセミの声に勝るとも劣らないうるささで、話はほとんど聞き取れなかったが、相手がトラックのほうへやって来ると、デイモンの声が聞こえてきた。

「それで、大仕事っていったいなんですか？　誰にも知られたくないって、どういうことです？」デイモンが問いかけている。

「きみは小遣い稼ぎのためにはなんでも引き受けるそうだな」

「一万ドルは小遣いどころじゃない」デイモンが言った。

「ちょっとした危険をともなう仕事なものでね。その分の割増料金だ」

「おれは妹の面倒を見なきゃならないんです。さっさと言ってもらえませんか。どんな仕事です？　危険かどうかは自分で判断する」

「わたしの妻を始末して事故死を装ってほしい。前金で五千ドル。やり遂げたあとにもう五千ドルだ」

デイモンは言下に答えた。

「お断りだ。悪いが、おれは人を殺したりしない。失礼します」

「まあ、待て」相手の男が呼びとめる。

ローガンは息を殺した。デイモンはどうするつもり？　男の依頼内容が聞こえた瞬間に断るのはわかったが、この状況からはどうやって抜けだすのだろう？　続いて聞こえた兄の声には恐怖が滲んでいた。

「おい。なんのつもりだ？」デイモンが声を張りあげる。

「わたしが何を求めているかはわかっただろう。きみをここまで呼びだしたのは、このあとほかの者の手で妻が死ねば、真っ先にきみがわたしを警察に突きだすからだ」

「やめろ、撃つな。誰にも言わない。約束する」

一発目の銃声はすさまじい轟音で、ローガンは全身の筋肉が跳ねあがった。二発目で兄が殺されたのは明白で、彼女は自分が胸を撃ち抜かれたかのように感じた。

「人選ミスだったな」男の声がした。

がさがさと茂みの中を動きまわる物音がしたあと、何かが水面をぽちゃりと叩いた。男が拳銃を入り江に捨てたのだろうか。体が激しく震えて息ができない。男がトラックのすぐそばを通り過ぎたときには、手を伸ばせばつかめそうだったが、ローガンは悲鳴をこらえるのが精いっぱいだった。

ドアがばたんと閉まる音がした。

自分の車に乗りこんでいる！

続いてエンジンをかける音が聞こえた。ギアチェンジ、エンジンをふかしてもう一度ギアを切り替える音！

車をUターンさせている！

そう気づいたローガンは防水シートの下から這(は)いでて、トラックのテールゲートの上から顔を出した。白いフルサイズのピックアップトラック、最新型のシボレー・シルバラードだ。見えたのはそれだけで、車は走り去った。

無我夢中で荷台から飛び降り、うめきながらデイモンに駆け寄ってかたわらに膝を落とした。すでに脈はなく、世界ががらがらと崩れ落ちる。

「いやよ、そんな！」

涙をこらえ、兄をこんな目に遭わせた犯人を見つけなくてはと、半狂乱になってデイモンの携帯電話を探し始めた。着信履歴を見れば最後にかけてきた相手の番号がわかる。ところが躍起になって兄の体を探してみても携帯電話は見つからず、そばにも落ちていなかった。

ローガンは急いで立ちあがると、トラックへ駆け戻り、フロントシートを引き破らんばかりの勢いで探した。ポケットから落ちたか、車のコンソールに入れてあるのだろうか。けれど、携帯電話は車内にもなかった。そのとき、水面を叩く音が彼女の耳によみがえる。

あれだ！　犯人は拳銃を捨てたのではない。デイモンの携帯電話を捨てたのだ。

ローガンは兄のもとへ引き返し、両膝をついた。彼の頬をそっと叩いたあと、肩を揺すってみる。兄が目を覚まして話しかけてくれるのを心のどこかで期待して。

「起きてよ、デイモン。どうして。どうしてこんなことになるの？　わたしはどうすればいい？　誰か……デイモン……どうすればいいか教えてよ」

けれども兄の胸と額には穴が開いている。てのひらを兄の胸にのせても心音はなく、ついに現実が彼女の心を引き裂いた。

ローガンは大きく背中をそらして慟哭した。フクロウが飛びたち、鳴き騒いでいたカエルは静まり返り、古いトラックのヘッドライトが兄と妹の悲劇的な姿を照らしだす。ローガンはよろよろと立ちあがると、自分の中身がからっぽになるまで嘔吐した。

残ったのは絶望のみだ。自分が置かれた状況を考えると、いつまでも嘆いてばかりいられない。兄は死んでしまった。

自分はこれからどうなるのだろう?

警察に話せば、誰がやったのかわからなくても、犯人に目撃者と見なされて次はローガンが命を狙われる。何も見なかったことにしてブルージャケットへ戻り、口をつぐんでいたら、最終的には里子に出されることになる。

「これじゃ八方塞がりよ、デイモン。なんでこんなことになったの」ローガンはむせび泣いた。「とにかくやるしかない。遺体を隠すしかない。でもどうやって……それに、どこへ?」

工具があったのを思い出し、トラックへ引き返して防水シートをめくった。頭上の月明かりがシートに隠されていたものを浮かびあがらせ、最初にシャベルが目にとまった。これで地面を掘ることができる! アリゲーターがいるから、遺体は地中に埋めないと。あいつらが血のにおいを嗅ぎつけてやって来るのは時間の問題だ、それに兄を入り江に沈めるのは絶対にいやだ。

ローガンは急いで荷台にあがった。防水シートとシャベルを下へ放り投げて自分も飛び降り、車のエンジンを切る。バッテリーがあがらないようライトを消して月明かりだけになると、あたりには不気味な光景が広がった。水中から突きでた糸杉の呼吸根が、オイルを塗りたくられているかのようにぬらぬらと輝いている。向こう岸では湿地に棲息する動物たちの目が下生えの中で黄色く光り、ここにいるのは彼女ひとりではないことを否が応でも意識させた。ぼんやりしている場合ではないと、防水シートを引っ張って兄の体にかぶせたあと、シャベルをつかんで水辺から数メートル離れた茂みに駆け寄った。そこは月光も届かず、勘だけを頼りにシャベルを突きたてる。やがて土のやわらかい場所が見つかった。シャベルで土をひとすくいするのと同時に感情は停止し、あとは時間の感覚も忘れてひたすら機械的に土を掘った。

三十センチ、六十センチと穴はどんどん深くなり、掘りながらも絶えずあたりに目をやって、ヘビやアリゲーターを警戒する。一メートルに達したところでひと息ついて顔をあげると、星がひとつ夜空を流れていった。兄の魂が天にのぼっていったのだろうか。胸をよぎったセンチメンタルな空想に、彼女の集中力は揺らいだ。涙がぽろぽろこぼれ落ちても、ペースを落とさずに穴掘りを再開した。いつの間にか数時間が過ぎ、深さが人の背丈ほどにもなった穴から、ローガンは苦労して這いだした。服はぐっしょりと濡(ぬ)れ、髪からは汗がしたたり落ちている。頭の中には兄の遺体を埋めることしかなく、ほかはすべて意識の外に追いだしていた。

防水シートを引っ張ってどけ、兄のかたわらにもう一度膝をついた。今度は兄のポケットを探り、財布を出して、抜き取った現金はトラックの中にしまう。それから座席の下へ手を突っこんでレジ袋を見つけると、兄のもとへ急いで戻った。身分証明書のたぐいを全部残したまま財布をレジ袋に入れ、しっかり包んで兄のポケットに押しこむ。

ルイジアナではただ遺体を土に埋めるわけにはいかない。水分の多い土壌だからだ。少し経てば、絶対に表出してしまう。それに死体が腐敗するのに時間がかからないこともわかっていた。あるとは知らなかったほどの力を振り絞り、兄の体を防水シートの上に転がすと、一度に少しずつ穴のほうへ引きずっていった。

長くて苦しい数分が経過し、次第に穴が近づいてきた。もうへとへとで脚が震えていたが、兄の顔をもう一度見る気にはなれなかった。見ればこれから一生、その顔を夢に見そうだ。

足もとに気をつけなければ、自分のほうが深い穴に転落しかねないところまで近づくと、兄がクリスマスの楽しみにしていた葉巻のように、遺体を防水シートにくるくるとくるんで穴の縁まで転がした。これから自分がしようとしていることに改めて気づき、ローガンはパニックに襲われた。こんなことを本気でするつもり？ 十字架ひとつ立てずに兄の体を捨てていくなんて。

自分の置かれた状況の恐ろしさにまたも打ちのめされ、ローガンは膝からくずおれると兄の遺体の上に身を投げて、息を吸うと肺が痛くなるまで、堰(せき)を切ったように号泣した。不意に右手でびしゃりと水面を打つ音があがり、彼女はぎくりとして、目の前の仕事へ引き戻された。

膝をついたまま背中を起こし、防水シートに包んだ遺体を押しだす。どさりと地面にぶつかる音が聞こえ、思わず顔をしかめた。

力を使い果たしたローガンは、地面に腹ばいになり、つかの間泥の上に顔を横たえた。疲れきっていた。怯(おび)えきっていた。穴の中へ這いおりて、兄と一緒に死んでしまいたい。だが、自分を奮い立たせて起きあがると、次の大嵐で遺体が土の上に出てきてしまわないよう、重しになるものを探し始めた。

倒木ならいくらでもあるのに、大きな石はほとんどない。重さのある木で我慢するしかないと、太いものを二本引きずってきて穴の中へ転がしたあと、もっと探しに行った。短めの木を何本か投げ入れると、たまたま二本が交差して、兄の遺体の上に木製の十字架を置いたような形になった。

悲しみに押し潰されそうだけれど、泣くのはもう終わりだ。兄の遺体はまだ安全ではない。ローガンは防水シートが見えなくなるまで木を投げこんだあと、今度は動かすことのできる一番大きな石ふたつを転がして木の上に落とした。穴は縁までほとんどいっぱいになったが、次は掘りだした土を埋め戻さなくては。

輝く月に見守られながら、ローガンは疲れ果てた体を動かしてシャベルで土をすくっては放り入れ、掘りだした土がなくなるまで作業を繰り返した。そのあとは腕が痛くなり、手の感覚がなくなるまで、シャベルで叩いて土をならした。仕上がりに満足すると、その上に木や枝を散らして穴の痕跡を隠した。いずれほかの場所と見分けがつかなくなるだろう。できるだけのことはした。これでデイモンの体は安全だ。

トラックを振り返り、月光を浴びて遭難信号のように光る車体を目にした瞬間、はっと気がついた。これでは兄の遺体がどこにあるかわからなくなる。デイモンはもうないが、兄の遺体まで失うことはできない。ローガンは最後に残ったなけなしの力を振り絞って、穴に一番近い木へよろよろと向かった。木の後ろ側へ何気なく踏みだした足が水中にぼちゃりと落ち、彼女は息をのんだ。心臓の鼓動が耳に轟(とどろ)き、そばにいるヘビやアリゲーターに襲われる前に慌てて足を引っこめた。

「もうたくさん、こんなのもうたくさんよ」うめき声をあげてショックに体を震わせ、落としたシャベルを手探りした。シャベルが見つかると、先端をナイフ代わりに使い、木の根もとに近い部分に叩きつけてバツ印を刻んだ。

これが目印だ。

茂みの中から出て、腕に張りついていたヒルをむしり取った。お墓らしくはないが、遺体を隠しておくにはそれでいい。

心も精神も崩壊寸前で、よろめいて倒れそうになるのを足を踏ん張ってこらえた。あたりを見回して場所を脳裏に焼きつけ、自分はなすべきことをしたのだと受け入れる。

「愛してるわ、兄さん。だけどこれでお別れじゃない。必ず戻ってくる。兄さんをこんな目に遭わせたやつを見つけだして、罰を与えてやる」

トラックの荷台にシャベルを放り投げたあと、運転席に体を滑りこませた。手を伸ばしてバックミラーを調整し、ひっと声をあげる。そこには涙の筋のついた泥まみれの顔が映っていた。兄を葬ってきたところだが、自分のほうが墓から這いでてきたような顔だ。

「家に帰りなさい。それから隠れるのよ」自分に命じ、トラックを慎重にバックさせて向きを変え、走行距離を確認してから来た道をたどる。アスファルト道に出たところで、もう一度走行距離を頭の中にメモすると、少しのあいだじっと座って、アスファルト道をおりたあと、兄は右と左、どちらへ曲がったかを思い出そうとした。

左、左だった。

ローガンは空に目をやり、それから時計を見た。

夜明けが近い。

「神様、力を貸してください」そうつぶやき、ブルージャケットへ帰るには覚えている道順をすべて逆にたどらなければならないのを頭に入れて、ハンドルを右へ切る。

進行方向の空が赤く染まりだし、東へ向かっているのだとわかった。ハイウェイにたどり着くと、安堵（あんど）のため息が出た。ここから先は知っている道だ。

ここでも走行距離をチェックし、南へと右折してブルージャケットまでまっすぐ車を走らせる。町境を示す標識のところで最後にもう一度走行距離を確かめてから、出発したときと同じように裏手から家のほうへ回りこんだ。警察がとっくに引きあげているよう願いながら。

通りに人影はない。近所の家にはぽつぽつと明かりがともっている――もう仕事へ出かける支度をしているのだ。デイモンが目を覚ますことは二度とないと思うと胸が引きちぎられそうだが、いまは家の中に入ることだけに意識を集中させた。ドライブウェイにトラックを乗り入れるなり、全身が震えだした。この試練を彼女に乗り越えさせてきたアドレナリンは底をつきかけていた。彼女は壊れる寸前だった。

「しっかり。落ち着いて」ささやいて、コンソールに入れておいた現金を取りだす。車を降りてドアをロックし、ポーチへと階段をあがった。

玄関を開けると冷たい風が彼女を包みこみ、ローガンは驚いて後ずさった。久しく味わったことがないほど寒々としている。倒れこむように敷居をまたぎ、向き直って鍵をふたつともかけた。

廊下の奥のバスルームから水の流れる音が聞こえ、誰かが中にいると勘違いしてローガンは慌てた。けれど、湯を出しっぱなしにして出かけたことをすぐに思い出し、ふらふらと廊下を進んだ。

給湯器の湯はとうに空になり、流れているのは冷水だ。全身泥だらけで、この場で服を脱ぎ捨て、冷たい水でいいから頭から打たれたい気分だったが、優先事項リストの一番上にあるのは自分の身を守ることだった。

デイモンは銀行を使っておらず、彼が現金を置いていたキッチンへローガンは引き返した。行動を起こす前に、手もとにどれだけあるのか知っておかなくては。冷凍室を開けて、フローズンベジタブルの袋を脇へどけ、冷凍エビの箱を引き寄せる。箱を振って中身を出し、手に握った百ドルと合わせて数え始めた。

涙でよく見えず、二度も一からやり直した。数え終わってみると、全部で七百九十二ドルあった。これだけあれば、町を出て新たな暮らしを始めるのに充分だ。

現金を手に自分の寝室へ行き、バッグに詰めこんだ。バッグを持ってバスルームへ戻り、ドアの裏側のフックに引っかける。

服を脱ぎ始めるなり、自己防衛本能がふたたび目を覚ました。体に大量のヒルが吸いついており、それを目にしたショックは疲労感がやわらげてくれた。ローガンは服を全部脱ぐと、浴室用洗浄剤をトイレに注ぎ入れ、それからヒルを引きはがしにかかった。はがしたあとの傷跡から血が流れるのもかまわずにむしり取り、十四まではかぞえたが、あとはどんどんトイレに投げ入れた。背中についているやつもシャワーブラシの長い柄でこそぎ落とした。全部取れると、トイレの水を流して蓋を閉めた。

シャワーに切り替え、タオルをつかんで浴槽をまたぎ、シャワーカーテンを引いた。頭から浴びる冷水は殴りつけてくるかのような衝撃だったが、泥と血が自分の体から流れ落ちていくのを見ればそれも耐えられた。シャワーの下で頭を垂らし、シャンプーを手に出してごしごしと髪を洗う。髪がきれいになると、今度はボディソープをタオルにつけて、肌がひりひりと痛み、ヒルに嚙まれた跡の血が止まるまで体をこすった。

水を出したとき同様に、シャワーの水を止めたあとも衝撃的だった。いまや聞こえるのは自分の鼓動が鼓膜に轟く音だけだ。のろのろと浴槽から出て、トイレの蓋の上にへたりこむ。ひと息つくだけのつもりだったのに、嗚咽が漏れたあとは涙が止まらなかった。

感情がからっぽになり、張り裂けるような胸の痛みがわからなくなるまで泣き続けしまう。もう二度と泣くことはできないだろう。もしまた泣いたりすれば、きっと死んでた。

コットンと消毒薬の瓶を取ってヒルに噛まれた傷の消毒にかかり、最後はふたたび浴槽をまたいで、瓶を逆さまにし、手の届かない背中の傷に振りかけた。

そのあとは何も考えずに身支度をした。

背中に水が垂れ落ちるのもかまわずに絡まった長い黒髪を櫛で梳き、服を取りに行く。清潔な衣服がこんなにもありがたく思えたことはなかった。着替えを終えると、寝室の真ん中で足を止め、汚れた服、それに借家の備品を除いた自分の所有物を見回し、何を持っていけるだろうと考えた。町を去ることが現実として胸に迫るが、まずはすべきことをしなくては。

デイモンのものも一緒に、洗濯物を洗濯機に放りこんで、残っていた洗剤をすべて入れて回した。次にいつ洗濯ができる場所にたどり着くかはわかりようがない。

給水が始まると、裏庭の小さな物置まで走っていった。デイモンは空き箱を取っておく癖があり、物置の中にたくさんあるのはわかっていた。必要なだけ家に運びこみ、洗濯機が回っているあいだに皿を空き箱に詰め、鍋とフライパンは別の箱に入れた。

フォークやナイフは布巾でくるみ、調理道具と一緒に皿の上にのせて箱の蓋を閉める。ちょうど洗濯が終了し、濡れた衣服を乾燥機に移してから、廊下の奥へとさらに空き箱を運んだ。

ローガンはいつしか生きていくことだけを考えていた。持っていくものを冷静に仕分け、箱に入れていく。デイモンの服も全部持っていこう。残していけば、彼が町を出ていないことに気づかれる。

衣服の乾燥が終わる頃には、洗濯したものを箱に入れるだけになっていた。全部たたんで箱に入れ、トラックまで運んで後部座席に押しこむ。鍋や食器は荷台にのせた。運転中に雨が降っても、だめになるのは箱だけだ。

兄が使っていた眠気止めの錠剤をいくつか口に放り入れて、家の鍵はキッチンテーブルの上に置き、トラックをドライブウェイから出した。〈フレンドリーの食料品店〉に立ち寄って軽食とコーヒーを買うと、あとは二度と振り返ることなくブルージャケットから走り去った。

2

テキサス州ダラス――十年後

七月の熱風が、タルマン・コンストラクションが目下請け負っている戸建て住宅用地に吹きわたる。隣の区画で売地の看板に結びつけられた色付きののぼりがはためき、鞭（むち）のようにぴしゃりと音をたてた。現場に来ているミキサー車からドライブウェイの型枠に流しこまれた生コンクリートを、作業員がすばやくならす。

テキサスサイズの黒いリンカーンが宅地へ近づいてきた。ハンドルを握っているのはロイ・ビーティという名の男で、彼は男たちが作業している現場へやって来て停車すると、車を降りながら怒鳴りだした。

「ローガン・タルマンはどこにいる？」

作業員のひとりが、新築の家屋の奥側にいる一団を指さした。

　ビーティはいずれ美しい芝生が敷きつめられるであろう場所をずかずかと横切った。ワニ革のブーツと洒落（しゃれ）たスーツに土埃（つちぼこり）がもうもうと舞いあがり、ののしりの言葉を吐く。もっと涼しい格好をしてくれればよかった。あと数メートルの距離まで来て足を止め、風に飛ばされそうになったステットソン帽をぐいと押しさげて声を張りあげる。

「ローガン・タルマンってのはどいつだ?」

　男たちが後ずさり、作業着に安全帽姿の背の高い黒髪の女性に道を譲る。女は手にしたクリップボードからゆっくりと顔をあげた。

「ちょっと待っててもらえるかしら。何を寝ぼけているのか話を聞いて、さっさと帰らせるわ」女はそう言うと、決然とした足取りでビーティのほうへ歩みでた。

　ロイ・ビーティは眉根を寄せた。埃が舞いあがる中で、着ているものは作業着だというのに、目の覚めるような美人だ。だが、ここへ来たのはすらりと脚の長い美女に鼻の下を伸ばすためではない。

「ローガン・タルマンに話がある」

「わたしがローガン・タルマンよ」

ビーティは目をぱちくりさせ、それから自分がここへ来た理由を思い出した。

「おれはロイ・ビーティだ。ダラス――」

ローガンはさえぎった。

「あなたが誰かは知ってるわ。ダラス・ブリックワークの社長でしょう」

ビーティの小さな目が怒りにぎらつく。

「ああ、そうだ。あんたはうちの店に赤の日干しレンガを二十五セット発注してただろう。ところが今朝おれが事務所に行くと、注文はキャンセルされていた。どういうことか説明してもらおうか」

ローガンはビーティのパーソナルスペースに足を踏み入れると、指で彼の胸を突いて自分の言葉をひとつひとつ強調し、彼の怒りに油を注いだ。

「あなたにこれ以上わたしの仕事のスケジュールをかき乱されたくないからよ。おたくのレンガは納期に間に合わなかった……またしてもね。納品が遅れるのはこれで今年三度目よ。レンガは四日前に必要だった。おたくの事務所に電話をしたら、またも注文の取り違えがあって、うちに来るはずだったレンガは別の建設業者のもとへ送られたと言われたわ。おたくのやり口はわかってる。大至急レンガが入り用で、提示価格に上乗せすると言われるたびにうちの分をそっちへ回し、うちには待たせるんでしょう。ご覧のように、うちは待つのはもううんざりだから、やり方を変えたわ。レンガの代わりにコンクリートを使うことにしたのよ。次にレンガが要るときは、おたくのライバル店、ジャクソンズ・ロック・アンド・ブリック・ヤードに注文するわ」

いまやビーティは怒りに震えていた。ここまで誰かを殴りたいと思ったことはないが、母親から〝男は女性に手をあげるものではありません〟と言い聞かされて育ったため、自制心がそれを止めた。彼にできるのは言い訳を並べて泣きつくことぐらいだ。顔が赤くなり、風に巻きあげられた埃が目に入って涙が出た。これでは文字通り泣きついているようではないか。これ以上恥をかきようがない。ビーティはわめきだした。

「あんたが……あんたは……あんたは大きな間違いを犯してる！」

ローガンの反論は鋭く、正鵠を得ていた。「間違いを犯したのはそっちよ。今後いっさい、タルマン・コンストラクションとの取引はないわ。わかったら、うちの現場から出ていって二度と来ないで」

これほど辛辣な美人がいるものかとビーティが唖然としているうちに、彼女はくるりと背を向け、歩き去った。

とどめを刺された上に、犬ころのごとく追い払われるのは、ビーティのような男にとって赤っ恥以外の何ものでもなかった。まわりの作業は完全に中断し、声が届く範囲にいた者はみんな聞いていたのだからなおさらだ。ここは退散するしかない。彼の仕事のやり口が噂になって広まらないといいが。ビーティは埃の中、足を踏み鳴らして自分の車へ戻ると、急発進して路面にタイヤ痕を残し、走り去った。

何もなかったかのように、ローガンは下請け業者との話に戻った。

「ハンク、石英を使ったキッチン用カウンタートップの設置はいつになると言ってたかしら？」

その質問を皮切りにブリーフィングは再開し、ほどなく彼女のすべての疑問に満足のいく答えが返された。

現場監督たちはそれぞれ担当の物件へと引き返した。一方、ローガンは現場から現場へと移動して、作業員と進行具合に目を配り、一日を過ごした。かつて夫のアンドリューがそうしたように。

最後のミキサー車が生コンクリートを排出し、統括マネージャーのウェイド・ギャレットが到着して、現場の最終チェックと清掃を引き受けたところで、ローガンはようやく帰宅の途についた。

夕方五時の混雑した高速道路に車を走らせながら、その日の仕事の細々とした点に考えをめぐらせ、自宅にたどり着いたときには一日中無視してきた頭痛が悪化して、眠れぬ夜の兆しになり始めていた。

家に入る途中で郵便物を取り、キッチンテーブルの上に放り投げた。屋内は涼しく、汗に湿った肌が乾きだす。

帰宅時の毎日の習慣で、ショットグラスにウィスキーを注ぐと、リビングルームの暖炉の上にかかっているアンドリューの写真に向かってグラスを掲げ、薬のようにぐいと飲み干した。そしてその場に立ち尽くし、彼の顔をつかの間見つめる。

一番アンドリューらしい写真だ。首もとのボタンを外したブルーのシャツは彼の瞳と同じ色。微笑が荒削りな顔立ちをやわらげ、大きなグレーのステットソン帽が影を落としている。身長百九十六センチの大男で、ローガンがひと目で信頼した男性はあとにも先にも彼だけだ。十九歳だった彼女は自分の年を偽り、出会ってから半年でこの三十歳の建設業者と結婚した。

「たった五年の結婚生活なんて短すぎる。あなたに会いたい」つぶやいて、シャワーを浴びに向かった。

しばらくして、ショートパンツにアンドリューのお古のTシャツ、足もとは裸足のままキッチンへ戻った彼女は、大きなグラスにアイスティーを注いで、キッチンテーブルの椅子に腰をおろした。グラスの中で氷がかちんとぶつかる。郵便物に目を通し、ダイレクトメールの中から請求書をより分けていると、茶色の大きな封筒が出てきた。差出人を見てローガンははっとした。

〈ブルースカイ・インベスティゲーションズ〉——二カ月ほど前に彼女が依頼した私立探偵社だ。だが〝あの場所〟と向き合う勇気を持てずに、ローガンは封筒を脇へ押しやると、ノートパソコンの電源を入れて請求書の支払いをすませ、その日来たメールに返信した。

そうしているあいだは食事のことなど頭になかったのに、終わった途端にひどい空腹を覚えた。冷蔵庫からTボーンステーキを取りだして味付けし、アルミホイルでくるんでからパティオへ持っていき、グリルに点火する。予熱にしばらく時間がかかるだろう。ローガンはプールへ視線を転じた。スカイブルーのタイルを反射して水面が輝いている。風がさざ波を立て、その上で彼女を誘うようにトンボが飛んでいた。

ローガンは服を着たままなのもかまわずにその誘いにのった。

茶色い封筒とそれがもたらす知らせのことを考えないように泳ぎ、グリルの予熱ができた頃合いで水からあがって、真っ赤な焼き網にステーキをのせる。じゅうと満足のいく音があがった。

ちょうどいい温度だ。

二メートル以上あるフェンス越しに、隣家から子どもたちの笑い声や叫び声が流れこみ、ステーキからあがる煙が彼女の視界を横切っていく。楽しげな声はナイフのように彼女の胸に切りつけた。自分にもあんなふうに幸せで、悩みひとつない頃があったのだろうか？　あったはずだ。だけどあったとしても、思い出せない。

自分の過去は誰にも話していない。アンドリューにすら秘密にしたままだったが、夫の死をきっかけに、デイモンの死をも悼むことをようやく自分に許し、事件への怒りと裁きへの願望をよみがえらせたのだった。

微風がステーキの香ばしい香りを運び、そろそろひっくり返す頃合いだと判断して彼女はステーキを裏返した。裏と表を四分ずつ焼けばできあがり。アンドリューのステーキは片面を三分ずつ焼いたものだ。彼は焼き時間がもっと短くても平気だったが、ローガンは皿に流れでた血を見ることも、その上にのった肉を食べることもできず、その理由を彼には話せなかった。

グリルの火を落として、汚れた皿と調理道具をキッチンへ運び、きれいな皿を持って戻ってくる。

冷風に濡れた服が肌に張りつくが、毎日のように風と日光にさらされて仕事をしているので、いまさら文句を言うつもりはない。皿の上でステーキを休ませているあいだにサラダを作り、ホットソースを取りだして全部をテーブルへ運んだ。彼女は料理を味わうためというより、体への燃料補給として食事をした。

茶色の封筒へふたたび手を伸ばしたのは、食事を終えてキッチンも片付けたあとのことだった。アイスティーのグラスとともに娯楽室へ持っていき、アンドリューのリクライニングチェアに腰をおろす。彼のハグの代わりにはほど遠いけれど、たいていの日はそれで事足りた。

ゆったりともたれかかり、アイスティーをひと口飲んでから、封筒を破って数枚の書類を引きだした。

拝啓タルマン様

二〇〇八年七月にルイジアナ州ブルージャケットとその周辺で白の当時最新型シボレー・シルバラードを所有していた男性が何名いたかという調査依頼に関するご報告です。調査の結果、ご指定の郡と隣接するふたつの郡で十六名の所有者を特定するに至りました。

その年月から一年以内に配偶者が死去した男性としては、以下の三組がブルージャケット在住でした。

キャムレン・スティーブンスの妻ジュリア、自動車事故で死亡。

ロジャー・フランクリンの妻トレナ、手術中に死亡。

ペイトン・アダムズの妻モナ、飲酒後、自宅プールで溺死。

また、ほかに同期間に配偶者と離婚した男性二名を追記します。

トニー・ウォーレン。妻エレンは離婚後移住。

ダニー・ベイルズ。彼の妻コニーも離婚後移住。

上記の男性全員の現住所と連絡先を別表に記載したものを同封いたします。

またのご依頼をお待ちしております。

敬具

ハンク・ロリンズ

ブルースカイ・インベスティゲーションズ

記載されている氏名を何度も読み返して記憶を漁ったものの、聞き覚えのある名前はなかった。年上すぎて彼女との接点はなかっただろうし、つき合いがあったのはデイモンだ。結局、書類は脇に置き、ニュースを観ようとテレビをつけた。

テレビを観ながら、〈ブルースカイ・インベスティゲーションズ〉にメールを送り、報告拝受の知らせとさらに依頼があるときは連絡する旨を伝えた。けれど名前の一覧は彼女が必要としていた動機を与え、ベッドに入る頃にはブルージャケットに戻る決心がついていた。

夢も見ずに眠り、通り過ぎるサイレンの音で目を覚ました。ベッドから起きあがり、パトカーが向かっているのがこの近所ではないことを確認してから水を飲み、またベッドへ戻った。次に目を覚ましたときには目覚ましが鳴っていた。日々の暮らしを繰り返す時間だ。

帰郷のことはいつも頭の片隅にあった。デイモンを殺した犯人はいまも罪を問われずにいるのだと思うと怒りが胸を焼き、その痛みは決して消えることはなかった。これまではどこから着手すればいいかわからなかったが、こうして手がかりをつかんだいま、先延ばしにする理由はひとつもない。ブルージャケットに戻っても何がわかるかは見当もつかないけれど、それは行ってから考えればいい。

あとは出発前に仕事を有能な手に委ねるだけだ。その日、新たな建築現場に到着すると、統括マネージャーが彼女の分のコーヒーを手に待っていた。

「ミルク抜き、砂糖は二杯」ウェイドが言った。

「ありがとう、ウェイド」ローガンはコーヒーを受け取ってひと口飲むと、カップを脇に置いた。「あなたに話があるの」

ウェイドが眉根を寄せた。

「座ったほうがいいか？」

「その必要はないわ。あなたが疲れているなら別だけど」

彼は小さく笑った。

「じゃあ、話してくれ」

「ルイジアナ州へ行ってくるわ。出発は明日、それでわたしが戻ってくるまでのあいだ、あなたに責任者をまかせたいの」

「いつ戻るんだ？」ウェイドが尋ねた。

「わからない。清算しなければならないことがあるの」

ウェイドは無言で長いこと彼女を見つめ、ローガンは視線をそらし続けた。ようやく彼が問いかける。「何かトラブルか？」

ローガンは顔をあげた。「いいえ」

ウェイドはまっすぐ見つめ返す彼女の視線をとらえた。納得し、うなずく。

「わかった。で、今日はこれからどうする？」

「しばらくわたしが留守にすること、そのあいだあなたが責任者になることを現場監督たちに伝えるわ。わたしは明日はもう来ないから、ききたいことがあるなら、いまのうちよ」

「ひとついいか？」ウェイドが言った。

「どうぞ」

「おれに話していないことはなんだ？」

「アンドリューに話さなかったのと同じことよ」ローガンはそう言うと、スケジュールに目を落とした。「タルマン・エイトとナイン用の屋根材が在庫切れだったわ。ゆうべ帰宅してからメールが来たの」プリントアウトした書類を彼に渡す。「電話を入れて、入荷にどれぐらいかかるか確認して。間に合わないようなら、別の業者に当たって探してちょうだい」

ウェイドは言葉が流れでてくる彼女の唇を見つめた。ローガンが口にしていない重要な何かがあるのはわかっている。昔から、彼女が自分の過去をほとんど明かそうとしないことには気づいていたが、ウェイドはそれをききだす立場になかった。秘密を抱えていることをローガンが認めたいま、彼女が何を話していないのかが気になる。それでもローガンはウェイドのボスだ、だから彼はただ同意した。

「了解」

「全員への話が終わったら、すぐに帰宅して荷造りするわ」ローガンは言った。

「飛行機で行くのか?」

彼女はかぶりを振って視線をそらした。「いいえ。ハマーを運転していくわ」

彼女が目を合わせようとしないのが心に引っかかった。やはり直感が正しかったらしい。この帰郷には何かある。

「ボス、約束だ。何か困ったことがあったらおれに電話してくれ」

ローガンはうなずいた。「約束するわ」

州間高速道路二十号線に乗り、新たな朝日を顔に浴びながらダラスを発った。数時間後にはルイジアナ州へ入り、州間高速道路四十九号線を南へ走る。コンクリートから立ちのぼる熱波が遠くの景色をゆがめ、異次元へのゲートが立ちはだかっているかのようだ。加速して飛びこめば異次元に行けるだろうか。そこで自分は誰を、何を見つけるのだろう。そこにはデイモンがいて、いまも正義がなされるのを待っているのだろうか。

待ってて、兄さん。これから行くわ。

十年でルイジアナの景色はすっかり変わっていたが、湿地帯が広がるバイユー・カントリーが近づくにつれて、ローガンは落ち着かない気分になった。長時間のドライブによる目の疲れが頭痛を引き起こし、彼女をここまで駆りたててきた緊張感が胃痛に変わり始める。ブルージャケットまであと五十キロ弱のところで、丘を越えていたローガンは慌ててブレーキを踏んだ。タイヤが横滑りし、ハイウェイをのんびり横断していた巨大なアリゲーターからほんの数十センチ手前で停止する。アリゲーターに入り江へ引きずりこまれる前にデイモンの遺体を埋めなくてはと、死に物狂いになって穴を掘った記憶がよみがえり、おかげで残りのドライブは重苦しい気分で続けるはめになった。

アリゲーターが道路を通過するなりアクセルを踏みこんだが、頭痛はいまや頭が割れんばかりの痛みになり、胃の不快感はどんどん悪化していた。唐突にふたたびブレーキを踏み、車から飛び降りて嘔吐した。何度も襲いかかる吐き気のあいだに、必死になって息を吸いこむ。

這うようにしてなんとか運転席へ戻った。目に涙が浮かんで視界がぼやける。水の入ったボトルを取り、戻さないよう慎重に少しずつ飲んだ。震える手でエアコンを最強にし、ブルージャケットまでの残りの道は冷風を顔に浴びながら車を飛ばした。

町境にたどり着いたのは、日暮れまであと二時間ほどの頃だった。町境の標識を見ると、最後にその前を通過したときの強烈な悲しみが思い起こされた。兄の声が聞こえるかのようだ。

いいか、気をつけるんだぞ。おまえはこれから幽霊を揺り起こすんだ。

町の北端に立つ〈バイユー・モーテル〉を通り過ぎた。この建物は見たことがない。続いて通った釣り小屋には、〈シュリンプ・シャック〉と看板の出ている小さな食堂が併設されていた。地元の住人たちが立ち止まり、通過する彼女の車を見あげる。ハマーの巨大なエンジンとマフラーが改造車のような轟音をあげるのだ。それは彼女もわかっていたし、アンドリューはこの車のそこを気に入っていた。

ローガンは見返すことはしなかったが、視線を感じた。すべてのウィンドウはスモークガラスだから中は見えないものの、誰が運転しているのだろうと町の住人たちがいぶかしんでいるのがわかる。

町を車で流す途中、警察署の前を通った。ここは昔から変わらない。しばらく行くと〈フレンドリーの食料品店〉があり、大通りの南端にたどり着いたところで、今度は住宅街を通ってモーテルへと引き返した。見覚えのある顔や場所を探しつつ徐行し、やがてモーテルに到着した。

受付の前に駐車してショルダーバッグから財布を出し、つかつかと中に入って出し抜けに立ち止まる。受付カウンターにはテレサ・ウォリスがいた――通りの向かいに住んでいたかつての隣人だ。けれども、相手は顔をあげてこちらにちらりと目をくれただけで、ローガンの呼吸は楽になった。正体を隠し通せるとは思っていないにしろ、人に気づかれる前にできるだけ長く調べられればそれに越したことはない。

「予約をしてあるわ」ローガンは言った。「ローガン・タルマンよ」

「いらっしゃい。運転免許証とクレジットカードを見せてもらえるかしら」

ローガンはそれぞれのカードを取りだしてカウンターに滑らせた。

「テキサス州ダラスから？　ご旅行の途中？」

「しばらくここに滞在するわ」ローガンはそう言うと、二枚のカードを財布に戻した。

「ルーム4Aへどうぞ。通り側、まっすぐ行って真ん中の部屋よ。部屋には小さなコーヒーステーションと小型冷蔵庫、ケーブルテレビがあるわ」

ローガンはカードキーを受け取った。

テレサが眉根を寄せてローガンをじろじろ見つめている。

「あなたの顔、どこかで見た気がするのだけど」

「よく言われるわ」ローガンは受付をあとにした。

4Aまで車を移動して入口の前に停め、荷物をつかんで中に入る。

室内は、においも見た感じもまずまず清潔だった。とりあえず合格。荷物をベッドの上に放り、持ってきた衣類をハンガーにかけると、踵(きびす)を返して部屋を出た。日が暮れるまでまだ一時間ほどあり、見ておきたい場所がいくつかあった。

リストに載っていた五人の男たちの住所はいずれも町内のものだ。

キャムレン・スティーブンスとロジャー・フランクリンはこの町で自営業を営んでおり、ペイトン・アダムズは地元の弁護士だ。

トニー・ウォーレンの妻エレンは離婚後に町を出ているが、彼自身はいまも新聞社に勤務して、高校からほど近い一軒家に住んでいる。

同じく妻と離婚したダニー・ベイルズはのちに再婚し、サウスサイドで暮らしていた。

男性五人、この中に兄を殺した犯人がいるとローガンは確信していた。

胸を高鳴らせてモーテルを出発した。わが家とは二度と帰ることのできない場所である、とある作家が言っていた。けれど彼女はいまこうして、兄と暮らしていた通りに車を走らせている。

うなじの毛が逆立つのを感じながら、家の前を通り過ぎた。十年の歳月が流れたのが嘘（うそ）のようだった。車のスピードを落とせば、玄関からデイモンが出てきて、こっちに手を振りそうだ。

隣の家のドライブウェイでは男が車をいじっていた。彼は手を止めてローガンの車が通過するのを眺めた。数軒先ではティーンエージャーが芝を刈り、通りを挟んだ向かいでは年配の女性が片手にタバコを、反対の手には庭用ホースを持って花に水をやっている。知っている顔だが、誰かは思い出せなかった。

高校の前を通りながら、仲よしだったケイトリン・キンケイドはどうしているだろうと考えた。高校を卒業したら町を出ると言っていた通り、もうここにはいないだろうか。

ひと通り町を見て満足すると、カーナビに住所を入力し、ものの数分でキャムレン・スティーブンスの住まいを発見した。ノースサイドの瀟洒（しょうしゃ）な住宅で、ドライブウェイに駐車されている三台の車は快適な暮らしの証左だろう。

次に入力したのはロジャー・フランクリンの住所、リストの二番目の名だ。彼の住居は伝統的な大農園にこそふさわしい、町の郊外に立つ凝った庭園付きの大邸宅だった。

三番目は弁護士のペイトン・アダムズの住所で、住居の前を通りながらローガンははっとした。ここは仲のよかったケイトリンが住んでいた場所だ。そういえば、ケイトリンが十二のときに母親が再婚したのだった。遊びに行くと、身なりのいい男性がいつも家にいたのをなんとなく覚えているが、名前までは記憶していない。ケイトリンは義父をパパと呼んでいたから、それではなんの手がかりにもならなかった。もっとも杞憂（きゆう）かもしれない。ローガンが町を出たあとに、家族ともども引っ越し、アダムズは単に現在の居住者という可能性もある。

日はすでに落ちてしまった。暗くてこれ以上家を見ることはできないし、おなかも鳴っている。何か食べなくては。通りを引き返していると〈バーニーズ・カフェ〉が目に入った。そこはデイモンがときおり連れていってくれた店で、ローガンは駐車場へ車を乗り入れた。

車から降り、熱した油とフライドフィッシュのにおいが漂う中、砂利敷きの駐車場を横切って店内へ向かう。パトカーが道路をゆっくり通り過ぎていった。町に現れたよそ者に誰かが関心を持ったのだろうか。それともここはいつものパトロールのルートなのか。いずれにせよ、どうでもいいことだ。

店に入ってすぐに、一番テーブルで接客しているウエイトレスは顔見知りの女性だと気がついた。名前はジュニパー、みんなからはジュニーと呼ばれていた。深みのある鮮やかな金髪は少しも変わらない。それに相変わらず痩せていて、制服がだぶだぶだ。デイモンに夢中で、兄と一緒に来るといつもあからさまに秋波を送ってきた。

「お好きな席へどうぞ」ジュニーが声をかけてきた。「すぐに注文をうかがうわ」

空いている席はいくつかあった。壁に面した一番奥のテーブルか、男ばかりのテーブルの隣か。奥のテーブルに決めて、客たちが座る椅子のあいだを縫って進む。ローガンは店内にいる男たちの視線が、彼女の動きを追っているのを感じた。自分の容姿が人目を引くのは知っているが、何もいいことはなかった。見た目のせいで侮られながら、男ばかりの職場を切り盛りするのは恐ろしく骨が折れた。

店内を見渡せる席に腰をおろし、テーブルに置いてあるメニューに手を伸ばす。お薦めの料理に目を通していると、彼女のテーブルの椅子に腰を滑らせる者がいた。

「やっぱりそうだ。嘘だろ、信じられねえ。でも、ますます美人になったな」

ローガンは目をあげて顔をしかめた。しばらくは正体を隠しているつもりだったけれど、その計画は早くも頓挫だ。

「久しぶりね、Tボーイ」

「いったいどこへ行ってたんだよ？　兄貴も一緒に、いきなりどろんだろ」

「その声を最後に聞いたとき、あなたはうちへ入れてくれと懇願していたわ」

Tボーイは怪訝(けげん)そうに眉根を寄せた。

ローガンはそれをじっと見つめ返した。

ジュニーが彼女のテーブルへやって来た。

「彼もご一緒？」ジュニーが尋ねる。

「いいえ」ローガンは言った。「ガンボと、それからアイスティーをお願い。氷をたっぷり入れてね」

「すぐにお持ちするわ」そう言うと、ジュニーは忙(せわ)しげに立ち去った。

「なんか変わったな」Tボーイが言った。

ローガンはドレッドロックの髪と、青白い肌を覆う無数のタトゥーに目をやった。

「あなたは変わってないわね」

深い赤みが顔に広がるが、Tボーイはすぐに肩をすくめて笑ってみせた。

「ま、実際そうだから、ムカつくこともできないか。兄貴はどこだ？」

「静かにしていられる場所よ」

「あの野球のバットはまだあるのか？」

「コルト45に交換したわ」

「おいおい、コンウェイ。おれは仲よくしようとしてるだけだろ」

「タルマン。わたしはローガン・タルマンよ。それに、あなたがわたしと仲よくしようとしたことは一度もない。あなたはわたしのベッドに潜りこみたかっただけ。あの頃はそうならなかったし、いまもならないわ」

Tボーイは両手をあげてにやっと笑い、テーブルを離れた。

ローガンは、彼が座ったテーブルと一緒にいる男たちを確認すると、町にいるあいだは拳銃を肌身離さず持っていようと心に決めた。数分後、ジュニーがアイスティーとあつあつの揚げパン（ハッシュパピー）を運んできた。

「ガンボもすぐにできるわ。それまでハッシュパピーをどうぞ」ジュニーはそう言うと、ローガンをもう一度見直した。「前に会ったことがあるわよね？」

ローガンは肩をすくめた。

「子どもの頃、この町に住んでいたから」

ジュニーの記憶を呼び覚ましたのはローガンの声の響きだった。

「あなた、デイモン・コンウェイの妹さんでしょ！　ワオ、すごい美人になったわね。彼、元気にしてるの？」

「兄にはもう悩みひとつないわ。誰よりも満ち足りてる」

ジュニーはほうっとため息をついた。

「彼によろしく伝えてね」

「ええ」

ジュニーはうなずき、せかせかと歩き去った。

ローガンはハッシュパピーを口へ放りこみ、揚げたての食感を味わった。ハラペーニョが練りこまれた生地はぴりっと刺激的だ。

ジュニーはハッシュパピーのおかわりを添えてガンボを持ってくると、それきりローガンを煩わせることはなかった。

ほかの食事客にローガンの見知った顔はなかったが、ビッグ・ボーイのあだ名で通っている客のほうは、彼女にはっきりと気づいていた。彼女が店に入ってきたとき、兄とあまりにそっくりな姿にビッグ・ボーイの心臓は止まった。幽霊を見ているのかとつかの間思ったが、長い髪とふくらんだ胸を目にして違うとわかった。美人だが、あの顔は彼女の兄を始末したあと何カ月もつきまとわれた悪夢を連想させる。

デイモンを射殺してからの数日は、逮捕状を持った連中がいつ玄関を叩くかとびくびくして過ごした。デイモンには妹がいたのを思い出したからだ。出かける前に妹に行き先を、それにこれから誰と会うのかも話したんじゃないのか。兄が帰ってこなければ警察に連絡し、会いに行った相手の名前を教えるだろう。警察は真っ先に彼のところへ来るはずだったが、そうはならず、その理由はわからずじまいだった。

わかったのは、探しに行くと彼女はいなくなっていたことだけだ。その後、コンウェイの遺体を放置してきた場所に戻ってみたが、遺体は消え、コンウェイが運転してきたトラックもなくなっていた。遺体がどこにあるかはわかっていた。アリゲーターに入り江へと引きずりこまれたのだろう。トラックのほうは盗んでくださいと言わんばかりの状態だった。ビッグ・ボーイが現場を去ったときには、鍵がささったままでエンジンはかけっぱなしだったのだ。そして妹の居場所はどこであれ、ブルージャケットではなかった。

歳月の経過とともに恐怖は薄れ、たまに悪夢を見るだけになっていた……今日までは。いま、彼は店の反対端に座り、デイモンの妹を観察していた。彼女のボディランゲージは明白だ。〝邪魔をしないで〟。しかし、彼女は町へ戻ってくるという間違いを犯した。これからビッグ・ボーイが彼女の邪魔をしてやるのだから。それも盛大に。

3

ローガンは顔をあげることなく食べ続け、自分がはるばる探しにやって来た男と同じ店内で食事をしていることには気づかなかった。彼女が食べ終えるのをその男がじっと待っていることにも。

勘定をしようと、彼女がウエイトレスに手を振るのを見たところで、ビッグ・ボーイは自分のテーブルに紙幣を何枚か放り、先回りして駐車場で待機した。冷房で車内が冷える間もなく彼女が店から現れ、大きな黒のハマーに乗りこんだ。

やはり、ぞっとするほど兄にそっくりだ。暗い駐車場では長い髪も体の曲線も見えず、歩き方までコンウェイとしか思えなかった。

駐車場を出る彼女の車から距離を取って尾行する。宿泊先を確かめる必要があった。

すでに自分が標的になっているとは知らずに、ローガンはあてどなく車を走らせた。空腹が満たされたおかげで気分はいくらかましになった。疲れたのですぐにでも横になりたいが、通りやそこに暮らす人たちを思い出しながら遠回りした。ようやくモーテルに戻ってくると、車の警報装置をオンにして部屋へ入った。さっとシャワーを浴びたあとは、アンドリューのお古のTシャツとショートパンツに着替え、疲れた体をベッドに横たえた。ベッド脇のナイトスタンドにコルトを置いて明かりを消した。

ビッグ・ボーイは慎重に彼女の車を追い、モーテルに到着するまで尾行した。部屋の明かりが消えるまで見つめ、思案する。部屋のドアを叩き、彼女がドアを開けたら銃口を頭に突きつけて、引き金を引けばいいだけじゃないか。

それで彼女は終わりだ。

もう心配することはない。

いつまでも考えて時間を無駄にするたちではない彼は、拳銃と消音器(サイレンサー)を取りに自宅へと車を走らせ、弾が装塡(そうてん)されていることを確認すると、道を引き返した。駐車場に車を入れ、停車して降りようとしたとき、停まっている車両のあいだをちょろちょろ動きまわる人影に気がついた。ロックされてないドアを探しているようだ。

「車上荒らしか」ビッグ・ボーイはつぶやいた。

とんだ邪魔が入ったものだと、ほかの選択肢を考え直そうとしたところで、甲高い音が彼の耳をつんざいた。

車上荒らしがハマーのドアへ手を伸ばしたかと思うと、次の瞬間、車の警報装置のアラーム音が響き渡った。そのあまりのけたたましさに男は硬直した。男がわれに返って動く間もなく、デイモンの妹が銃を手に部屋から飛びだしてきた。

ビッグ・ボーイはうめいた。

どのみち不意打ちは無理だったようだ。彼は静かに車のギアを入れ、駐車場からゆっくりバックで出ていった。自宅へ車を走らせながら選択肢を再考していると、とある疑問が頭をかすめた。彼女の部屋をノックしていたら、自分と彼女と、どちらが先に相手を撃っていただろう。

命の危険にさらされていたとはつゆ知らず、ローガンは車上荒らしに銃口を向けた。

「伏せなさい！　でないとそこに転がることになるわよ！」声を張りあげ、男が踵を返して逃げようとするなり、空へ向かって発砲する。

男は慌てて腹ばいになり、頭の上に両手をあげて叫んだ。「撃つな！　撃たないでくれ！」

ローガンは男の靴の底を蹴った。

「動くんじゃないわよ」

受付事務所から走りでてきた夜勤の男性スタッフは、4Aの女性客が地面に突っ伏した男に銃口を向けている様を目にした。

「警察を呼んで！」女性が怒鳴った。

彼が慌てて事務所へ取ってかえすと同時に、まわりの部屋からぞろぞろと人が出てき始める。ローガンは、誰とも知れない相手に後ろに立たれるのは落ち着かなかったが、こうなっては仕方がない。

いまやショックも治まったのか、車上荒らしは必死に頭を働かせ、盗みを働こうとしていた事実は別として、自分の行為を言いつくろおうとした。

「おれはただ車に——」

「黙りなさい」ローガンは言った。

その声音は男の全身を総毛立たせた。彼は静かになった。

ローガンは男をにらみ続けた。知っている相手だろうか。そうだとしてもこんな暗闇ではよくわからない。近づくサイレンの音が聞こえてほっとした次の瞬間には、二台のパトカーが駐車場に停まっていた。

ジョシュ・エヴァンスはブルージャケットの警察署長に就任して九年目になる。その間に多くのものごとを目にしてきたが、駐車場で半裸に近い長身の女が、足もとの地面にへばりつく男に銃を向け、仁王立ちする様ほど印象深い光景にはお目にかかったことがなかった。

エヴァンスと部下のケニー・マッケイ巡査は、ふたりとも武装してパトカーから降りた。

「武器を捨てろ！」エヴァンスは怒鳴った。

ローガンは後ずさり、地面の上に銃を置いてから両手をあげた。車のアラーム音はまだ鳴り続けている。

エヴァンスは彼女の拳銃を拾いあげ、ハマーを指さした。

「アラームを切ってくれないか」

「キーを取りに行かなきゃいけないわ」彼女は言った。

エヴァンスはうなずいた。

ローガンは部屋に入り、その後すぐに音は鳴りやんだ。彼女は戻ってくると、地面に伏せたままの男を指さした。

「その男がわたしの車を開けようとしてアラームが作動したの。逃げようとしたから、空へ向かって一発撃つと、地面に伏したわ」

マッケイはすでに男に手錠をかけており、引きずって立ちあがらせた。男はローガンの顔を見ると、頭を垂れて毒づいた。

「嘘だろ……野球バットのアマかよ。いったいどこから出てきた？」

ローガンは男を見て目を丸くした。

「ポール・ロビショー……投票で最も刑務所送りになりそうな生徒に選ばれた男子じゃない。みんなの予想を裏切らなかったようね」

エヴァンスは顔をしかめた。テキサスナンバーのハマーを乗りまわしているこの女性は、こいつと知り合いらしい。

「ご婦人、こっちにも話を聞かせてもらおうか。名前は？　いったい何があった？」ローガンはかっとなり、質問してきた警察官に嚙みついた。

「いったい何があったか？　いま話したでしょう。話を聞きたいならそこの札付きに聞いたらどう？　車上荒らしの現行犯でつかまったのは彼よ。わたしはそれを止めただけ」

「名前ならおれが教えてやるよ、署長。その女はローガン・コンウェイだ」ロビショーがぼそぼそと言った。

「十年で多くのことが変わるわ」彼女は署長をまっすぐ見た。「わたしの名前はローガン・タルマン。以前この町に住んでいたわ。さあ、わたしたちのどっちを刑務所へ連れていく？」

エヴァンスは挑発を無視した。

「ケニー、ロビショーを連れていけ、窃盗未遂で調書を取る。わたしもあとからすぐに行く」エヴァンスは言った。

「わかりました、署長」ケニーは応じると、容疑者を乗せてパトカーを出した。

エヴァンスは態度を改めた。

「挨拶が遅れました、エヴァンス署長です。身分証明書を見せていただきたい。どうぞ先に服を着て――」

「財布を取ってくるわ」彼女は財布と部屋のカードキーを取りに大股で部屋へ戻ってふたたび現れると、今度は冷気は外へ出さず、虫は中へ入らないようドアを閉めた。

エヴァンスは彼女の率直な物言いと慎ましさの欠如の両方に面食らった。この女性の人生において、むきだしの太腿ぐらいは些事でしかないのだろうか。

「運転免許証、建設業許可証、銃の携帯許可証よ」彼女はそれらを手渡した。

「建設業？　家を建てているんですか？」

「そうよ」彼女はそう言って、脚に止まった蚊をぴしゃりと叩いた。

エヴァンスは彼女の太腿に目をやったあと、パトカーのボンネットに受け取った身分証明書を並べ、携帯電話で写真を撮ってから彼女に返した。

「ブルージャケットにはなんの用で？」彼は質問した。

「友人に会いに」

嘘だな。だが、それ以外の答えを引きだせないのはすでにわかっていた。

「長く滞在するご予定で？」

「この町ではいつから長居は歓迎されなくなったわけ？」

エヴァンスは顔をしかめた。

「屁理屈をこねられるのは嫌いでね」彼は言い、蔑みの目を向けられてばつの悪さを覚えた。

「いいこと、ここへ来て最初の夜に犯罪の被害者になったあげく、まさか容疑者扱いされるとはわたしも思ってなかったわ」

エヴァンスは彼女に拳銃を返した。

「この町の境界内では二度と発砲しないでもらおう」

「だったらこの町のご立派な住民たちを、わたしとわたしの持ち物へ近づけさせないで」彼女はそう言い捨てると、車の警報装置をふたたびオンにして部屋へ戻り、ドアを叩き閉めた。

エヴァンスは顔をしかめてパトカーに乗りこみ、警察署へ向かった。

署に到着したときには、ポール・ロビショーはすでに留置場の中だった。エヴァンスは署の裏口から入ると、ちらりとロビショーに目をやって執務室へ向かい、調書の作成に取りかかった。いつもなら家にいて、妻のローリーンと枕を並べてベッドで寝ている時間だが、副署長は新婚旅行中で、警官二名が病欠しているため、彼が夜勤を引き受けて、執務室で寝るしかない。

コンピューターの前に座って新規の調書を開いたところで手が止まり、ローガン・タルマンについて考えこむ。彼女は秘密のにおいがぷんぷんする。どうやらコルト45とともにその秘密をブルージャケットへ持ちこんできたようだが、そうなるとこちらも目をつぶってはいられない。明日になったら彼女の素性を調べてどんな相手か確認しよう。しかし今夜の仕事はポール・ロビショーの逮捕記録に新たな罪状を付け足すことだ。

ローガンは眠りに戻ることができなかった。眠る前のルーティンもここでは実行できない。いつものようにアンドリューに向かってグラスを掲げ、プールでひと泳ぎしたかった。葬られていた悪夢までが帰郷によってよみがえり、こうして町にいることで、自分の存在が犯人にとって何を意味するかを意識せずにはいられない。デイモン・コンウェイの妹が戻ってきたと噂が広まれば、犯人は、彼女の目的が自分だと気づくだろう。

ノートパソコンを開いて、《バイユー・ウィークリー》紙のウェブサイトにログインした。〈ブルースカイ〉から送られてきた名前のリストを出して、記事のアーカイブをクリックし、二〇〇八年一月の号から読み始める。午前二時頃、マウスパッドに指をのせたまま、七月四日の独立記念日に町の広場でエビと野菜を茹(ゆ)でたシュリンプ・ボイルがふるまわれた記事を読んでいる途中で眠りに落ちた。部屋の外で誰かが車のトランクを叩き閉める音で目を覚ましたときには、太陽が輝き、パソコン画面はとうに真っ暗になっていた。

過去のことはここまでにして、今日一日と向き合う時間だ。ローガンはベッドの上掛けをはねのけてシャワーへ向かった。いつものように、姿見に全身を映して最初に目に入るのは、へその上に刻まれたふたつのタトゥーだ。

7-29-2008

1/4-2-9

ひとつ目のタトゥーはデイモンが死んだ日付。次は彼を埋めた場所から町までの道順を示している。

湿地からアスファルト道まで¼マイル――四百メートル。アスファルト道を二マイル、つまり三キロ強走ってハイウェイに乗り、そこからブルージャケットまでが九マイル――十四・五キロだ。

それは何を意味するのか、と一度だけアンドリューは彼女に尋ねたことがある。そして彼女の反応を見ると、〝いや、いいんだ、おれがきみをどれだけ愛してるかは何も変わらない〟とすぐに言った。その言葉に、ローガンはよりいっそう彼を愛した。

手早くシャワーをすませ、暑気と探索を念頭に入れて服を着替えた。デイモンの埋葬場所を探し当てるまでは、彼女の証言があるのみで兄が殺された証拠は何もない。警察へ届けでる前に位置を把握しておかなければならないが、昨夜の幸先（さいさき）の悪い出会いのあとでは、警察署長を信用していいものか判断しかねた。

計画はある。ローガンはベッドを整えてからドアノブに〈起こさないでください〉の札をかけ、朝食をとりにふたたび〈バーニーズ〉へ車を走らせた。

彼女が入ってくるのを目にしてジュニーが手を振る。

ローガンは笑みを返してゆうべと同じテーブルへ向かい、別のウエイトレスに目をとめた。彼女とデイモンが暮らしていた家の数軒先に住んでいた女性だ。シャーロットのほうは彼女に気づかなかったらしく、注文を取りに来たときにわざわざ自己紹介をした。

「ハイ、わたしはシャーロットよ。まずはコーヒーかしら？」

「チコリコーヒーはある？」

シャーロットがにっこりする。

「ええ、もちろん」

「じゃあ、それを頼むわ」テーブルに置かれたカップにコーヒーが注がれるあいだに、ローガンはメニューにすばやく目を通した。コーヒーに砂糖を二杯入れて混ぜると、ウェイドのことが思い出された。毎朝彼が淹れたてのコーヒーに砂糖を入れて持ってきてくれるせいで、普段から砂糖を入れる癖がついてしまった。

電話を入れようかと思ったがやめておいた。彼を信頼していないと思われるのは避けたい。

「ご注文はお決まり？」シャーロットが尋ねた。

「ビスケットとグレイビー、ベーコンを添えてちょうだい」

「すぐにお持ちするわ」シャーロットは注文を伝えに去った。

コーヒーを冷ましていると、携帯電話にメール着信の通知があった。ウェイドからだ。メールを読んでため息をつく。

問題はないか？　目的地には到着したのか？　詮索するわけじゃない。きみがどこかで無事にしているのを確認したいだけだ。

飛ぶように指を動かして返信した。

わたしはここよ。元気にしてるわ。ありがとう。

それでふたりの会話は終了した。

椅子の背もたれに寄りかかり、まわりの客へと視線を向けると、何人かが彼女のほうを見ていた。見覚えのある顔もいくつかあるが、ほとんどは知らない。この中にリストに載っている男はいるだろうか。気にはなるが、理由を説明せずに尋ねることはできなかった。

シャーロットが料理を運んできた。

ローガンはフォークを取り、胡椒の効いたソーセージグレイビーと、口の中でほどけるビスケットの味わいを楽しんだ。ヒッコリーで燻製したベーコンはまさに彼女の好みの焼き加減で、カリカリになるほんの少し手前。アンドリューなら、うまいとうなるだろう。

皿についたグレイビーとビスケットのかけら以外は残さずきれいに食べ、最後のひと口を砂糖入りのチコリコーヒーで流しこむ。

勘定書を手に取り、シャーロットへのチップをたっぷりテーブルに置くと、支払いをして店を出た。大通りを走って〈フレンドリーの食料品店〉の向かいにあるガソリンスタンドに立ち寄り、探索の前にガソリンを満タンにする。念のためにミネラルウォーターを数本とスナックバーを買ってから、町を出て北へ向かう。町境を示す標識を過ぎたところで、走行距離を記録し始めた。

十四・五キロ走り、西へ折れて左手のアスファルト道に入ると、スピードメーターで走行距離を再度チェックしてアクセルを踏みこんだ。ところが三キロが近づくにつれてローガンは困惑した。アスファルト道の南側にはいまや延々とワイヤーフェンスが張りめぐらされ、彼女が記憶している脇道はなくなっている。

「どういうこと?」

距離を勘違いしたのかと、そのまま車を走らせた。おそらく距離は三キロ以上あったのだろう。どんな間違いだってありうる。あの夜はぼろぼろに疲れ果て、悲嘆に暮れてまわりだってろくに見えていなかった。

さらに三キロ走ったところでアスファルト道は終わり、そこから来た道をハイウェイまで引き返した。十四・五キロではなく、十五キロだったのだろうか。そう思い直してハイウェイに戻ると、さらに一・五キロ先まで北へ進み、そこで西へ曲がって別のアスファルト道へおりた。

真っ先に気づいたのはフェンスがないことだった。ああ、この道に違いないわ。走行距離が三キロになるのを確認したが、このアスファルト道には曲がろうにも枝道がなかった。三キロの地点からさらに少し行ったところで、ようやく湿地へ続く細い道が南側に現れた。

「ここのようね」つぶやいてハンドルを切る。轍(わだち)のあいだに生い茂る草と背の低い藪(やぶ)が車体の底をこすった。前はそんなことはなかった気がするが、十年もすれば道も変わる。

しかし、たどり着いた水辺の光景は、彼女が記憶しているものとは似ても似つかなかった。十年で入り江の形が変化したのだと自分に言い聞かせたが、そこにあったはずの原生林がなくなっている。

コルトをつかみ、とにかく車を降りてみた。木立の中を歩いて、はるか昔に幹に刻みつけたしるしを探す。木のあいだを進んでいると、頭上の枝から目の前にヘビがぽとりと落ちてきた。

ローガンは悲鳴をあげた。心臓が轟く。ヘビは体をくねらせて下生えの中へ消えていった。

「なんなの？　どういうこと？　何もかも違うわ」彼女はうめき声をあげて後ずさった。

別の方向から木立をぐるりと回ってみたが、しるしのたぐいはいっさいなかった。落胆してハマーへ引き返そうとしたとき、草むらに隠れていたアリゲーターに出くわした。

拳銃に手をやるが、二メートル近くあるアリゲーターが大きな口を開けて威嚇の声を発する様に、ローガンは走りだした。

ハマーにたどり着いたときには体中から汗が噴きだしていた。車に乗りこんでドアをロックし、エアコンを最強にして、ようやくひと息ついたところで水を飲んだ。気持ちが落ち着くと、Uターンして車を出した。心臓はまだ乱れた鼓動を刻んでいる。

打ちひしがれてブルージャケットへ続く道を戻った。最初に曲がった十四・五キロの地点のアスファルト道にさしかかり、恐怖が焦りに混じる。すっかり様変わりしているが、やはりここだという気がする。

不安が胸に忍び寄った。あのときは兄を埋めたあとで、気が動転していたに違いない。この十年間信じ続けてきたものすべてが間違いだったとしたら、どうすればいい?

「ああ、デイモン……どういうことなの。兄さんの遺体が行方知れずになるはずがない。行方知れずになんてさせられない」

衝動的に意を決し、もう一度西へ折れてあのアスファルト道に入った。今度はフェンスを無視して三キロの地点まで車を走らせると、そこで停車して車を降りた。

「わたしの直感がここだと言ってる。どうして変わったのかは知らないけど、ここだわ。さあ、フェンスを破らずにどうやってそれを証明する？」

　ワイヤーフェンスを飛び越えて中へ入ろうかと真剣に考えていると、車のエンジン音が聞こえてきた。車を出そうとしたが、間に合わなかった。老人がおんぼろのトラックを運転してこっちへ向かってくる。

何をやってるの、彼に尋ねて。

頭の中で怒鳴りつける声にはっとし、思わず手をあげて振った。

　老人は減速しながら近づいて停車した。

「車の故障かね？」彼が問いかける。

　下唇の内側は嚙みタバコでふくれ、日焼けした顔には歳月が刻まれている。ローガンはテールゲートの上から突きでている釣り竿に目をとめた。

「いいえ、昔知っていた場所を訪れてみただけです。子どもの頃ブルージャケットに住んでいて、兄がよく魚釣りに連れていってくれた場所を探しているんです。この道路沿いだったと思うんですけど、フェンスがあったのは覚えてなくて。このフェンスは新しいのかしら？　じゃなければ、わたしが道を間違えたのかもしれない」

　老人は身を乗りだして唾を吐くと、口をぬぐって返事をした。

「道が合ってるか間違ってるかはなんとも言えんが、このフェンスはできてからせいぜい七、八年ってのは間違いない。その前は開けた土地だったよ」

　ローガンは安堵の息を吸いこんだ。

「ありがとう！　自分の頭がどうかしたのかと思い始めていたところだったんです」

　老人はにっこりした。

「助けになれて何よりだ。こっちも釣りに行く途中でね」

「たくさん釣れるといいですね」ローガンは走り去るトラックを手を振って見送った。

　ここにハマーを置いて、湿地までの四百メートルを歩くことには不安を覚えるものの、ほかに選択肢はなかった。ホルスターを装着して拳銃を収め、立ち止まってあたりを見回す。

　空からは太陽が炎の塊のごとく焼きつけ、すでに蒸されるように暑い。飛び交う虫に地面を這う虫と、多種多様な虫は昆虫学者にとっては夢のようだろうが、ローガンは虫とはなんの関わりも持ちたくなかった。コンソールから虫除けスプレーを取りだして全身に吹きつけたあと、日除けのためにベースボールキャップをかぶり、車の警報装置をセットした。

フェンスを越えると、木が伐採されている一角があった。以前はここに道路が通っていたのだろう。優に百メートルは歩いたところで、道路が見つかった。

「神様、どうかここで合ってますように」つぶやいて歩幅を広げた。伸び放題の草のあいだを慎重に歩み、アリゲーターに目を配りながら、たまにヘビが出てくるのをよける。ハイトップのカウボーイブーツを履いてきていたが、長袖を着てこなかったのは失敗した。アスファルト道が見えなくなるところまで来たとき、どこか路上のほうから車のエンジン音が聞こえてきた。ローガンは足を止めた。このまま進もうか、それとも置いてきた車へ戻ろうか。だが車はスピードを落とすことなく通り過ぎ、彼女はほっと肩の力を抜いた。とはいえ、これほど車の往来があるなら、ゆっくりしてはいられない。

さらに大股になり、水辺にたどり着いたときには汗だくだった。十年のあいだに入り江の岸辺は下生えや糸杉の節くれだった幹にすっかり覆われていた。枝から垂れさがるスパニッシュモスが老人の、長い、手入れのされていない、灰色のひげのように見えるが、この場所には見覚えがあると感じた。

鼓動が速くなって息苦しい。昼間に見るのは初めてとはいえ、あのとき目撃したことの恐怖はいまもこの地に残留している。木漏れ日が注いではいるものの、デイモンが殺された場所は日陰になっていた。あとは彼を埋めた場所を見つけるだけだ。

彼女は左手の木立へ向かった。茂みをかき分け、草を踏みつけながら進む。

髪の生え際から汗がだらだらと流れた。木立の後ろへ回って、幹に彫られたバツ印を探すが、どこにもない。ローガンはわなわなと震えだした。

「そんなはずないわ」彼女はうめいた。「ここにあるはずよ」

しゃがみこんで樹皮を覆う苔（こけ）をかきむしると、その下からしるしが現れた。たちどころに安堵の波が胸に押し寄せ、彼女はうっすらと幹に残る跡を指でなぞった。それから木立の前に回って見おろした。不意に涙が視界を曇らせる。埋めた跡はもう残っていないが、ここなのだとわかった。

「戻ってくると言ったでしょう。時間がかかってしまってごめんなさい」

無言で立ち尽くし、ときおりあがる鳥の鳴き声とカメが岸から入り江に滑りおりる水音に耳を澄ます。兄を見つけた喜びに浸っていたとき、ここにいるのを目撃されるべきではないとふと気がついた。兄を埋葬した場所はこれでわかった、だけど彼女が探しているのは犯人だ。

アスファルト道へ向かって歩きだすが、どんどん大股になり、原生林を抜けて日射しのもとへ飛びだしたときには不安に駆りたてられて全速力で走っていた。急いでフェンスを越え、道路脇の浅い溝をジャンプする。全身の筋肉が震えていた。

車の警報装置を解除して、ベースボールキャップをダッシュボードの上に放り、拳銃とホルスターを助手席に置いてから、ジーンズについた葉っぱや虫を払い落とす。前回のヒルを急に思い出し、ジーンズの裾を慌てて引っ張りあげた。よかった、一匹もついていない。

泥を充分にこそぎ落として車に乗りこむと、エンジンをかけてエアコンを強め、顔と首に吹きつける冷風を歓迎した。

これよりすばらしい快感は愛の営みだけだ。

一本目のボトルの水を飲み干して二本目を開け、もうひと口飲んでから町へ向かって出発した。

4

町境を示す標識を通り過ぎたときには昼の十二時近くになっていた。おなかが鳴った。買ってあったスナックバーには食指が動かないが、かといって人前で食事ができるような格好ではない。そのとき〈シュリンプ・シャック〉が目にとまり、ローガンはドライブスルーの窓口へ車を寄せると、バゲットに揚げたてのエビを挟んだシュリンプ・ポー・ボーイとペプシを注文した。

店員は汗と泥でよれよれの彼女の衣服と、いかにも高級そうな大型のハマーにちらりと目をやってから、注文の品を用意しに行った。数分後、彼は紙袋に入れたサンドイッチと早くも表面に水滴のついたペプシを手に戻ってきた。

「どこかで見た顔ですよね」店員が言った。

ローガンは肩をすくめた。

「子どもの頃、ここに住んでいたから」

店員はうなずき、彼女が手渡した二十ドルを受け取った。

「おつりはいいわ」

金はものを言う。たったそれだけで、彼の疑い深さは嘘のように消えた。

「どうもすみません」

「いいのよ」ローガンは紙袋と飲み物をしまい、車を出した。

モーテルまでは短いドライブだったが、車の警報装置をオンにして部屋へ入った頃には、ダラスで一日中働いたときのような疲労感に見舞われていた。

手と顔を洗って小さなテーブルにつき、食事の相手にテレビをつけると、作りたてのうちにサンドイッチにかじりついた。思いがけないおいしさに、町を去る前にもう一度行こうと心に決めた。

食事を終えたあとはバスルームへ向かい、服を脱いで、湿地からくっついてきているものはないか全身をよく確かめたあと、シャワーを浴びた。

体を石鹸で二度洗ってから髪を洗う。体がきれいになるのが心地よくて、泡が髪と肌から流れ落ちたあともしばらくシャワーに打たれていた。

髪を乾かしていると携帯電話の着信音が聞こえ、急いでバスルームから出て携帯電話を取った。

ウェイドからだ。

「もしもし？　何も問題はない？」

「それはこっちの質問だ」

ローガンは嘆息した。

「わたしは問題ないわ」

「おれは違う」ウェイドが嚙みつく。「夜はきみの身に危険が迫る悪夢にうなされる。まさか正夢じゃないだろうが、哀れと思って教えてくれ。きみはそこで何をやってるんだ？」

何年も秘密を抱えて生きてきた。ぶちまけてしまいたい衝動は強烈だった。

「長く、醜い話よ」彼女は言った。

「恐怖なんて長いこと感じたことはなかったが、いまはきみが心配でならない。きみが危険にさらされているとおれの全本能が告げている」

「否定はしないわ」彼女が言うと、ウェイドのうめき声が聞こえた。

「戻ってきてくれ」

握りしめたバスタオルを顎に押しつけ、ローガンはベッドに沈みこんだ。「それはできないわ、ウェイド。いまはまだ」

「何か法に触れるようなことをやってるのか？」

ローガンは顔をしかめた。

「まさか！　違うわ」

「それならどうして隠そうとする？」

彼女はしばらく黙りこんだまま座っていた。ウェイドは通話を切ってしまっただろうか。

「まだそこにいる？」ローガンは問いかけてみた。

「いるよ」

アンドリューだけは彼女を見離さなかった……死んでしまうまでは。ウェイドは一番の親友だった彼に似ているところがあるらしい。ローガンは目頭をつまんで涙をこらえた。

「わたしは兄を殺した犯人を探しているの」

「なんだって！　すまない、きくべきじゃなかった。おれの悪夢より恐ろしい現実だ」彼がつぶやく。

ローガンは髪からしたたる水滴をタオルで受け止めた。みずから打ち明けておきながら気が動転しそうだった。電話だから話せたのだろうか。彼の顔を見ないですむから言えたのかもしれない。

「どうしてきみが探してる？　なぜ警察が探さないんだ？」彼が問いかけてくる。

「込みいった話なの」ローガンは言い返した。

「だったらいまどこにいるのか教えてくれ。きみが殺されたときに遺体を引き取りに行けるようにな」

ローガンはウェイドの声に恐怖と怒り、そして彼らしくもない一種の動揺を聞き取った。

「ウェイド……やめてちょうだい」

「いいや、やめるのはきみのほうだ！」彼が怒鳴る。「人の居場所を割りだす方法なら知ってる。ダラスを出発後、きみがクレジットカードを利用した場所をしらみつぶしに当たろうか？　必要ならおれはやるぞ」

そこまで言われて、ローガンは秘密を吐露した。

「兄が死んだことは誰も知らないからよ。知っているのは兄を撃った男とわたしだけ。十年前、夜中に電話がかかってきて、兄は仕事の話で呼びだされた。真夜中に兄がひとりで出かけるのが心配で、わたしはトラックの荷台に隠れてついていった」無意識のうちに小声になり、体が震えだした。「車は言われた場所に到着し、そのあとふたりの話し声が聞こえた。相手は兄に自分の妻を殺してほしいと言ってきたわ。報酬に一万ドルを提示したけど、兄は断った。男は依頼のことを他言されないよう兄をその場で射殺した。わたしはその一部始終を聞いていたの。男の顔は見なかったけれど、男が現場を離れるときに運転していた車を目撃した」

「どうして警察に知らせなかった?」

ローガンはうめいた。

「いま言ったでしょう! 男の顔を見ていないからよ! 警察へ行ったら、次はわたしが男の標的にされていたわ! それにわたしは里親に引き取られていたでしょうね」

里親? ウェイドは、彼には理解できない個人的な領域に足を踏み入れていた。ここで彼女に口をつぐませたくない。

「きみは何歳だったんだ？」

「十六よ」

「なんてことだ。いや、ちょっと待ってくれ。お兄さんが死んだことを誰も知らないってどういうことだ？」

ローガンはタオルを床へ投げつけて立ちあがると、うろうろと歩きだした。次に話すことの恐怖はじっと座って話せるものではなかった。「わたしが湿地帯（バイユー）に兄の遺体を埋め、場所にしるしをつけてトラックを運転して戻り、荷物をすべてまとめて日の出とともに町を去ったからよ」

ウェイドは身震いした。それをやるだけの気力、そしてそうするよう彼女を駆りたてた恐怖とはいかばかりのものだったのか。

「つまり、いまはお兄さんを埋めた場所を探しているんだな？」

「それは今朝見つけてきたわ」

「だったら警察へ行くんだ！」

「行って何を話すの？　犯人はわからないままよ」

「じゃあ、きみはそこで何をしてるんだ？」

「数カ月前、私立探偵社に調査を依頼したわ。この地域で当時の最新型シボレー・シルバラードを所有し、一年以内に配偶者を亡くした男性全員の名前がわかってる」

長い沈黙ののち、ウェイドの声が聞こえた。

「何人だ？」

「三人」ローガンは答えた。

「きみはみずから標的になりに行ったようなものだ」

ローガンはため息をついた。「わかってる」

「頼む、死なないでくれ」

彼女の目に涙が盛りあがる。

「わたしが十歳のときに両親は自動車事故で死んだわ。わたしひとりが助かった。兄のデイモンはわたしのために町へ戻ってわたしの養育を引き受け、里子に出されるところを救ってくれた。デイモンはわたしの兄で、父親代わりで、わたしに残されたただひとりのヒーローだった。わたしは犯人を必ず見つけに戻ると兄に約束した。だからここにいるのよ」

「アンドリューはこのことをすべて知ってたのか?」ウェイドが尋ねた。

「誰も知らないわ。話したのはあなたが初めてよ。その決断を尊重してちょうだい」

「くそっ」彼がつぶやく。

「ごめんなさい」

ウェイドは納得していなかった。「きみがどこにいるのか知りたい」

ローガンは体をこわばらせた。ウェイドは彼女からさらに答えを引きだそうとしている。それが気に入らなかった。「ルイジアナ州、ブルージャケット。あなたの務めはダラスでわたしの代わりに仕事の指揮を執ることで、ここでわたしのすることに口を出すことじゃない。わかった?」

「くそっ」

ローガンはタオルを拾いあげ、頬を伝い落ちる涙を受け止めた。

「〝くそっ〟では返事になってないわ」

「ああ、わかった、了解した。おれは、きみが生きて完成を見ることのない家屋の建設を監督するさ。それできみは幸せなんだろう?」

ローガンは喉のつかえをのみこんだ。「アンドリューが亡くなってから、幸せだったことなんて一日もないわ」そう認める。「だけどアンドリューの死は、兄との約束がまだ果たされていないのをわたしに思い出させた。わたしは兄の遺体を探しに来たのよ。わたしが一番必要としていたときに、兄はわたしのもとへ来てくれた。わたしも兄のためにせめて約束を実行したいの」

ウェイドにはわかった。ここで引きさがらなければ、彼女は心を閉ざしてしまうだろう。「ひとつだけ言っておく！　これからは毎日電話をかける。どこにいようと電話に出てくれ、出なかったらおれはきみを探しにそっちへ行く。いいな？」

「オーケー」

彼は電話を切った。

ローガンは携帯電話をベッドの上に落とし、絡んだ髪を櫛で梳き始めた。けれども手が震えて、二度も櫛を取り落とした。あの話を誰かにするのは、目撃するのと同じくらい恐ろしかった。

心の慰めを求めてアンドリューのTシャツと自分のショートパンツに着替えると、ベッドの上に座って膝にノートパソコンをのせ、《バイユー・ウィークリー》紙のアーカイブで眠ってしまった箇所を見つけ、調査を再開した。ここは小さな町だ、妻を殺害する動機となるものが何かあったに違いない。何点かさらに書き留めてから、〈ブルースカイ・インベスティゲーションズ〉に電話をした。

呼び出し音が鳴り続け、留守番電話に切り替わるかと思ったとき、馴染みのあるうめくような声が聞こえた。

「こちら〈ブルースカイ〉、ハンクです」

「ハンク、ローガン・タルマンよ」

「ああ、お世話になっています。どんなご用でしょう？」

「いくつか頼みたいことがあるわ。できれば急ぎでやってほしいの」

「それはご依頼の内容によりますが」彼が言った。

「送付してもらったリストに載っている死亡した三人の女性についてだけど、生命保険をかけられていたか知りたいの……それからついでに、離婚した女性ふたりについても生命保険をかけられているかどうか調べてちょうだい」

「ああ……なるほど」ハンクが言った。「ほかは？」

「これも離婚して町を出た女性ふたりについてだけど、本当に町を出て、どこか別の場所で暮らしているのか確認して」

「わかりました。これならすぐに調査結果をご報告できるでしょう」

「わたしはいまは街にいないから、わかり次第メールで結果を知らせてくれればいいわ」

「では、そうさせていただきます」それで電話は終了した。

ローガンは携帯電話を脇に置いてアーカイブを調べる作業へ戻り、記事に目を通しながらメモを取った。

ジョシュ・エヴァンス署長には、ポール・ロビショーの目的がすでにわかっていた。あいつはこそ泥を働こうとしてブタ箱にぶちこまれた。だがローガン・タルマンの目的は不明で、エヴァンスはサプライズが嫌いだった。

病欠だった警官は、今朝になってふたりとも出勤し、おかげで彼は執務室にこもる時間ができた。ローガンの身元調査でさまざまな情報が得られたものの、引っかかるところは何もなかった。だがそれは、彼女の兄について調べだすまでのことだった。

ローガンは両親とともに自動車事故に遭い、彼女ひとりが助かった。その時点で、彼女の兄がローガンの法的保護者になっている。彼女の兄に前科はなく、彼女自身の経歴もきれいなものだ。

ここブルージャケットで見つかった彼女の修学記録は高校二年で終わっていた。兄は町で配管業者に勤務していたが、二〇〇八年からあとは所得税を一度も申告していない。さらに調べていくと、彼女の兄がそれ以後仕事に就いた記録すらもないことがわかった。

次にローガンに関して得た情報では、彼女はウエイトレスとして働くかたわら、テキサス州ダラスで一般教育修了検定（GED）に合格していた。交通違反・事故の記録はなく、職歴に気になるところはない。逮捕歴もなし。

エヴァンスは、アンドリュー・タルマンとの結婚許可証、それから五年後に発行された彼の死亡証明書に目をやった。調査からわかる限りでは、建築現場での事故で夫が死んだあと、ローガンはその跡を継ぎ、二十四歳にして女社長の座に就くと、建設会社を切り盛りして現在も黒字を維持していた。

ローガンについて多くが判明したが、彼女がここにいる理由はまだわかっていない。

彼女の兄の就労歴がブルージャケットで途切れているのはどういうことだ。調査結果を見直していると、兄妹が住んでいたのはマーサ・ボーディン所有の借家だとわかった。

エヴァンスは時計をちらりと見た。もうすぐ昼だ。マーサはたいてい高齢者センターで食事をとる。彼女からコンウェイ兄妹の話を聞くのも悪い考えじゃないだろう。

パトカーのキーをつかんで署の裏口へ向かい、ロビショーの房の前を通る。

ロビショーは彼を見るや、声を張りあげた。

「おい、署長さんよ！　おれはいつになったら法廷に呼ばれるんだ？　出廷は今日のはずだぞ！」

「裁判官が明日まで留守だ」エヴァンスはそれだけ言うと、外へ出てドアを叩き閉めた。

ロビショーはベッドにひっくり返ってののしった。

「電話をかける権利があるんじゃないのかよ」かける相手もいないのに彼はつぶやいた。

エヴァンスは高齢者センターへ直行し、木陰に車を停めた。ほとんど暑さをさえぎる役には立たないが。車を降りてセンターの中へ入るまで、脇の下には汗染みが広がり続けた。

中には町の高齢者が二十人ほど集まっていた。ドミノをやっている老人ふたりは、ホールにいる寡婦になったばかりの女性の噂話をしている。だが、噂の当人は離れたところにひとりぽつんと座り、窓の外を見つめていた。その虚ろな表情にエヴァンスは胸を締めつけられた。もしも妻に先立たれたら、自分ももぬけの殻になるだろう。

エビを揚げるにおいはすぐにそれとわかったが、厨房から漂ってくるほかのにおいはどれも正体不明だ。食事客には気の毒なことだ――いや、彼らがどれほど食事を重視しているか次第では、気にすることでもないのか。

しばらく戸口にたたずみ、高齢者たちの中からマーサを探した。何人かはすでにテーブルについて食事を待っているが、大半はホールの奥でビンゴに興じている。

誰かがビンゴと声をあげ、その方向へ視線をやると、マーサ・ボーディンの姿が見えた。格好がややだらしないが、普段からそうだし、見た目ほど心身がおとろえているわけではない。コーディネーターはいないかと見回していたら、背後から男が近づいてきた。

「こんにちは、署長。今日はこちらでお食事ですか?」

エヴァンスは首を横に振った。

「ああどうも、デイヴィッド。ランチは結構だ。マーサと少し話をしたい……ふたりだけで」

「でしたら、ぼくのオフィスへどうぞ。彼女を連れてきますよ」

「それは助かる」エヴァンスは言った。「すまないな」

半開きのドアの中へ入って二、三分も待っていると、マーサがよたよたと現れた。

「あたしをお呼びだってね」マーサが顔をしかめる。「ビンゴカードがいいところなんだよ。早くしとくれ」

エヴァンスは苦笑した。

「ええ、すぐに終わらせますよ。ご協力、感謝します。以前あなたが貸していた家に住んでいた、とある兄と妹に関する情報を探してるんです」

「なんて名前だい？」マーサが尋ねた。

「デイモンとローガンのコンウェイきょうだいです。十年ほど前に退去しているはずです」

彼女のしょぼしょぼした青い目がやにわに燃えあがる。

「覚えてるとも。挨拶ひとつなしに出ていったんだよ。冷蔵庫には食料を入れっぱなしで、鍵だけテーブルに置いて、書き置きもなかった」

「未払いの家賃があったんですか?」

「いいや。そういうんじゃない。優良な借家人だったんだよ。家はきれいにしていたし、期限通りに家賃を払ってた」

「出ていった理由はご存じですか?」

「それが全然。近所にきいて回ったら、妹のローガンがトラックを運転して出ていくのを見たって人がふたりいた。兄のほうは車に乗ってなかったそうだよ」

エヴァンスはうなずいた。

「あとでふたりのことを尋ねてきた者はいませんでしたか?」

マーサは眉根を寄せた。

「いたねえ、でも誰だったのかは覚えてないよ。ずいぶん昔のことだろ?」

「そうですね。もしも思い出したら、わたしに電話をいただけませんか?」エヴァンスは頼んだ。

マーサが肩をすくめる。「もちろんさ。そんなに大切なことならね。だけど当てにしないでおくれよ。あたしの記憶力は昔ほどじゃあないんだ」

頭をぽこんと叩いてみせるマーサにエヴァンスは笑みを隠した。「わかりました、だけど思い出そうとしてみてください。お時間をありがとうございました。ツキがめぐっているうちにビンゴへ戻っていただかないと」

「ああ、まかせときな」マーサはのんびりとしたケージャン訛(なま)りで返して、オフィスを出ていった。

エヴァンスが帰るときには、彼女はすでに席につき、ゲームで負けた文句を並べていた。

ビッグ・ボーイは落ち着かなかった。悩みがあるとき、彼は安らぎと静けさを求めて庭園に出ることにしていた。手塩にかけて育てているバラは彼のお気に入りであり、彼の子どもたちだ。散策しながらバラに話しかけ、必要ならば花殻を摘み、バラにも耳があるかのように褒めちぎる。甘やかな香気に彼は恍惚(こうこつ)とした。薬物などに手を出さずとも、この恍惚感だけで充分だ。バラの世話をしながらも、頭の中ではコンウェイの妹のことを考え続けた。

彼女は町の住民の噂になり始めている。彼女の正体に気がつく者は多く、デイモン・コンウェイの妹が大人になって帰ってきたと人々は話している。彼女ひとりが戻ってきたことで、兄はどうしたのかとすぐに彼らはいぶかしんだ。こんな状況はさっさと終わらせなくては。

バラ園の手入れをすませて中へ戻り、作業室に寄ってガーデニング用の靴をローファーに履き替えた。キッチンを通り抜けると、料理人のルーシーがペストリーを焼いていた。

「いいにおいがするね、ルーシー」

「ありがとうございます」

今夜もうまい夕食を楽しめそうだと、笑みを浮かべて階段を途中まであがったところで、背後から近づく足音が聞こえた。

「どこへ行ってらしたの？　ニューオーリンズにはいつ連れていってくださるの？　ショッピングに連れていってくれる約束でしょう。こんな小さな田舎町、もううんざり。あたしのほしいものはなんにもないわ。何ひとつよ」

ビッグ・ボーイは立ち止まり、まくしたてる妻に渋い顔を向けた。

「わたしはこの小さな田舎町の住民だ。きみはわたしの妻でいるのはもういやだと言っているのか？」

彼女は目をぱちくりさせたあと、彼の首に両腕を投げかけた。

「いやだわ、まさか、違うわよ、ベイビー。そんなつもりじゃないわ。何よりもあなたを愛してるんですもの。わたしを許してくれる？」

妻の手はいまやビッグ・ボーイの股間にあり、彼はすんなり〝イエス〟と応じた。

ローガンは二〇〇八年に発行された週刊新聞の全アーカイブに目を通し終えた。リストに載っていた女性三人の死亡記事、それに続く葬儀のお知らせを別にすれば、スキャンダルや会社の倒産、そのほか三人の死に疑いを抱かせるものは何もなかった。

ここから得られる答えはないという結論に達し、新たな手がかりを〈ブルースカイ〉が探してくるか様子を見ることにした。アーカイブからログアウトすると、ハンクから連絡が来ているかもしれないとメールをチェックしたが何も来ていなかったので、ノートパソコンを閉じて脇に置いた。じっとしていたせいでひどく疲れ、背中がこわばりかけている。彼女はベッドの上で伸びをすると、ほどなく眠りに落ちた。

ケイトリンは、ローガン・コンウェイ――いまではタルマン――が町へ戻り、〈バイユー・モーテル〉に泊まっているとついさっき耳にした。喜び勇んで会いに行きたい一方で、彼女が町にいるのを無視して、このままへそを曲げていようかとも思う。高校時代、ローガンとは誰よりも仲がよかった。だから彼女とデイモンがさよならも言わずに町を去ったとき、ケイトリンは深く傷ついた。何があったか、せめて手紙で伝えてくれるはずだと自分に言い聞かせ続けたが、一年経っても音沙汰はなく、彼女は忘れることにした。

その後の数年で、十代のケイトリンが思い描いていた夢は粉々に打ち砕かれた。母の急逝、予想外の妊娠、慌ただしい結婚、そして二児をもうけたあとでは、かつてのハッピーなブロンド娘はどこへ行ったのやらという感じだ。

町を出ていったローガンに自分のほうから会いに行くのは癪(しゃく)だけれど、ケイトリンが覚えているローガンはそんなことを気にする相手ではなく、結局、好奇心が自尊心を打ち負かした。もうちょっと体重を落としていればよかったと後悔しつつも、彼女は旧交を温める決意をした。数分後、友人宅に子どもたちを預けると、いざ、ふたりきりの同窓会へと車を走らせた。

部屋の番号をきくためにモーテルの受付に立ち寄り、ローガンとは高校時代の友人で、挨拶に来ただけだと言って受付係を説得し、やっとのことで場所をききだした。まだ辟易しながら4Aまでの短い距離を歩き、ドアの真ん前に駐車してある黒のハマーに目をとめる。あれがローガンの車なら、すごいわ。いまは何をしているのか聞かせてもらおう。

体型をカバーしてくれるゆったりとした黄色いブラウスを撫でつけた。再会する心の準備はできている。ケイトリンは大きく息を吸いこんでドアをノックした。

突然ドアをノックする音でローガンはびくりと目を覚ました。体を反転させてコルトをつかみ、窓へ体を寄せる。外にいる相手を見ると拳銃をベッド脇へ戻し、ドアの鍵を開けた。

ローガンの顔に浮かんだ笑みに、ケイトリンの緊張はほぐれた。

「ハイ、ごぶさたじゃない！」自分から声をかける。

ローガンは勢いよくドアを内側へ引いた。

「ケイティ！　びっくりした……会えて本当にうれしいわ！　ほら、中へ入って！　どうしてわたしがここにいるって知ってるの？」

「だって、ここはブルージャケットよ。どんな隠しごともすぐに噂になって広まるわ。部屋番号は高校時代の友だちだからって説明して受付で勝手にきいてきたの、ごめんなさいね」

「気にしないで。ほら入って」ローガンはうながした。

ケイトリンは敷居をまたいで大きなハグで迎えられたあと、ドアに鍵をかけるローガンの長い脚とほっそりとした体つきに羨望のまなざしを向けた。彼女の警戒ぶりが気になったのは、ベッド脇のテーブルに置かれた大きな拳銃が目に入ったときだった。

「銃なんてどうするの？」ケイトリンは尋ねた。

ローガンは肩をすくめた。

「女のひとり旅よ、自分の身は自分で守らなきゃ」ベッドに腰をおろしてケイトリンの手を引く。「座って。どうしてるのか聞かせてちょうだい」

ケイトリンは子どもの頃のようにベッドの上に座り、ローガンと向き合った。

「あなたが先」旧友に向かって言う。「ある晩いきなりいなくなったのはあなたなんですからね。何カ月も心配したのよ」

ローガンはケイトリンの手を取ってぎゅっと握った。

「本当にごめんなさい。ここへ戻ってきた理由にも関係あるんだけど、いまはまだあなたには話せないわ」

「面倒ごとに巻きこまれてるの？」

「そういうことじゃないわ。ちゃんとまともに暮らしてる」

「結婚したのよね」ケイトリンは言った。

「ええ。夫は二年前に亡くなったわ。仕事中の事故で。毎日、彼を思い出すわ」

ケイトリンの目に涙が盛りあがる。

「なんてことなの。本当に残念だわ」

「どうしようもないことよ」ローガンはつぶやいた。「あなたはどうなの？」

ケイトリンは肩を落とした。

「高校の卒業式のときにはおなかに赤ちゃんがいたわ。そのあとすぐにジョニーと結婚した」

「ジョニー・バティスト？」

ケイトリンはうなずいた。

「そのジョニー。彼はいい夫でいい父親よ。子どもはふたりでどっちも男の子。ジョニーは喜んでるけど、とにかく手に負えなくてもう大変。上は九歳の誕生日を迎えたばかりで、下は七歳よ。お子さんはいる？」

「いないわ」ローガンは言った。

「デイモンは？　彼はどうしてるの？　彼もテキサスにいるの？」

「いいえ、ルイジアナに残ってるわ。わたしは結婚して引っ越したの」そこでローガンは話題を変えた。「ねえ、もうお昼時だわ。昼食は？」

「まだだけど――」

「着替えるから待ってて。〈バーニーズ〉へ行きましょう。おごるわ」

ケイトリンはにっこりした。

「いいわね。最高」

ローガンはベッドの反対端へと転がり、アンドリューのTシャツを脱いだ。小さなクローゼットから清潔なシャツを取りだして袖を通す。次にジーンズをはこうとしたとき、ケイトリンがへその上のタトゥーに気がついた。

「おなかのそれは何？」

「ああ、ただのタトゥーよ」ローガンはシャツのボタンをかけ始めた。

「それ、どういう意味なの？」

「たいした意味はないわ」

ケイトリンは追求しなかったものの、旧友が秘密を抱えているのは疑いようがなくなり始めていた。十年もあれば秘密を作るのに充分な時間だ。

数分後、ふたりは部屋をあとにした。

「一緒に乗る？　それとも二台で行く？」ローガンは尋ねた。

「二台で行きましょう。そのほうが食事のあとまっすぐ家へ帰れるから。友だちに子どもたちを見てもらってるの。あんまり長く預けちゃ悪いわ」

「じゃあ、店でね」ローガンは言った。

車の警報装置を解除して座席の下に拳銃とホルスターをしまい、ケイトリンに続いて車を出した。

5

駐車場の混み具合からすると、〈バーニーズ〉は昼食の客で早くもにぎわっているようだった。ケイトリンは小さな車を店の入口近くに停めたが、ハマーは場所を取るうえ、ハンドルを切り返す必要があるため、ローガンは駐車場の奥のほうで場所を見つけた。

車を降りると熱気に頰を打たれたが、何も初めてのことではない。暑いのはダラスも同じだ。駐車場沿いの生け垣の陰に寝そべる灰色の年寄り猫が、通りかかるローガンへと顔を向けた。

「ハイ、猫ちゃん」

年寄り猫は見た目通りの弱々しい声でニャーと鳴いた。冷たい飲み物とけだるいそよ風の似合う日だ——けだるいという言葉はルイジアナのような場所にこそふさわしい。幸せな思い出はあまりないけれど、あの夜まではここがわが家だった。いまは単に殺人が行われた土地でしかない。

顔をあげるとケイトリンが彼女を待っており、ローガンは足を速めた。

「道草を食うのは昔からね」入口の前で追いついた彼女にケイトリンが言ってくすくす笑う。

ふたりは笑いながら店の中へ入った。

「ああ、エアコンが気持ちいい」ケイトリンが言う。「みんなエアコンのありがたみがわかってるのかしら。わたし、ひとりで出かけることなんてほとんどないから、今日はとびきりの贅沢だわ」

「わたしもよ。一日中男だらけの現場で仕事をしてるから、女友だちと過ごすのはわたしにとっても贅沢だわ」

「男の人たちと働いてるの？　なんの仕事？」ケイトリンが尋ねる。

「席に着いたら全部話すわ」ローガンは言い、またも店の一番奥の空いているテーブルへと進んだ。

自分はやはり壁を背にした席を選び、ケイトリンには残りの三つの席から選ばせる。

今日もジュニーとシャーロットはふたりとも店に出ており、今回氷を入れたグラスを運んできたのはジュニーだった。

「こうしてふたり一緒にいると、はっきり見覚えがあるわね」ジュニーが言った。

ケイトリンがくすくす笑う。

「こっちも昔に戻った気分よ、ジュニー。今日のお薦めは?」

「ミートローフね。つけ合わせはお好きなものをふたつどうぞ」ジュニーが言った。

「じゃあ、わたしはそれとマッシュドポテトとコーン、グレイビーをかけてね」ケイトリンが注文する。

「了解よ、ハニー。お決まりかしら、ミス・ローガン?」ジュニーが問いかけた。

「ガンボはある?」

ジュニーがにっこりする。

「ガンボはいつでもあるわ。ハッシュパピーもつける?」

「お願い。ルイジアナを出てからおいしいガンボにはめぐり合ってなかったの。うちへ帰る前に思う存分食べておかないと」ローガンは言った。

ジュニーは注文を取ると、ふたりをテーブルに残して立ち去った。

ケイトリンはテーブルに両肘をついて身を乗りだし、声を低めた。

「男だらけの仕事って、何をしてるの？」

「夫が建設業者だったのよ。家を建てていた、たくさんの家をね。結婚後はわたしも一緒に現場で働いたわ、そうしたかったから。それで、彼が事故で亡くなったあとは、わたしが跡を引き継いでやってきた。信頼できる部下がいるし、統括マネージャーのウェイド・ギャレットがわたしの右腕よ」

「すごい」ケイトリンが感嘆する。「あなたはわたしがやりたかったことをやったのね。あなたはブルージャケットを出ていった」

「そう見えるでしょうけど」ローガンは言った。「あなたはわたしがずっと手にしたかったものを持っている。あなたには家族がいるわ。どれほどがんばろうと、わたしは家族を失ってばかり」

ケイトリンはローガンの両親が事故死したのを知っていた。それに今度は夫まで？友人の気持ちを思うと胸が痛み、彼女はテーブル越しにローガンの手を取った。

「ごめんなさい。たしかに、子どもたちはかけがえがないわ」顔をさらに寄せてくすりと笑う。「それにたいていの日はジョニーもね」

ローガンは笑い声をあげた。ケイトリンの軽口を聞いていると心が軽くなる。

ジュニーが料理を運んできたので、ふたりはさっそく口へ運んだ。

食べ始めるとふたりの会話は、塩を取ってと頼んだり、高校時代の昔話に笑い合ったり、共通の知人のことを尋ねたりするぐらいになった。けれどもローガンはいつものように、こちらに向けられた視線を敏感に意識し、その中のひとりが犯人だったらと考え続けた。

店の入口側からこちらを見ている男がふたりおり、入店してからずっと向けられている彼らの視線にローガンは落ち着かない気分になった。彼女は体を前に押しだし、小声で問いかけた。

「ねえ、ケイティ、正面の窓際のテーブルにいるふたりの男性を知ってる？　いまは振り返らないで。少ししてからさりげなく見て」

ケイトリンはうなずき、ミートローフをさらに口へ運ぶと、咀嚼(そしゃく)してのみこんでからウエイトレスを探すかのようにぐるりと見回し、男たちの姿を確認した。

「髪が長いほうは、町の東端で釣具店をやってるわ。彼はよくデイモンと一緒に釣りに行ってた。スラックスに白いシャツのほうは町長のバートン・デシャント」

「町長の仕事以外に何かしてるの？」ローガンは尋ねた。

「特に何も。株の売買で稼いでるからお金に余裕があるんでしょ。前は何をしていたかは知らないわね。どうしてニューオーリンズではなくブルージャケットに住んでるのかしら。彼ならあっちの社交界にすんなり溶けこめるでしょうにね」

「ここの社交界には溶けこんでいないということ？」ローガンは尋ねた。

ケイトリンが小さく笑う。

「いやだ、ブルージャケットに社交界なんてないでしょう。あるのは町のこっち側とあっち側だけ」

ローガンはうなずいた。男がこちらを見ているのは、おそらく彼女の顔に見覚えがあるからだろう。デイモンとつき合いのあった男たちの顔は覚えていないが、男たちのほうが彼女のことを覚えていてもおかしくはない。

ローガンは以前ケイトリンが暮らしていた家のことを考えた。リストに載っている男性のひとりが、いまはそこに住んでいる。ここは単刀直入に家族のことをきいてみよう。

「お母さんはどうしてるの？」

ケイトリンの顔から笑みが消える。

「あなたが町を出てからほどなく亡くなったわ」

ローガンの胃は締めつけられた。

「お気の毒に。何があったの？」

「自宅のプールで溺れたの」

ローガンは驚きを隠そうとしなかった。

「そんな、まさか！　だっておかしいわよ。あなたのお母さんとは子どもの頃に何度もプールで競争したけど、毎回わたしたちふたりに勝ったじゃない」

「ええそうよ……だけど母は以前の母じゃなくなってた。あなたがいなくなった一年ほどあとから、母はお酒を飲むようになったの……大量に。溺死した夜も酔っていた。足を滑らせてプールに落ちたときに頭を打ち、それで溺れたんだと言われたわ。その日、わたしはジョニーとデートに出かけていて、義理の父は仕事で町にいなかった。わたしが帰宅して母を発見したの」

「なんてことなの。かわいそうに、ケイティ」

ケイトリンは肩をすくめた。

「母の死はそのあとのわたしの選択に大きく響いたわ。義理の父はいい人だけど、もともと親になる気はなかったの。母と結婚したかっただけ。その後わたしは妊娠し、おかげで心を決めることができた。結婚したのは卒業後だけど、母が死んだ四カ月後には家を出て、町でアパートメントを借り、ジョニーと暮らし始めたわ」

「義理のお父さんはまだあの家に住んでるの？　それとも町を出た？」

「いまもあの家にいるわよ」ケイトリンが答えた。

ローガンはその情報を頭の中にしまいこみ、皿を押しやった。

「わたしたちふたりとも人生の荒波を経験したのね」

「そうね。だけどふたりとも荒波を乗り越えた。さあ、暗い話は終わりにして、パイを食べましょ」ケイトリンが提案する。

ローガンは笑みを浮かべ、通りかかったウエイトレスに手を振った。

「ジュニー、デザートは何がある？」

「チョコレートパイにココナッツクリームパイ……アップルコブラーにブレッドプディングがあるわよ」

「ううーん、わたしはチョコレートパイにするわ」ケイトリンが言った。

「それをふたつね」ローガンはつけ加えた。

ジュニーは親指を立ててみせた。

ローガンは目の前のことに意識を向け、ケイトリンとの気軽なおしゃべりに戻ろうとしたが、頭はせわしなく回転していた。ケイティの母親に関するこのニュースは、〈ブルースカイ・インベスティゲーションズ〉から送られてくる新情報とどう結びつくだろう？　彼女の死後、多額の生命保険金が支払われていたことが判明するだろうか？

だが、途切れることのないケイトリンのおしゃべりは家族の話へと移り、彼女は子どもたちの最近の写真を出して見せた。ローガンは適切な箇所で相槌（あいづち）を打って微笑（ほほえ）み、赤毛の男の子ふたりと、彼らがどれだけ父親にそっくりかということについて友人がしゃべるのに耳を傾けた。ケイトリンの気さくな性格のおかげで、ともに過ごす時間は楽しく、打ち解けて話をすることができた――打ち解けすぎたほどだ。ケイトリンがふたたび彼女の過去について尋ねたとき、ローガンはつい話してしまいそうになったのだから。

「ねえ、ローガン……どうしていきなり消えたの？　夜中に目が覚めて、突然町を出ようと思いたったなんて言うのはなしよ」

ローガンはケイトリンの顔にちらりと目をやった。級友はあきれるほど誠実で、昔から秘密は必ず守ってくれた。だけどこの話をすれば彼女まで危険にさらしかねないので、それは絶対にできなかった。

ローガンは肩をすくめた。

「あることにデイモンが巻きこまれたからだとしか言えないわ」

「そうだったの……お気の毒に」ケイトリンが言った。「あなたがここへ戻ってきたのも、そのことと関係があるのよね？　わたしがいるときまで部屋に鍵をかけたのもそのせい？　銃を携行しているのも？」

ローガンはまたも肩をすくめた。

ケイトリンは表情を曇らせた。「わたしで力になれることは何かない？」

何もないと言いかけて、ウェイドのことを思いついた。

「ひとつあるわ」ローガンは言った。

「なんでもいいから、言ってちょうだい」

「何か書くものはある？」ローガンは尋ねた。

ケイトリンはバッグを取って中をかき回すと、食料品店の長いレシートとペンを引っ張りだした。

「これでもいい?」

「ええ、ありがとう」ローガンはレシートを裏返し、ウェイドの名前と電話番号を書き留めてケイトリンへ渡した。

「わたしに何かあったら、この男性に電話して。お願いできる?」

「ちょっと、ローガン! 電話はもちろんするけど、そんな言い方はしないで。なんだか怖いわ」

「ウェイドからもそう言われたわ」

ローガンはケイトリンがレシートを折りたたみ、バッグの内側にあるファスナー付きのポケットにしまうのを見守った。

バッグを床におろすケイトリンの手は震えていた。「警察ではあなたの力になれないの?」

ローガンは肩をすくめた。「なれるかもしれないし、なれないかもしれない。心配しないで。わたしはタフで用心深いのよ」

そこへジュニーがパイを手に戻ってきた。ふたりのグラスを満たし、ごゆっくりどうぞと声をかけて立ち去る。顔を寄せ合い、食べながらおしゃべりをして笑い声をあげるふたりを、ほかの客たちは一度ならず振り返った。

ケイトリンは皿に残ったチョコレートをかき集め、フォークを舐めると、満足そうな声をあげて椅子の背にもたれかかった。

「ダイエットは明日からね。最高のご褒美スイーツだったし、こんなに楽しかったのは何年ぶりかしら。でもそろそろ子どもたちを迎えに行かないと、友人に恨まれそう」

「わたしもモーテルへ戻ってメールのチェックをするわ」ローガンは言いながらも自分の皿に残ったパイ屑を見つめた。そして衝動的に紙ナプキンにパイ屑を包み、持ち帰ることにした。

テーブルにチップを置くと、勘定書を持ってレジへ行き、支払いをした。隣で待っていたケイトリンは先立って店を出た。ふたりきりになるなり、彼女は足を止めた。

「あなたにまた会えて本当によかった。ここでの用事が終わっても、今度はさよならもなしに出ていかないでね」

「約束するわ」ローガンはそう言ってケイトリンをハグした。「また会いましょう。ジョニーによろしく伝えてね」

「ええ」ケイトリンは手を振り、自分の車に乗りこんだ。

ローガンは彼女が駐車場から出るのを見送ってから、自分の車へ引き返した。年寄り猫はまだ生け垣の陰にいた。ローガンは紙ナプキンを開くと、猫の鼻先に置いてやった。猫はにおいを嗅いでニャーと弱々しい鳴き声をあげると、のろのろと起きあがってパイ屑を食べだした。

ローガンは満足して、ハマーの警報装置を解除し、いやいやながら運転席へ体を滑りこませた。中の気温はオーブン並みだ。すぐさまエンジンをかけてエアコンを入れ、冷えるのを待つあいだに、帰りに食料品店に寄ってスナックを買おうと決めた。彼女は大通りを四ブロック走って〈フレンドリー〉の駐車場へ車を入れた。

運転席に座ったまま、ケイトリンの母親のことを少しのあいだ考えた。どうしてお酒を飲みだしたのだろう。本当にプールへ転落したのだろうか、それとも誰かに突き落とされたのか。彼女の死について考えをめぐらせていたとき、誰かが運転席側のウィンドウをノックした。ローガンは振り向けた顔をしかめた。

エヴァンス署長？　今度はなんの用なの？

ローガンはウィンドウをさげた。

ここでこの話を持ちだすのはどうかと思いながらも、エヴァンスは気の長いタイプではなかった。

「話をしてもいいですかね？」

彼女は肩をすくめた。「どうぞ、車に乗ってちょうだい」

「署まで来ていただけると助かるんですが」

「わたしはこれから食料品店で買い物をしたら、モーテルへ戻ってメールチェックをする予定なの。施工中の住宅が五軒あり、目を配るべき問題がいくつもある。だから話はここでしてもらえるかしら」

エヴァンスは目をしばたたいた。

ローガンは真顔のままだ。

「でしたら、わたしの車に移って話すのはどうでしょう？」彼は譲歩した。

「エアコンを強にしてくれるなら」ローガンが言った。

彼は苦笑した。「そうしましょう」

ローガンは車のエンジンを切ってドアをロックし、相手が待っている警察車両のほうへすたすたと歩いた。エヴァンスが開けた助手席のドアから中へ乗りこむと、長い脚が入るよう座席を可能な限り後ろへずらした。

運転席に座ったエヴァンスは、警察無線の騒がしい音声が入ってくる中で話さなければならないことに気がつき、手早くすませることにした。

「ミス・タルマン――」

「ミセスよ」

エヴァンスは赤面した。「そうでしたね。失礼。ミセス・タルマン、あなたが以前暮らしていた家の大家と話をしましたよ」

「ミセス・ボーディンのこと？　まだご存命だとは思わなかったわ。挨拶ぐらいしておかないと」ローガンは言った。

「ええ、それで話を戻しますが、数人から聞いたところでは、あなたは突然町を去り、しかもそのときあなたはひとりだったそうですね」

ローガンはぎくりとしたが、眉ひとつ動かさなかった。

彼女のほうからは何も言おうとしないので、エヴァンスは眉根を寄せた。

「答えないのはなぜですか？」

ローガンは驚いたふりをした。「だって質問をされてないもの。あなたは第三者から聞いた噂話を述べたにすぎず、それはわたしの帰郷の理由とはなんの関係もない。子どもの頃に住んでいた場所に戻ってきただけで、〝重要参考人〟扱いされるなんてあんまりだわ」

エヴァンスは彼女の声に張り詰めたものを聞き取ったが、怒りをこらえているのだろうと推察した。なにせこっちは尋ねる権利のない質問に答えさせようとしているのだ。

「あなたは連絡ひとつせずに出ていったとミセス・ボーディンがおっしゃってました」

ローガンは眉をひそめた。「あの頃はすべて兄にまかせていたから、大家さんに連絡していなかったなんてわたしは知らなかったわ。だけど支払いはすべてすませて、家の鍵はキッチンテーブルに置いていったはずよ。賃貸契約を結んでいたわけでもなし。彼女の借家はどれもそうだけど、月単位の賃貸で、退去の際には通知をする義務も理由を告げる必要もなかったわ」

「あなたのお兄さんはどちらに？」

ローガンはかっと目をむいた。「わたしの兄は指名手配されているの？」

「いいや、だが——」

「わたしは指名手配されているわけ？」

エヴァンスは嘆息した。

「いいえ——」

「だったら、尋問はほかの誰かにすることね。ブルージャケット滞在中に警察の保護が必要だと感じることがあれば、ためらわずにこちらから連絡するわ。そしてもし……もし万が一ここにいるあいだにわたしの身に何かあったら、そのときは好きなだけわたしの身辺を調べてもらって結構よ。いいかしら？」

「自分の身に何かあるかもしれないと考える理由でも？」エヴァンスは問いかけた。

彼女の目がすっと細くなる。「人生はときたま思い出したように残酷な仕打ちをする、だからわたしは常に最悪の事態を想定しているの。話がこれで終わりなら、失礼させてもらうわ」

エヴァンスは渋い顔をした。「かまいませんが、今度また——」

ローガンは車から降りると、振り返ることなくドアを閉めた。

彼女が店の中へ入るのを見届けてから、エヴァンスはギアを入れて車を出した。彼女は何か隠している……それに兄の話を避けたのには理由がありそうだ。それを突き止める前に、彼女とはさらに関わることになる予感がした。

ローガンはショッピングカートをつかむと、生鮮食品のコーナーへ向かった。小さめのバナナの房をひとつにリンゴを二個、ぶどうをひと房取ったあと、チーズとクラッカーを探しに行く。それらをカートに加え、次はソフトドリンクの棚へ移動した。ペプシの六缶パックをふたつ、それで買い物を終えてレジへ進む。商品をひとつひとつベルトコンベアに乗せてから、店員がバーコードをスキャンしているレジへ行った。合計金額が出るのを待っていると、店に入ってきた男がいきなりぴたりと動きを止めた。顔をあげると、こちらを見ている男と目が合った。見覚えのある男だが、ここにはそういう人が大勢いる。彼女は男を無視して読み取り機にクレジットカードを滑らせ、サインをした。

「レジ袋は使われますか?」店員が尋ねる。

「いいえ、結構よ。これぐらいなら運べるわ」ローガンは商品をカートに入れて出口へと向かった。

男は動いていなかった。近づいてからわかったが、男は震えていた。

「失礼、じろじろ見るつもりはなかったんだが、知り合いにそっくりなもんで。ひょっとして、デイモン・コンウェイのご親戚では？」

「わたしはデイモンの妹のローガンよ。わたしの知ってる方かしら？」

「名前は聞いたことがあるはずだ。ジョージ・ウェイクリー。〈ウェイクリーズ・プラミング〉の。デイモンは以前うちに勤めてただろう。妹さんのことも町でよく見かけたものだが、当時はまだほんの子どもだったから」

「そうでしたね、ミスター・ウェイクリー。お会いできてよかったわ」ローガンはそれだけ言うと、カートを押して店の外へ出た。

相手が後ろからついてくるのに気づき、そのしつこさに彼女の神経はさらに張り詰めた。

ローガンは足を止め、くるりと振り返ってウェイクリーと向き合った。すると相手は顔を真っ赤にして慌てて弁解した。

「いや、じろじろ見るつもりはなかったんだ」さっきの言葉を繰り返す。「つきまとうようなことをして申し訳ない、だけど何があったんだ？ ある日突然きょうだいそろって町から消えただろう。あいつはまじめな従業員だった。心配してたんだ」

「ええ、たしかに突然だったわ」ローガンは車の警報装置を解除し、買ったものを助手席にのせた。

「デイモンも一緒に戻ってるのか？」彼が問いかける。

「いいえ。わたしは結婚して、いまはテキサス在住です」

ウェイクリーがうなずく。

「デイモンに会ったら、どうしてるかおれが尋ねてたって伝えてくれ」

「そうします」彼女は言った。「じゃあ、わたしはこれで」

それだけ言って車に乗りこみ、走り去る。失礼な態度だったのはわかっているが、どうしようもなかった。ローガンの望みは、部屋へ戻り、〈ブルースカイ〉から追加の情報が来ていないか確認し、この泥沼を解決して家へ戻ることだけだった。

モーテルの前に車を停めて買ったものを中へ運んだあと、車へ戻って座席の下から銃を取りだし、警報装置をふたたびセットしてから部屋に入り、施錠した。

足を振ってブーツを脱いでいたとき、バスルームのタオルが新しくなっているのに気がついた。それはメイドが部屋に入ったことを意味していた。しまった！　ドアノブに札をかけるのを忘れていた。荷物がすべてあるかどうか急いで確認すると、全部そのままだった。

ペプシ数本とチーズと果物を冷蔵庫にしまい、ショートパンツとTシャツに着替えると、ノートパソコンを抱えてベッドの上に這いあがった。

メールチェックをしようとしたところで、携帯電話が鳴りだした。発信者をちらりと見てため息をつく。ウェイドからだ。

「もしもし。こっちは無事。そっちは？」彼女は尋ねた。

彼がくつくつと笑う。その響きはシルクのように彼女の肌をかすめた。

「心配はないようだな。よかった。こっちはマグワイアのところで使う予定だった床材の件でひと悶着(もんちゃく)あったよ。今朝、北行きの州間高速道路三十五号線でトラックが横転し、ピーカンブラウンのラミネートフローリング材が道路にぶちまけられたんだ。新しいやつを明日届けてくれるそうだから、仕事にしわ寄せが出ることはないだろう」

いつもと変わらぬ仕事の話をするウェイドの声を聞いていると、それだけで気持ちが穏やかになった。

「費用がうちではなくあっち持ちなら、何も問題ないわ」ローガンは言った。

「同感だ」それからウェイドは咳払(せきばら)いした。「そっちは何か新しいことは?」

「高校時代の親友とランチに出かけたわ。楽しかった。彼女の名前はケイトリン・バティスト。高校のときのボーイフレンドだったジョニーと結婚して、彼と同じ赤毛の男の子をふたりもうけていたわ」

「そうか……だけどきみは同窓会のために帰郷したわけじゃないだろう。ほかはどうなってる?」

彼女はヘッドボードに寄りかかり、天井の小さなしみを見あげて目を凝らした。しみの下についているのは虫かしら、汚れかしら。

「ローガン! どうなってる!」

「怒鳴らないで。どこまで話をしようか考えているのよ。怒鳴るなら、電話を切るわ」

「全部話せばいい。それに、おれを脅しても無駄なのはわかってるだろう」

彼女は顔をしかめた。「私立探偵社に依頼した調査の返事が来るのを待っているところよ。妻を亡くした三人が多額の生命保険を受け取っていないか、それに離婚して町を出た女性ふたりはどこかで生きているのか、それを知りたいの」

短い間ののち、彼が言う。「いい目の付け所だ」

「ありがとう」

「おれが必要なら……」

「ええ、わかってる」ローガンは言った。

「明日電話する」

「それは約束かしら、それとも警告？」彼女は尋ねた。

ウェイドがもう一度くつくつと笑う。

ローガンは目を閉じた。いまいるのが安全な自宅ならよかったのにと不意に思った。ここで命を危険にさらしているのではなく。だけどブルージャケットには兄がいる。そして兄と交わした約束がある。

「気をつけてくれ」ウェイドが言った。

「わかってる」

耳もとで通話の切れる音がした。

携帯電話を置いて、メールを確認した。ハンク・ロリンズからの新着メールがある。メールを開いて目を通すと、その情報でリストに挙げられた五人中ふたりは容疑者から除外できそうだとわかった。

自動車事故で死んだジュリア・スティーブンスには五十万ドルの生命保険がかけられていた。

手術台で死亡したトレナ・フランクリンは生命保険に入っていなかった。

ラモーナ（モナ）・アダムズには二十五万ドルの生命保険がかけられており、事故死の場合には倍額補償する条項が契約に含まれていた。長期間の捜査の末に自殺の可能性は排除され、五十万ドルが支払われている。

離婚した女性たちに関しては、コニー・デシャント・ベイルズはカリフォルニア在住だが、もう片方のエレン・ウォーレンはアラスカへ移住して電気なし生活（オフグリッド）をしているとされ、消息はつかめなかった。ローガンはコニー・ベイルズの旧姓がデシャントであることに気づき、町長の血縁だろうかとちらりと考えた。

ハンク・ロリンズは請求書を添付し、〝またのご依頼をお待ちしております〟と同じ文句で報告を締めくくり、サインをしていた。

この情報をすべてまとめていますぐエヴァンス署長へ提出しようか。そんな衝動が胸をよぎるが、彼のことを信用できるほどよく知らない。だけど、ここまでにつかんだ情報を保護するために誰かと共有する必要があった。その相手としてウェイド以上にふさわしい人物がいるだろうか？

〈ブルースカイ〉へペイパルで支払い、それからウェイドに宛てて、入手した情報とそれを手に入れた経緯を詳細に記した送付状を作成し、探偵社から届いたばかりのメールを添付した。二度読み直したあと、気が変わる前に送信ボタンをクリックする。

顔をあげるとすでに四時近くなっていて、ローガンはうめき声をあげた。ベッドに入る前にもうひと仕事だ。離婚したふたりの男性が住んでいる場所を見ておきたい。彼らの暮らしぶりが妻の始末に一万ドル払えるようなものでなければ、彼らは除外しよう。

もう一度服を着替えて出かけた。ハマーに乗りこみ、最初の住所をカーナビに入力する。指示に従って次々に通りを走り抜け、町の南端の平凡な一戸建てにたどり着いた。大きくはないけれど、みすぼらしくもない。家の前には最新型の車が三台停まっていて、二本の樫(かし)の木が落とす影のもとで年配の男が車を洗っている。あれがダニー・ベイルズだろうか。それらしい年齢だけど、金をまき散らす余裕があるようには見えない。

ローガンは二番目の住所をカーナビに入れ、町の反対側へ向かい、トニー・ウォーレンの住まいを探した。彼の前妻はオフグリッド生活のため消息がつかめないという話だが、それが怪しいとは思わない。ローガン自身、この十年で同じことをした人をふたり知っているからだ。ひとりはコロラドの山に移り住んで自給自足の生活を送り、もうひとりはアラスカを選んでウォーレンの前妻と同じく電気なしで暮らしている。

車を走らせていると、遠くの空に雲がもくもくと湧きあがるのが目に入った。もうすぐ雨になる。日が落ちる前に降りだしそうだ。高校の前にある一時停止の標識でブレーキを踏み、つかの間思い出に浸った。フットボール用のグラウンドではがっしりとした体格の男が芝を刈っている。アクセルを踏んで交差点を通過し、芝刈り機に乗った男を横目に見ながら、あれも昔の知り合いだろうかとふと思った。

そのとき、男の顔が見えた。

「あらあら。スーパースターが地に落ちたものね」

レット・プレジーン、高校時代はクォーターバックの花形選手。サービス精神旺盛で、チアリーダー全員に彼流の入団テストをやってあげていた彼が、いまやグラウンドで芝刈りだ。

ローガンは首を振りながら行き過ぎ、数分後、トニー・ウォーレン所有の住宅へと近づいた。

すてきな家だ。ペイトン・アダムズの邸宅と肩を並べるほどの優雅さはないが、真っ白なギリシャ風の円柱四本が張りだしたバルコニーを美しく飾っている。屋根付きポーチの下には車が二台ある——一台は洒落たスポーツカー、もう一台は大きな白のリンカーン。来客中か、再婚したのか、いずれにしても怪しむほどのことではない。

ローガンはそのまま家の前を走り過ぎた。どちらの住居もどう考えればいいのかわからない。探偵には向いていないらしい、けれど人を見る目なら自信がある。五人の男性全員と対等な立場で対面し、相手の反応を引きだすすべがないのは残念だ。彼らのうちひとりは確実に彼女の存在をすでに認識している。

調査をどう進めようかと考えていると、雨粒がぽつりとフロントガラスにぶつかった。目をあげて顔をしかめ、アクセルを踏みこむ。本降りになる前に帰り着けるだろうか。一分弱でモーテルに到着し、部屋へ足を踏み入れたところで雲が雨を吐きだした。

6

ビッグ・ボーイが誰にも見られずに家から抜けだすことができたときには、すでに深夜を回っていた。もう一度〈バイユー・モーテル〉を見ておく必要があるが、シュガーがうろうろしていては邪魔だ。だから彼女がいつもの睡眠薬を飲んで寝入るまで待った。

嵐のあとで空気はさわやかなにおいがした。アマガエルのにぎやかな合唱が始まっているが、セミはまだ静かだ。犯人だと突き止められるのではという小さな不安が、肥満犬についたダニのように食いついていた。これまで多くの罪を犯してきたものの、常に逃げおおせてきた。今回は感じが違う。追われる者の気分が初めてわかった。

エンジンをかけて車をドライブウェイからゆっくりと出す。通りに出ると、大通りではなく住宅街を通って〈バイユー・モーテル〉へ向かった。

痩せこけた野良犬がこそこそと物陰へ戻っていく。さらに数ブロック進んだところで、彼は道路を横切るアライグマに気づいてブレーキを踏んだ。どこかの家で生ゴミを漁っていたのだろう。

ビッグ・ボーイには、何が正しく、何が正しくないかという彼なりの判断基準があり、アライグマは轢き殺さないのに、人の命は終わらせようとしている事実を皮肉とは思わなかった。

ヘッドライトを消して路地からモーテルの駐車場に入り、今回も奥手にある樫の木の下に駐車した。

ああ、とっとと終わらせたいものだ。

4Aの明かりは消えている。また女が外へ出てくるようハマーのアラームを鳴らそうかとも思ったが、それでは誰も彼もが飛びだしてくる。目撃者がいてはまずい。

ビッグ・ボーイは冷風を顔面に浴びながら、妙案が浮かぶのを待った。

しばらくすると、計画が頭に浮かんだ。朝、女が出てくるまでここで待ち伏せし、拳銃にサイレンサーを取りつけておけば、彼女が戸口に現れたところを撃つことができ、誰にも物音ひとつ聞かれることはない。彼女はその場に倒れ、誰かが死体に気づく頃にはこっちはとうに逃げている。

考えれば考えるほどその計画が気に入った。これなら大丈夫だと、ビッグ・ボーイは家に向かって引き返した。確実に誰にも見つからずに家から抜けだせるよう、一階のリクライニングチェアで眠ることにし、かたわらのテーブルで携帯電話を充電して、アラームを朝の六時にセットした。

ウェイドが建設現場から帰宅したときにはすでにダラスの夕日は沈んでいた。州間高速道路三十五号線のジャンクションで廃棄されるはめになった床材の代わりに急遽(きゆうきよ)発注された品物の受け取りのため、遅くまで現場に残っていたのだ。

空腹を抱えたままバスルームへ行き、疲弊して汚れた体から服を引きはがす。シャワーを浴びながら、疲れたから食事はやめにして寝るか、それでは腹がすきすぎて眠れないかと自問自答した。体を拭いてジム用のショートパンツとTシャツに着替えた頃には、気分もましになっていた。裸足でキッチンへ行き、十八番を作る――卵三つにチーズとハラペーニョをぶっこんだオムレツだ。

いつものように頭に浮かぶのはローガンのことだ。電話で話したときは元気そうにしていたが、彼は恐怖がじわじわと近づく感覚を振り払うことができなかった。
できあがったオムレツを皿に移してテーブルへ運び、メールチェックをしつつ食事をした。三口ほおばってからメールを開き、読みながら返事が必要なものには返信して、ほかは削除する。ローガンからのメールに気づいたのは食べ終えたあとで、件名欄に〝保管用〟とあるのを見て即座に開いた。一ページにわたり、彼に伝えておきたい内容と、彼女に何かあったときのために情報をほかの誰かに渡しておくことがどれだけ重要かが説明されている。最後のパラグラフを読んで、冷たいものが彼の体を駆けおりた。

わたしの腹部には、デイモンが死んだ日付と彼の遺体を埋めた場所を見つける方法が記されています。埋葬場所を見つけるには、反対から読むように。町の北側の町境を示す標識を出発点とし、反対から読んで最初の数字はそこからハイウェイを走る距離です。そこで西へ折れる。二番目の数字はアスファルト道を西へ進む距離。そこで車を降り、湿地まで最後の四百メートルは徒歩になります。以前はフェンスに囲まれていなかったため、場所を見つけるのには苦労しました。入り江の岸までたどり着いたら、左手に糸杉の原生林が見えるはずです。裏側にバツ印がある木を探してください。

デイモンを埋めたのはその木の前です。

鳥肌が立った。

いまになってこれを送ってきたのは、すべてを見届けるまで生きていられないかもしれないとローガンが覚悟したからだ。ウェイドは続く情報に目を通し、詳細な描写に驚いた。

吐き気を覚えながらメールをプリンターへ送信し、プリントアウトされたものを取りに自分のオフィスへ行った。すべてをフォルダーに挟んでデスクの上に置き、キッチンへ戻って食器を片付ける。

傷心と同程度の憤慨を抱えてベッドに入った。今夜はとうてい眠れそうにない。ところがあっという間に眠りに落ち、建築現場近くのカフェで昼のシフトに入っていたローガンを、アンドリューとともに初めて目にしたときの夢を見た。

ウェイドは〈ブルーバード・カフェ〉の駐車場に車を停めた。

「混んでるようだな。テーブルが空いてなければ待つのはなしだ。帰りにどこかドライブスルーに寄るぞ。いいな？」アンドリューが言った。

「おれはどっちだっていい」ウェイドはそう言って車を降りた。

十一月の冷えこむ一日で、午前中はみぞれ混じりの雪が降り続けたが、施工中の物件はあとは内装の仕上げが残っているだけだった。

「おれはチリにする」ウェイドは言った。

アンドリューがうなずく。

「おれもだ。時間がかからないからすぐに仕事へ戻れる」

寒さに背中を丸め、吹きつけるみぞれに顔をそむけて入口へ向かった。

ドアを開けるとあたたかい空気がふたりを迎え、キッチンからうまそうなにおいが漂ってきた。席を探していると、テーブルのあいだを長い脚でつかつかと進む、若いウエイトレスの姿がウェイドの目に飛びこんできた。

「おい、彼女を見てみろよ」彼は言った。

アンドリューが目をすっと細めた。

「おれが口説く」

「冗談言うな！　おれが先に目をつけたんだぞ」ウェイドは言った。

アンドリューは振り返り、親友に目を向けた。

「おれが口説くと言ったんだ」

こいつのこんな表情をこれまで見たことがあっただろうか。ウェイドは大きく息を吸いこみ、そしてあきらめた。

「好きにしろ」

彼女が接客しているコーナーに座りながら、ウェイドは猫を思わせる彼女の足運び、そして歩くときの体の動きを目で追い続けた。彼女がまだかなり若いことに気づくまでしばらくかかり、気づいた時点で、これから一生彼女のかたわらで目覚める一瞬の空想を手放した。

彼らのテーブルで彼女が足を止め、ウェイドは、親友がかつて見たことないほど真剣に女性を口説きにかかるのを眺めた。そして親友が彼女を魅了する様を見て、胸に走る痛みを無視した。

ウェイドは親友の隣にたたずみ、彼女が教会の通路を歩いてくるのを見つめて、永遠に彼女を失う痛みを夢の中でもう一度味わった。

ローガンはひと晩中デイモンの夢を見ていた。夢の中ではどこへ行ってもかたわらに兄がいて、巨大な屋敷で赤いドアを探すのを手伝っている。赤いドアを見つけることができれば、その向こうに答えがあるのはわかっていた。廊下を曲がると、ホールの端に赤いドアがついに見えた。駆けだした瞬間に目が覚め、ローガンはベッドの中で反転し、うめいた。

「ああもう、デイモン、男の名前を言ってくれればよかったのに。わたしは犯人を見つけたいのよ」

時計に目をやると、七時を回ったところだ。ゆうべは果物とチーズで食事をすませたし、今朝は何かつまむだけという気分ではない。ローガンは起きあがり、シャワーを浴びに行った。

それから間もなく、彼女は服を着替えてブーツを履き、朝食をとりに〈バーニーズ〉へ出かける支度を整えた。コルトを手に取り、ホルスターをつける代わりにバッグへしまい、そのバッグを肩にかけると、カードキーを持ってドアの外へ足を踏みだした。

携帯電話のアラームが六時に鳴りだし、ビッグ・ボーイはうなり声をあげた。たったいま目をつぶったばかりのようだ。昨夜と同じ服装のまま、カフェインを求めて冷蔵庫からコーラの瓶をつかみ、静かに家を抜けだす。車にたどり着くと、座席の下に拳銃があるのを確かめてから中へ乗りこみ、冷えたコーラをがぶ飲みした。コーヒーがほしいところだが、まあいい。

まぶしい朝日のもとでは、ゆうべ思いついた妙案も冗談のように感じるが、何か手を打たねばならず、ならばやはりこれが彼の手だ。ビッグ・ボーイはまだ眠っている住宅街を通り抜けながらさらにコーラを飲み、前方の道路に横たわる動物の死骸を見て顔をしかめた。あのアライグマが、こりもせずにまた道路を横切ろうとしたのか。

モーテルの裏手の路地に着くと、駐車場の奥へ車を静かに進めて停めた。ここなら女の部屋の入口までさえぎるものはない。彼女が出てきたら一発だ。

待っているあいだ、防犯カメラのたぐいのことを考えに入れていなかったとふと気がつき、急いで周囲を見回した。

モーテルのオーナー、ドゥリトルのばあさんは、カメラを設置する予算がないらしい。それか、休憩目的で利用する客のプライバシー保護のため、意図的に取りつけていないのだろう。彼の車のガラスは色付きで暗く、外からは車内にいる者の姿は見えない。ビッグ・ボーイは座席の下から拳銃を取りだして膝にのせ、コーラの瓶に手を伸ばした。

ローガンは朝日の中へ足を踏みだし、リモコンキーをハマーへ向けた。そのとき何かが背中を強打し、彼女は突き飛ばされて車のフロントフェンダーにぶつかった。激痛が炸裂(さくれつ)し、次の瞬間にはすべてが闇に包まれた。

ローガン・タルマンがハマーにぶつかるなり、けたたましいアラーム音が鳴りだした。延々と続く甲高い音にビッグ・ボーイはうめいた。車の警報装置のことを忘れていた。くそっ。先に解除させてから撃つべきだった。

「くそっ！」ギアを急いでバックに入れて駐車場から路地へと後退し、家に向かって車を飛ばす。

これは自分の計画とは違う。女がいきなりモーテルの部屋から出てくるものだから、うっかり考える前に発砲してしまった。弾は女の背中に命中したが、その衝撃で女はハマーへ倒れこみ、そのせいでアラーム音が鳴りだしただけでなく、彼女が死んだかどうかを見届けずにあの場から去らねばならなくなった。動悸がして息苦しい。心臓が乱れた鼓動を打っているが、これはパニックのせいではない。そう気づいたのはまだ家へ向かって運転している途中だった。片手で左胸をつかみ、乱れた重い鼓動をてのひらに感じてうめき声をあげる。

「いいや、違う！　こいつは心臓発作じゃない。心臓発作なものか。大丈夫だ。家に帰り着けば心配ない」

泣いてもいないのに鼻水が上唇へ流れ落ち、ビッグ・ボーイはぶつぶつと繰り返して自分を落ち着かせようとした。

発砲音はなかった。それに、車のアラーム音が鳴っているのを不思議に思った人が外に出てくる前に、彼は駐車場をあとにしている。大丈夫。大丈夫だ。あそこにいたところは誰にも見られていない。たとえ猛スピードで通りを走っているのを誰かに目撃されたとしても、彼はただスピード違反をしているだけであって、発砲事件の容疑者にはならない。

ビッグ・ボーイは自宅に到着して大きな安堵のため息をついた。そしてモーテルの駐車場に救急車が到着したときには、すでに家の中へ入っていた。

服を着て、ゆうべの〝デート〟の相手をベッドに寝かせたまま部屋を出ようとしたTボーイの耳に、車のアラーム音が飛びこんできた。

深夜一時頃、フランシーと一緒に自分たちの部屋へ入ろうとしたときに、ローガン・タルマンのハマーが彼女の部屋の前にあるのは目にしていた。十代の頃、ベッドへ連れこみたくて躍起になった相手がほんのふたつ先の部屋にいる。そう思うとTボーイは興奮し、それについてフランシーは文句を言わなかった。ベッドの中でTボーイは目をつぶり、自分が抱いているのは四十ドルで買った売春婦ではなく、ローガンだと夢想した。

車のアラーム音が鳴りだしたのは、ドアノブに手をかけたときだった。ロビショーの一件はすでに耳にしていたので、今度はどいつがやらかしたんだと考えていると、駐車場から車が急発進する音が聞こえた。顔を見てやろうとドアを押したが、チェーンがかかったままだった。ドアを開けたときには、車はとうに走り去っていた。ハマーへ目を向けると、ローガンが横向きに倒れているのが見えた。その下には血溜まりが広がり、そのあいだも車のアラーム音は遅すぎた警告を叫び続けていた。

Tボーイは走り寄って血溜まりに膝をついた。銃弾がローガンの背中に開けた穴は見逃しようがなく、射出口を確認しようと彼女の体を自分のほうへ転がして、彼はうめき声をあげた。シャツの前面も血でびしょ濡れだ。

「だめだ、だめだ、ローガン。あんたはこんな終わり方をする女じゃない！」つぶやいて携帯電話を取りだし、緊急番号に電話をかける。

「どうなさいましたか？」

「〈バイユー・モーテル〉の駐車場で女性が撃たれた。警察と救急車を呼んでくれ、大至急だ。出血がひどいんだ」

そのときフランシーがよろけながら部屋から出てきた。

「Tボーイ、なんの騒ぎよ？」

「バスルームからタオルを全部持ってこい！」彼は怒鳴ると、フロントフェンダーに寄りかかって座りこみ、血が流れでているローガンの体を引っ張りあげて脚で挟み、彼女の頭を自分の胸にもたせかけた。フランシーは踵を返して駆けだし、すぐに戻ってきた。その顔は抱えているタオルと同じくらい真っ白だ。

Tボーイはタオルを一枚つかんで射入口に、そして別の一枚を射出口に当てると、銃創の両側からありったけの力で押した。

いまや客たちが部屋からぞろぞろと出てきている。モーテルのオーナーのビー・ドゥリトルは、受付の裏手にある自室から飛んでくるや、車のけたたましいアラーム音にかき消されないよう声を張りあげた。

「何が起きてるんだい？」大声をあげ、ハマーの後ろから回ってきて自分の目で確かめる。「ちょっと、なんてこった！　死んでるのかい？」

「おれにわかるか」Tボーイは言ったが、冷や汗が噴きでていた。傷口への圧迫で腕の筋肉はすでに焼けつき、顔には涙が流れている。「救急車はまだかよ？」

サイレンの音がようやく聞こえ、彼は腕の中の女性を見おろした。

「がんばれ、がんばってくれ。おれが傷を押さえてる。あんたは大丈夫だ！」そう言って、いっそう強く傷口を押した。

ウェイドは建設現場に到着し、コーヒーを手にトラックから降りたところで、肩に鋭い痛みが走ってよろけた。コーヒーが手から滑り落ち、ワークブーツに飛び散る。

「なんだ？」つぶやいたとき、ローガンの顔がまぶたをよぎった。

動揺しないよう自分に言い聞かせて携帯電話を取りだし、彼女にかける。呼び出し音が鳴り続けたあと、留守番電話に切り替わった。もう一度かけ直し、またかけてみて、七度目の電話をかけたとき、ウェイドはすでにトラックへ引き返していた。

自宅へ戻る途中も繰り返し電話をかけたが結果は同じで、帰り着くと携帯電話をポケットに入れ、荷造りをしに中へ入った。何が起きたのかはわからない。しかし、ローガンが電話に出なかったとき、何か起きたのだとわかった。寝室へ行く途中で携帯電話が鳴りだした。廊下で立ち止まり、安堵に全身を震わせて、彼女の名前が表示されているのを期待し携帯電話を見おろした。だが画面には〝不明〟とあった。

くそっ、どういうことだ。

ウェイドは震える手で電話に出た。

町中の住民がサイレン音を耳にした。

警察、消防、それに救急車、それぞれサイレン音は異なるが、その三つが同時に聞こえたとき、住民たちは電話をかけ始めた。ハマーに乗っていた女性がモーテルの駐車場で銃撃されたことは、またたく間に町民の半分が知るところとなった。

ジョニー・バティストは仕事へ行くために外へ出たところでサイレン音を耳にした。ポーチの階段で足を止め、煙が見えるかと空を見渡す。煙があがっていれば火事だ。

ケイトリンが玄関から走りでてきた。

「何があったの？」彼女が叫ぶ。

「わからないな」ジョニーは言った。

「警察署のアーニーに電話できいてみて」

「おいおい、ケイティ。あっちだって迷惑だよ、サイレンぐらいで——」

「署に電話して！」ケイトリンは声を荒らげた。

ジョニーは目をしばたたいた。自宅のプールに母親が浮かんでいるのを発見した夜以来、彼女がこんなふうに取り乱すのを見たことはなかった。彼は電話をかけた。

「やあ、アーニー、ぼくです、ジョニーです。何があったんですか？」

「わかってるのは、モーテルの駐車場でローガン・コンウェイが銃で撃たれたってことだけですよ」

ジョニーはぐらりとよろめき、ポーチの柱をつかんだ。

「なんですって？　彼女は死んだんですか？」

「いや、そうは思いませんけど。彼女が撃たれたと通報があったんです。いまはそれしかわかりません。すみません、仕事なんで」アーニーはそう言い、通話は切れた。

ケイトリンは戸口に立っていた。着ている白いブラウスと同じくらい顔に血の気がない。

「ローガンが死んだの？」ケイトリンが尋ねる。

ジョニーは表情を曇らせた。

「あのサイレンが彼女のところへ向かってると、なぜわかったんだい？」

ケイトリンはうめき声をあげ、膝から崩れ落ちた。

「ああ神様、ひどい、ひどいわ」ケイトリンは叫び、手で顔を覆った。

「違うんだ、ベイビー、アーニーは彼女が死んだとは言ってない。彼女が撃たれたと通報があっただけだ。家の中へ入ろう。彼女のためにふたりで祈るんだ、いいね？」

ジョニーが手を貸して立ちあがらせていると、ケイトリンはいきなり彼の手を振りほどき、家に駆けこんだ。

「どうしたんだ？」彼は寝室へ向かう妻を追った。

「ローガンと約束していたの、もしも彼女に何かあったら、わたしが彼女の友人に電話をすると」ケイトリンはバッグの中をかき回し、内ポケットにしまったのを思い出した。

「つまり、彼女はこうなることを予期していたのか？」ジョニーは尋ねた。

ケイトリンは紙片を握りしめて電話機へ駆け寄った。震える指で電話をかけ、しゃべれるぐらいには気持ちを落ち着かせようと、深呼吸をひとつして目をつぶる。呼び出し音が鳴りだし、ケイトリンは祈りの言葉をすばやく唱えた。すぐに相手の声が聞こえた。

「もしもし」

「そちらはウェイド・ギャレットでしょうか？」

ウェイドの心臓が凍りついた。

「そうです」

「わたしはケイトリン・バティスト。高校時代のローガンの親友です。彼女に何かあったときはあなたへ連絡するよう言われてました。こんなことをお伝えするのは残念ですが、今朝モーテルの駐車場で彼女が撃たれました」

「なんてことだ」ウェイドは壁に手をついて体を支えた。「彼女は生きてるんですか?」

「わかりません。警察に電話をしたんですけど、彼女が撃たれたとしか教えてくれなくて。彼女の容態については何も。わたしも――」

「感謝します」ウェイドは通話を切り、ダラスの私設飛行場で働いている友人に電話をした。

「〈ポニー・エクスプレス・エアウェイズ〉のジュニアです」

「ジュニア、ウェイド・ギャレットだ。急ぎの頼みがある」

「おう、何が必要だ?」

「ルイジアナ州ブルージャケットまで大至急行きたいんだ。今朝、モーテルの駐車場でローガン・タルマンが襲われた。いますぐ行く必要がある」

「なんだって!」ジュニアが言った。「もちろん力になるぞ。ベル・ジェットを出そう。あの小型ヘリはとてつもなく速いからな。おまえが到着するまでに離陸の準備をしておく」

「頼むぞ、ジュニア。一時間以内にそっちへ行く」

寝室へ向かいながら通話を切り、バッグに着替えとひげ剃り道具を放りこむかたわら、建設現場にも電話をかけて、呼び出し音が続くのに耳を傾ける。ようやく応答があったとき、ウェイドは相手に〝もしもし〟と言う間も与えなかった。

「マグワイア、ウェイドだ。よく聞いてくれ。説明してる時間はない。ローガンが撃たれた。今朝モーテルから出たところを襲われたらしい。生死は不明だ。おれは一時間後にヘリでルイジアナへ飛ぶ。必要なときはおれにメールか電話で連絡してくれ。だがひとまずおまえを責任者にする。現場の連中にもそう伝えて、トラブルの際はおまえに連絡するよう、各班の監督係に指示してくれ」

「なんてことだ、ボス。信じられない」マグワイアが言った。「ええ、もちろん、あとのことはまかせてください。おれたちもボス・レディの無事を祈ります」

「ありがとう」ウェイドは言った。

最後に、ゆうべプリントアウトした書類を荷物に入れ、急いで家をあとにした。

警察車両よりわずかに先に救急車が到着し、救命士たちが走りでた。いまだ耳障りな悲鳴をあげ続けるハマーのアラーム音が現場の混乱に拍車をかける中で、彼らは負傷者へと駆け寄った。

エヴァンス署長と当直警官二名はそれぞれの車を駐車場へ乗り入れ、横滑りして停車した。ぐったりしたローガンの体をTボーイが抱えこんでいる様がエヴァンスの目に映るや、負傷者の処置は救命士たちに引き継がれた。ローガンとTボーイはどちらも全身血まみれだった。

エヴァンスがパトカーから降りたときには、Tボーイは両膝に手をのせてモーテルの外壁に寄りかかっていた。地面に横たわる女性と同じくらい体中が血で濡れている。彼は気絶しないよう体を倒せるだけ前へ倒した。ドレッドヘアが顔の前に垂れさがる。

「ここで何があった?」エヴァンスは尋ねた。

Tボーイはかぶりを振った。途切れ途切れに言葉を吐きだす。

「おれはふた部屋先にいて……車のアラーム音がいきなり鳴りだした。外に出ようとしたら、駐車場から車が急発進する音が聞こえた。そのあと部屋から出て、彼女を見つけたんだ。背中を撃たれてたが、おれは銃声は聞いてない。彼女が倒れたときにハマーにぶつかって、それでアラームが鳴りだしたんだろう。署長さん、ここで何が起きてるんだ？　どこのどいつが彼女にこんなことを？」

エヴァンスは胸苦しさを覚えた。ばかでかいリボルバーを手にロビショーを見おろすローガンを目にしたとき、彼女の帰郷の裏には何かありそうだと思ったが、ここまでの事態は予想外だった。

エヴァンスは首を横に振り、警官たちへ向き直った。

「誰かあのやかましいアラームを黙らせて、キーを持ってきてくれ。ここの駐車場は封鎖するんだ。救急車以外は出入り禁止だ。それから薬莢を探せ、タイヤの跡もな。車が急発進するのを聞いた者がいるから、タイヤ痕が残っている可能性がある」周囲を見回して駐車場の配置を調べた。「彼女は背中を撃たれてる。つまり弾はあっちの方向から発射されたことになるな」

「はい」警官たちが返事をした。

ほどなく車のアラーム音がやんだ。エヴァンスは彼女のバッグとキーを犯行現場の証拠品として回収し、警官ふたりは散っていった。ひとりは駐車場の周辺を歩き始め、すぐに空薬莢を発見し、袋に入れてラベルを貼った。もうひとりは集まっている者たちひとりひとりから調書を取っていった。

ローガンは大地と空のあいだを漂い、どこか自分をつなぎ止められる場所を探していた。肩には焼けつくような熱い痛みがあり、何かやりかけたことがある気がした。悲鳴がずっと聞こえるが、叫んでいるのは彼女ではなかった。またもデイモンが一緒にいるものの、話をするには遠すぎた。

助けて。助けて。

その声は誰にも聞こえない。聞こえたとしても、気にとめる者はいないから、誰も来てくれないのだ。気がつくと、アンドリューが彼女の横に立っていた。

どこへ行ってたの? どうしてわたしを置き去りにしたの?

彼は答えない。彼にも聞こえないのだろうか。

湧きあがる黒雲が近づいてくる。ローガンは動くことも逃げることもできなかった。デイモンはもういない。アンドリューは消えてしまった。あるのは暗闇だけ——闇が彼女を沼の底へ連れ去っていく。

救急車が地元の病院の救急搬入口にバックで入ってくるのを、医師と看護師数名が走りでて迎えた。

救命士が後部から飛び降りたあとは、あらゆることが一斉に始まった。ローガンがストレッチャーに移されて緊急救命室(ER)へ運ばれる。その腕にはすでに点滴がつけられていた。射入口と射出口はどちらも塞いであるものの、激しい出血はなおも止まらない。

「患者の状態は?」ドクター・ヴェナブルは尋ねた。

「血圧は上が百十、下が四十までさがっています。脈拍は微弱。背中に銃創がひとつ、鎖骨の近くに射出口があります。呼吸が浅いです。彼女の所持品に記載されていた血液型はOプラス。現場で大量出血しています」救命士のひとりが言った。

彼らがほかに傷はないかと彼女の服をハサミで切り始めると、腹部のタトゥーが露(あら)わになった。

「誰か彼女の名前はわかるか?」医師は問いかけた。

「ローガン・タルマン。以前はローガン・コンウェイでした。昔ここに住んでいたんです」誰かが返した。

「とんだ帰郷になったな」医師がつぶやく。

看護師が叫んだ。

「先生！　血圧が急速にさがってます！」

医師は顔をあげて数値を見た。

「心停止を起こしかけてる。これから患者が行くと手術室に知らせてくれ。執刀医は誰だ？」

「ドクター・サイラスです。すでに待機してます」看護師はそう言うと、外科病棟へ知らせるために電話をつかんだ。

「手術室へ運べ、大至急だ」医師は言った。

その直後、ローガンを乗せたストレッチャーは入ってきたときと同様に慌ただしくERから運びだされた。

7

ウェイドはこれほどの恐怖を感じたことはなかった。ローガンがいまもこの世界に存在するのかどうかわからず、それが恐ろしい。彼女がいなくなれば、自分の人生にはなんの意味もなくなる。

アンドリューは小学校にあがったときからの親友で、現場の事故で彼を失ったときの悪夢はいまもウェイドの心につきまとっている。ローガンを失うことはつらすぎて考えられなかった。彼女はアンドリューとの最後の絆(きずな)であるだけなく、ウェイドが無条件の愛を捧(ささ)げる相手であり、しかも彼女はそのことを知りさえしない。

離陸してすでに一時間半。ウェイドはヘリの操縦士にちらりと目をやったあと、足もとに広がる地形を見おろした。ジュニアが言った通り、このヘリはとてつもなく速い。ただ、充分な速さではなかった。

「ジュニア、あとどれぐらいで着く？」ウェイドは尋ねた。

「十五分、長くて二十分だ」ジュニアは集中力を乱すことなく言った。

ウェイドは自分の腕時計に目をやると、後ろにもたれて目を閉じた。祈るなんて柄ではないが、祈りを捧げることがあるとしたら、いまがそのときだ。彼は心の中で祈禱文を唱え始めては、途中でつかえた。十数度やってみたあと、言うことができたのはこれだけだった。**お願いです、神様。お願いです。**


ケイトリンは病院に到着したものの、ローガンはすでに手術室へ運ばれていた。この町で親友の身にこんな恐ろしいことが降りかかるなんて。ケイトリンが感じたのは、単なる責任感や悲しみ以上のものだった。誰がやったのかはわからないけれど、アリゲーターだらけの入り江に犯人を突き落とすことで裁きをくだせるというのなら、自分が突き落とす役目を買ってでるわ。

待合室で行ったり来たりしていると、エヴァンス署長が入ってきた。彼が口を開く前にケイトリンは質問を浴びせた。

「犯人は？　もう刑務所にぶちこんだんですか？」

「誰がやったかはまだわかっていませんが、あなたを探してたんですよ。ご主人のジョニーからうかがいました、ミセス・タルマンがここに住んでいたときは、仲がよかったそうですね。捜査の取っかかりが必要です。彼女の生いたちを聞かせてくれませんか。彼女になんらかの恨みを持つ者がこの町にいると思いますか？」

ケイトリンは震える指で髪をかきあげた。

「座るか歩き続けるかしないと、脚が震えて立っていられないわ」

「では、座りましょう」エヴァンスは椅子を指さした。

ケイトリンは椅子にどすんと座りこむと、話をする前に気持ちを落ち着かせようと深呼吸をした。

「何年も会っていなかったけど、ローガンはいまも昔もわたしの親友よ。彼女が誰かといざこざがあったなんて、わたしは聞いたことがないわ。彼女とデイモンはみんなから好かれていたんですもの」

「その兄についてだが、ミセス・タルマンはなんと言ってました？」

ケイトリンは眉根を寄せた。

「デイモンが何かに巻きこまれて、それが理由で町を出たとしか。その後、ローガンは結婚してダラスに移ったそうよ。デイモンはいまもルイジアナにいるんだと思うわ。どうしてそんな質問を？」

エヴァンスはケイトリンの表情を探ったが嘘の兆候は見当たらず、調査の結果を彼女に話すことにした。

「ブルージャケットを去ったあと、デイモン・コンウェイは一度も仕事に就いていないからです。どこの町でもね」

ケイトリンは目を丸くした。

「えっ？　どうしてそんなことがあるの？」

「さあ。もしもミセス・タルマンが助かったら、あなたから何かききだしていただけると助かります」

ケイトリンは息をのんだ。

「なんてことを言うの！　ローガンは助かるわ。ええ、そうに決まってる」

エヴァンスはうなずいた。

「そうですね、失礼しました。ところで、彼女の兄以外に近親者をどなたかご存じですか？」

「ええ、知ってます！　昨日、彼女とお昼を一緒に食べたときに、ひとつ頼まれたの。自分に何かあったら、ダラスにいるウェイド・ギャレットという男性に電話をしてほしいって。彼の名前と電話番号を教えてくれたわ。事件のことを聞いたあと、彼にはすぐ電話をしました」

エヴァンスは困惑した。そこまで身の危険を感じていたなら、ローガン・タルマンはなぜ警察に相談しなかった？　そこで彼は思い出した。彼女との出会いは最悪だった。それにしても、彼女は誰を、なぜそんなに恐れていたのだろう？　エヴァンスの直感は、消息のつかめない兄が関係しているに違いないと告げていた。

「ここで一緒に待っていてもかまいませんか？」エヴァンスは尋ねた。

「もちろん結構よ」ケイトリンはそう言いながらも、じっとしていることができなかった。

彼女はバッグから財布を取りだすと、部屋の端にある自動販売機で冷たい飲み物を買った。駐車場に面した窓から廊下へと歩いていき、ふたたび窓へと引き返す。手術が終わるのを一心に待っていたため、携帯無線機がわめきたて、それに応答する署長の声が聞こえるまで、彼がまだそこにいたことを忘れかけていた。

「エヴァンスだ」

「署長、ヘリからミズ・タルマンの近親者が到着すると知らせがありました。十分後に病院のヘリパッドに着陸予定です」

「了解した。わたしが出迎えよう。エヴァンス通信終了（アウト）」

ケイトリンは窓へ走り寄った。すぐ先にヘリパッドが見える。質問しようとエヴァンス署長を振り返るがすでに姿はなく、彼女は空に目を転じてヘリが飛来するのを待った。

しばらくすると、エヴァンス署長が病院を出てERの入口へと移動するのが見えた。彼はポーチの陰に立ち、ウェイド・ギャレットの到着を待ちかまえている。

上空から見たブルージャケットは、誰かが湿原の真ん中だけをえぐり取り、そこに町を建設したかのようだった。町がそれ以上広がるスペースはないものの、どうにか繁栄しているらしい。フットボール用のグラウンドは青々とした芝に覆われ、近隣の住宅の庭もそうだった。

駐車場が見える場所は商業施設だろう。数は多くないが、それでも想像していたよりたくさんある。町を分断する鉄道線路はないものの、裕福な地域と貧しい地域の境界線は容易にわかった。兄が殺される前、ローガンはこの町に彼とふたりで暮らしていた。彼女が住んでいた家はどれだろうか。

機体がわずかに傾き、ヘリパッドが視界に入ってくる。病院の小ささにウェイドは不安を覚えた。彼女の命を救えるだけの腕を持った医師があんなところにいるのか？

「降下するぞ」ジュニアが言い、湿原の草に止まるトンボさながらに、着陸帯内に着地した。「幸運を祈ってる、ウェイド。おまえの彼女にも伝えてくれ、おれが無事を祈っていたとな」

「ローガンはおれの彼女じゃない。ボスだ」ウェイドはつぶやき、ステットソン帽を頭にのせて荷物へ手を伸ばした。

「ごまかすなよ」ジュニアが言った。「おれとおまえの仲だろうが。何かあって帰りの足が必要なときは、おれの電話番号はわかってるな」

「帰りは彼女のハマーを運転する」ウェイドは足を踏みだした。首をすくめて片手で帽子を押さえ、反対の手にはバッグを持って歩を進める。背後でヘリが上昇するが、立ち止まることなく、制服警察官がたたずむERの入口へと向かっていった。ウェイドは問いへの答えを求めており、それはあの男が持っているだろう。

カウボーイか。エヴァンスは驚いた自分をたしなめた。あれぞテキサスの人間だ。ルイジアナの人間にも、この土地ならではの特徴がある。彼は屋根付きポーチの下から進みでて手を差しだした。

「ジョシュ・エヴァンス、ブルージャケットの警察署長です」

ウェイドは短く握手をし、すぐに本題を切りだした。

「ウェイド・ギャレットです。ローガンの容態は?」

「まだ手術中です。ついてきてください、待合室へ案内します」

エレベーターに入るなり、ウェイドはふたたび質問した。

「犯人はつかまったんですか?」

「いいえ。目撃者がいないんです。いまのところ、どこから取りかかればいいか手がかりすらない。いくつか空白を埋めてもらえると助かるのですが」

「容疑者リストがある」ウェイドは言った。

エヴァンスは不意を突かれ、それが顔に出た。

「何をご存じなんですか？」

「ローガンは兄が殺されるのを目撃した。というか、聞いた。犯人の顔は見ていないが、すべてを聞いていたんです」

「なんてことだ。どうりで彼の痕跡が見つからないわけだ」エヴァンスはつぶやいた。

「なぜそのとき彼女は誰かに言わなかったんでしょうか？」

「彼女は犯人を特定できないが、事件のなりゆきをすべて耳にしています。相手に知れたら、次は彼女が狙われていた」

「彼女の兄の遺体はどこに？」エヴァンスは尋ねた。

「湿地に埋めたそうです……彼が殺されたその場所に。その後、ローガンは逃げた。デイモンには妹がいたことを犯人が思い出すのは時間の問題で、その夜の行き先、それから誰に会うのかまで、デイモンが妹に話していたと思われるだろうと恐れて。実際には、彼女はそういうことは何も知らず、兄が電話で話すのを耳にして、トラックの荷台に隠れてついていくことにしただけだ。彼女は荷台で防水シートの下に隠れていた。兄がひとりで出かけるのが心配だったそうです」

「デイモンはなぜ殺されたんです？　理由があるんでしょう？」エヴァンスは尋ねた。

「男は自分の妻を始末してくれる相手を探してた。しかしデイモンに依頼を断られ、犯人は彼を口封じのために殺したんです」ウェイドは説明した。

エヴァンスにとっては衝撃の真相だ。いまやこの事件はローガン・タルマン殺害未遂だけでなく、彼女の兄の殺害に加えて、おそらくは誰かの妻の殺害にまで拡大した。

エレベーターのドアが開き、ふたりは足を踏みだした。

「こっちですよ」エヴァンスは待合室へと先に立って進んだ。

ふたりが入ってきたとき、ケイトリンは戸口のそばにいた。

「ミスター・ギャレット、こちらはケイトリン・バティスト。ミセス・タルマンの友人です」

ウェイドは椅子のそばにバッグをおろして彼女を抱擁した。

「電話をありがとう。どれだけ感謝してもしきれない」

ケイトリンは感心した。ハンサムでしかも紳士？

「ローガンに頼まれていたんです。彼女のためならなんでもするわ。だけど何が起きてるの？　なんの理由があってローガンを殺そうとするの？」

　ウェイドは思案した。警察署長には自分が知っていることを伝えたが、これは勝手に広めていい話ではない。

「それはおれには答えられない」手術着姿の男が待合室へ入ってきたおかげで、ウェイドはそれ以上説明せずにすんだ。

「ローガン・タルマンの付き添いの方はいらっしゃいますか？」

　ウェイドはくるりと振り返った。

「全員そうです」彼は言った。

「わたしは彼女の手術を執刀したドクター・サイラスです。患者は血液を大量に失ったものの、容態は安定しています。弾はきれいに貫通していました、鎖骨をかすめてはいますが。しばらく静養すれば、完全に回復するでしょう」

「神様、ありがとうございます」ケイトリンはそうつぶやくと近くの椅子に沈みこみ、泣きだした。

　ウェイドは膝の力が抜けるのを感じた。感謝します、神様。「彼女にはいつ会えますか？」彼は尋ねた。

「これから一時間は術後回復室（リカバリールーム）で様子を見て、その後二階へ移ることになります。部屋番号は二階でお尋ねください」

「ありがとう、ドクター・サイラス。彼女の命を救ってくださってありがとうございました」ウェイドは礼の言葉を重ねた。

「わたしはできることをしたまでです」サイラスはそう言って立ち去った。

「命の恩人はもうひとりいる」エヴァンスは言った。

「誰なの？」ケイトリンが尋ねた。

「Tボーイ・ロクランは、車の横で血まみれになっているミセス・タルマンを発見し、救急車が到着するまで傷口を両側から圧迫するだけの冷静さを失わなかった。彼女を抱えこみ、自分も血だらけになってしゃがみこんでいるあの姿は、しばらく忘れられませんよ」

「まあ」ケイトリンは驚きの声をあげた。「学生時代はローガンの天敵だったのに、ここぞというときには彼女の救世主になってくれたのね。彼をすっかり見直したわ」

ウェイドは眉根を寄せた。

「彼女の天敵だったとは？」

「Tボーイは彼女を狙ってたの。ローガンは無視を決めこんでたけど」ケイトリンはため息をついた。「まあ、彼女を狙ってた男子は大勢いたわ。でも、ローガンは誰とも関わろうとしなかった。お兄さんがにらみをきかせてくれていたし、あとは野球のバットで退散させていたわ」

ウェイドはぎょっとした。

「野球のバット？」

ケイトリンはうなずいて苦笑した。

「みんなローガンが家にひとりでいることが多いのを知っていて、玄関を叩いて中へ入れてくれって頼むの。彼女は怒鳴りつけて帰らせるんだけど、相手がしつこいときには、フルスイングでバットを戸枠に叩きつけていたわ。玄関窓ががたがたと音をたてるぐらい激しくね。そして、次はその頭にバットを振りおろすわよ、って脅すの。それで相手は必ず退散した、彼女が本気だとわかっていたから」

ウェイドは衝撃を受けた。自分やアンドリューと出会うまで、ローガンはそんな暮らしを送っていたのか。アンドリューには話したことがあるのだろうか。ウェイドはもっと聞こうと、後ろへさがって椅子に腰かけた。

「ローガンがひとりで留守番しているあいだ、彼女のお兄さんはどこにいたんだ？」

ケイトリンは肩をすくめた。

「いつも働いていたわ。だけどローガンに何かして、それがデイモンの耳に入ったら、こっぴどい目に遭わされるのはみんな承知していた。デイモンがいなかったら、あんな場所ではとうてい安全に暮らすことはできなかったでしょうね」

ウェイドはこの新たな情報を全部のみこもうとした。これは、兄が殺されたあと、ローガンが町を出たもうひとつの理由に違いない。中空を見つめる彼の腕を、ケイトリンが椅子から身を乗りだしてそっと叩いた。

「あなたがここへ来てくれて、彼女の無事もわかったことだし、わたしはそろそろ家に帰るわ。わたしの電話番号はご存じよね。ローガンの容態をあとで知らせてもらえるとありがたいわ。わたしは明日また様子を見に来ます」

「ああ、あとで電話しよう」ウェイドはケイトリンとともに立ちあがり、彼女を見送った。

ふたりきりになるや、エヴァンスは彼の隣に座った。「話してもらえますか」

ウェイドはバッグを取りに行ってふたたび座り、ローガンから送付された情報のプリントアウトを取りだした。

「おれが知っているのはこれで全部だ」彼は言った。「ローガンが知っているたしかな情報はふたつ。犯人が運転していたのは当時の最新型の白いシボレー・シルバラード、そしておそらくそいつの妻は、彼女の兄が殺されたすぐあとに亡くなっている。そこでローガンは数カ月前に私立探偵を雇い、二〇〇八年の時点でその条件に当てはまる男を探させた。容疑者は五人に絞りこまれ、五人ともブルージャケット在住だ。事件当時、全員が白のシボレー・シルバラードを所有していた。うち三人は彼女の兄の死後一年以内に妻が不慮の死を遂げている。残るふたりは妻と離婚しているが、探偵社はそのうちひとりの妻しか現在別の場所で暮らしていることを確認できていない。ひとりはアラスカでオフグリッド生活を送っているという話だが、実際のところはわからない」

エヴァンスは報告書の詳細さに驚いた。それに容疑者リストを、はいどうぞ、と手渡されるのはそうそうあることではなかった。

「これは署へ持っていこう。さしあたり、このことはここだけの話にしてください。ほかの者にはまだ知られたくない」そこでもうひとつ気がついた。殺人があったことを証明するには遺体が必要になる。「お兄さんの遺体を埋めた場所はさすがに覚えていないでしょうね？」

「ローガン・タルマンを見くびらないでください」ウェイドは言った。「殺された日付と遺体を埋めた場所への行き方は、彼女の腹部にタトゥーで記されている。それに彼女はその場所まで戻って現場を確認ずみだ」

エヴァンスはかぶりを振った。

「町へ戻ってきたときに、警察に話してくれていればよかった。そうしていれば、われわれがこうしてここにいることもなかったでしょう」

ウェイドは肩をすくめた。

「ローガンは人を信用しない、男は特に」

エヴァンスは顔をしかめた。

「そうですか。では、また連絡します。彼女の病室の前に護衛をつけましょう。ミセス・バティストとあなた以外は面会謝絶だと指示しておきます。これは調べるまでもなく言えることですが、この町の住民で殺人の報酬に一万ドル出せるような者なら、住んでいるのは町のサウスサイドじゃない。金があるノースサイドだ。殺人犯が名士面してこの町で暮らしているとわかった以上、このままにはできません。ミセス・タルマンが回復次第、罠を張って犯人をとらえましょう」

「頼みます」ウェイドは言った。「彼女が一緒に帰るまで、おれもここを離れません」


ビッグ・ボーイは拳銃とサイレンサーを書斎の本棚にある秘密の場所に隠すと、シャワーを浴びてひげを剃ろうと二階へあがった。

シュガーはまだ眠っていた。つまり、彼が家を抜けだしたことは誰も知らないわけだ。ビッグ・ボーイはバスルームでシャワーとひげ剃りをすませて身支度を整え、階下へ向かった。ルーシーは休みの日で、キッチンでコーヒーを淹れているとようやくシュガーがおりてきた。

「おはよう、ベイビー」シュガーが挨拶をする。「眠りすぎちゃった。朝食はもうすませたの？」

ビッグ・ボーイは彼女の額にキスをして微笑んだ。

「きみを待ってた」

シュガーは輝くような笑みを浮かべた。

「あなたって優しいのね。ねえ、わたしが何をしたいかわかる？」

「なんだい？」彼は尋ねた。

「〈バーニーズ〉で朝食にするの」

彼はにっこりした。

「いいね。コーヒーを持っていくかい？」

妻がうなずく。

ビッグ・ボーイは保温マグカップふたつにコーヒーを注ぐと、車のキーをつかんで妻とともに外へ出た。

大通りを走り抜けるあいだ、あちこちで警官を見かけた。

「何かあったのかしら？」シュガーが言った。

「なんだろうな。だが、〈バーニーズ〉へ行けば、誰かがきっと教えてくれる」

シュガーがくすくす笑う。

「ゴシップ好きの溜まり場だものね」

「ああ、だがバターミルクビスケットとソーセージグレイビーを食わせてくれる溜まり場だ」ビッグ・ボーイは言い、大通りから〈バーニーズ〉の駐車場に入って車を停めた。

店は普段よりも混んでいた。銃撃事件の最新ニュースを求めて誰も彼もがこの店に来たのだろうとビッグ・ボーイは推察し、その読みは当たっていた。席に着くなり、ジュニーが飛んできて、テーブルに置いてあったカップにコーヒーを注いだ。

シュガーは忙しげな彼女を引き止めて問いかけた。

「今朝は何かあったの？　町中に警官がいたけど」

ジュニーは身を乗りだして声を低めた。

「今朝〈バイユー・モーテル〉で銃撃騒ぎがあったんです」

シュガーは息をのんだ。

「まあ、本当に？　誰が誰を撃ったの？」

「ローガン・コンウェイが部屋から出てきたところを誰かに背中を撃たれたんです――いえいえ、コンウェイじゃないわ。いまではローガン・タルマンね」

「なんと恐ろしい！　この町で殺人事件とは」ビッグ・ボーイは言った。

「あら、死んではいません。最後に聞いた話では、彼女は手術を受けてるところだとか。こんなことをする人がいるなんて信じられないわ。それ以上に、理由はなんなのかしら。彼女は誰かを傷つけるような人じゃないのに」

ビッグ・ボーイは愕然(がくぜん)とした。

死んでない？　なんてことだ！

「助かったのなら、よかったわね」シュガーが言った。好奇心は満たされ、彼女の興味は食事へと移った。「バターミルクパンケーキにベーコンを添えてちょうだい」

ジュニーはビッグ・ボーイへ視線を向けた。

「お決まりですか？　今朝は何がよろしいかしら？」

「ソーセージグレイビーとビスケット、それにベーコンを」

「すぐにお持ちします」ジュニーは注文を取ってカウンターへ向かった。

ビッグ・ボーイは壁の時計をちらりと見あげてから、妻へ視線を戻した。いつものように、彼女はぺちゃくちゃしゃべり続けている。

コーヒーをすすり、苦味をやわらげるために砂糖をひと袋混ぜ入れたあともう一度飲んでみる。

彼は顔をしかめた。

コーヒーのせいではなさそうだ。どうやら今朝の失敗が口の中に苦い味を残したらしい。

感覚はゆっくりと戻ってきた。最初はただ痛みだけがあり、次に自分が寝かされているベッドがくるくると回転し始めた。パニックに陥る前に、誰かが彼女の手をつかんだ。その手が彼女をつなぎ止める。そのあと聞こえた深みのある声は、感に堪えないようにかすれていた。

「しっかりするんだ。がんばってくれ。すぐに先生が来る」

「誰……」

「しーっ……。ウェイドだ。ここにいる」

短い沈黙があり、それに続いたローガンの声はあまりに低く、ウェイドはもう少しで聞き逃すところだった。

「わたしのウェイド？」

彼はローガンの指を握りしめた。

「ああ、きみのウェイドだ」

「もう安全ね……」彼女がため息をつく。

自分はローガンにとって安全を意味しているのか。ウェイドが言葉を継ぐ前に、彼女はふたたび意識を失った。

エヴァンス署長は〈バイユー・モーテル〉から署の執務室へ戻り、作成し始めたばかりの捜査報告書に注記を書きこんだ。

ローガン・タルマンが宿泊していたモーテルの部屋を保全するため、誰も中へ入らないよう、4Aの入口を立ち入り禁止テープで封じてきた。その後モーテルの受付に行き、そのすぐ裏手に住んでいるオーナーのビー・ドゥリトルに、防犯カメラが設置されていなかったのは遺憾であることを伝えた。

ビーはあれこれ言葉を濁したが、要するに、収入の大部分は休憩で利用する客から得ており、そういう客は匿名性を好むということだった。

「あたしは法律を破ってはいませんよ」ビーはぶつぶつ言った。

「ええ、それはわかってます。ですがね、襲われたのがあなただったらどうですか？　受付に強盗が入り、目撃者を消すためにあなたに発砲したら？　そんなとき防犯カメラがなかったらどんな気持ちになると思いますか？　昨今じゃありとあらゆるテクノロジーが利用できるというのに、自分には必要ないと考えるのは不用心すぎる。考えてもみてください、ミス・ビー……ブルージャケットはちっぽけな町だ。ここのモーテルで誰と誰が落ち合ってるかなんて秘密でもなんでもないでしょう。どの車が誰のものかはみんな知ってるんです。この町にはいまさら驚くことなど何もない。いや、少なくともおたくの客のひとりが殺されかけるまでは、なかった。いまはこの町の住民の中に、人を背中から撃つようなやつが隠れている」

「銃声は聞かなかったけどね」ビーが言った。

「ええ、それは誰も聞いていません。犯人はサイレンサーを使用したのでしょうが、ミセス・タルマンにとっては何も変わらない。彼女はいまも必死で命にしがみついています」

ビーは彼をにらみつけ、エヴァンスは彼女に背を向けて署へ戻った。

8

エヴァンスは報告書を書き終えたところで、ミセス・タルマンの病室に護衛をつけることになっていたのを思い出した。

非番だったジャック・フォンテインに連絡を取り、病院へ送りこんだ。そのあとウエイド・ギャレットから手渡された報告書をもう一度開いた。リストに載っている男たちは五人とも良く知っており、エヴァンスは亡くなった妻のうちふたりの葬儀に参列していた。どちらかは殺害されたのかもしれず、彼女を殺した犯人が葬儀のあいだじゅう悲嘆に暮れる夫のふりをしていたかと思うと胸が悪くなった。

エヴァンスはジュリア・スティーブンスの自動車事故の捜査報告書を引っ張りだした。事故が起きたのは彼が町の警察署長として雇われる前のことだ。彼女は事故死したことになっているが、検死結果を調べ直し、見落としている点がないかどうか確かめる必要がある。

彼女はハイウェイを走行中に道路からはみ出し、正面から木に衝突していた。頭部に大けがを負い、検死ではそれが死因とされている。捜査報告書の写真からは、頭部と顔面への損傷は見間違いようがなかった。

次に毒物検査の結果を見ると、彼女の遺体から高レベルのジフェンヒドラミンとドキシラミンが検出されたことに関する注記が目に飛びこんできた。どちらも睡眠補助薬に含まれる抗ヒスタミン剤だ。通常、毒物検査には数週、ときには結果が出るまで数カ月を要するが、彼は報告書を見た覚えがなかった。事故が起きた原因は単に彼女が道路からはみ出しただけとなっている。

事故の日付を見て、エヴァンスは眉根を寄せた。日付は前任の署長が死去したあとで、エヴァンスが後任としてやって来る前だ。

彼はアーノルド・デュボイスをインターコムで呼びだした。アーニーはここで二十年近く事務係として働いている。

「アーニー、悪いがちょっと執務室へ来てくれないか」

「すぐに行きます、署長」アーニーは応じ、その言葉の通り、一分もかからずにドアをノックした。

エヴァンスは手を振って招き入れた。

「何かご用ですか、署長？」

「検死結果を捜査報告書にファイルするのはきみの仕事だな？」

「ええ、ええ、そうです……署長が確認されたあとに」

「では、アーサー署長が亡くなったあとは誰が書類を確認していたんだ？」

アーニーはしばしのあいだ記憶を巻き戻した。

「おかしいですね。誰がやっていたのか思い出せません」

エヴァンスはうなずいた。「結果報告が来たら、確認せずにファイルしていたわけだな？」

アーニーは眉根を寄せた。

「いいえ……それはしないはずですが。どうしてましたかね……」彼の目がぱっと見開かれる。「ああ！ 署長が赴任されるまでのつなぎに、市議会が雇った代役がいたじゃありませんか！」

「そうだったな！ アーサー署長がやっていた仕事はすべて彼が引き継いだのか？」

「ええ、そうです。何か問題でも？」

エヴァンスはため息をついた。

「いや、気にするな」エヴァンスは言った。「ありがとう、これですっきりした」

アーニーは笑みを浮かべた。

「お安いご用です、署長」

アーニーが退室するのを待ってから、エヴァンスは目頭をつまみ、悪態を押し殺した。代役が署を預かっていたあいだ、何がどこまで手つかずになっていたかはいまさらわかりようがない。しかし、検死結果は彼女の死因の裏付けになっていない。ジュリア・スティーブンスは、単に不注意で道路からはみ出したわけではないだろう。体内からあれだけの薬物が見つかっているのだ、居眠りしたに違いなかった。睡眠薬を飲んでおきながら、彼女はなぜ車を運転した？

事故捜査報告書にもう一度目を通し、事故現場で撮られた写真をより分けて車内が写っているものを探した。フロントシートを異なる角度から撮影した写真が二枚あり、最初に目が行ったのは横側に〝C〟の文字がある保温マグカップだった。蓋は事故の衝撃で外れたらしく、座席に広がるコーヒーのしみの上にのっかっている。ジュリアがそれと知らずに睡眠薬を飲んでいたのだとしたら？　何者かがひそかに睡眠薬をコーヒーに混ぜていたら？　たとえば彼女の夫とか？

エヴァンスは、ウェイドからもらった報告書を見直し、生命保険の支払いに関する情報を探した。妻が事故死したことでキャムレン・スティーブンスはいくら手にした？

「ほう、五十万ドルか」そうつぶやき、キャムレン・スティーブンスの名前を書き留める。

この男が目下の第一容疑者だ。

村に毛が生えた程度の町ではあるものの、バートン・デシャントはブルージャケットの町長の地位に満足していた。仕事自体は楽なもので、それでいて権力と支配権を握る気分が味わえる。

執務室に座っていると大統領にでもなった気がした。町長専用の金メッキのペンセットを使い、デスクへ置かれる書類にサインをするのは最高に気持ちよかった。

壁にかかった彼の肖像写真の横には歴代町長の写真が並んでいる。その中で自分が一番の男前だとデシャントは常々自負しているが、ジャスティン・ルクルーだけは例外かもしれない。一九五二年から一九六四年まで町長を務めたこの男は、映画俳優と言っても通ることは認めねばなるまい。だが、ふたりの写真が並ぶことはないから、見比べる者はいないだろう。それにルクルーははるか昔に死んでいるのだ、引け目を感じることはない。

たいていの日は、執務室で数時間働けばデシャントの仕事は片付くのだが、テキサスから来たあの女がばかでかいハマーをこの町で乗りまわし始めてからというもの、ここの電話は鳴りっぱなしだ。

ハマーを荒らそうとした地元の男に、彼女が銃口を向けて地面に突っ伏させたのが始まりだった。デシャントは顔をしかめた。そんなことをする女がいるのか？　自分に言わせれば、それは男のやることだ。さらには、朝から矢継ぎ早にかかってきた電話によると、彼女はモーテルの部屋から出てきたところを襲われて、いまは病院で生死をさまよっているらしい。

デシャントは十字を切ると、携帯電話を取りあげてポケットに入れ、ぶつぶつつぶやきながら執務室をあとにした。「イエス様、マリア様、ヨセフ様、この騒動を終わらせたまえ」

秘書のデスクの横で足を止め、彼女が手の爪にマニキュアを塗り直している光景に顔をしかめた。「プリシラ、わたしはエヴァンス署長と話をしに通りの向かいへ行ってくる」

「かしこまりました、町長」プリシラはそう言うと、マニキュアの瓶の蓋を閉め、爪に息を吹きかけた。

デシャントは渋い顔をしたが何も言わなかった。正直、プリシラが少々怖かった。六十にはなるだろうに、いまだに魔女の心臓のごとき漆黒に髪を染めている。若い頃からストレートロングのヘアスタイルを通しているに違いない。あの髪と、ぬらぬら光る薄い緑色の目を見ていると、本当に魔女なのではないかと思えてくる。

ジョシュ・エヴァンスは自動車事故の捜査報告書を調べ終えて立ちあがると、コーヒーのおかわりを注いでふたたび腰をおろし、うめき声をあげた。右膝が痛む。天気が変わる予兆だな。竜巻でさえなければ多少の雨は歓迎だ。

容疑者リストの次の名前はロジャー・フランクリンだった。彼の妻トレナは、町の誰もが知っていた。生まれも育ちもブルージャケット、そして亡くなったときには高校のスクール・カウンセラーをしていた。彼女は動脈瘤の手術中に死亡し、その突然の死は地域社会に衝撃を与えた。彼女の死を疑うとなると、執刀医が一枚噛んでいることになるが、その可能性はまずないだろう。それにリストに当たってみたところ、彼女に生命保険はかけられていなかった。

次はペイトン・アダムズで、その妻モナは自宅のプールで溺死している。当時まだ十代だったモナの娘ケイトリンが母親の遺体を発見した。報告書によれば、ペイトンは出張中で町にはいなかった。

エヴァンスは古い捜査資料を引っ張りだし、報告書を読みだした。驚いたことに、自殺ではなく事故死と断定されるまで、長期にわたり捜査が行われていた。生命保険のリストを調べると、モナには二十五万ドルの保険がかけられ、事故死の際には倍額払われることになっていた。つまり、受取額は五十万ドルだったわけだ。

検死結果を見てまず目についたのは血中のアルコール濃度だった。法定許容量の三倍の数値だ。それに頭部に負傷していたともある。プール内だけでなくプールデッキにも血痕があり、酔ってプールに転落する際に頭を打ったと推測されていた。

捜査終了まで、なぜこれほど時間がかかった？　普段は酒を飲まなかったのだろうか。遺体を発見した娘と話をする必要がある、ペイトン・アダムズともだ。

離婚したふたりの男のうち、ダニー・ベイルズはほぼ即座にリストから外した。妻はほかの土地で生きているし、ベイルズには一万ドル出す余裕などないからだ。

トニー・ウォーレンはもうひとりの離婚者で、リストに載っている最後の名前だった。妻はアラスカでオフグリッド生活を送っているということなら、生死の確認はしようがないだろう。生命保険に関する言及もないが、エヴァンスは調べてみるつもりでいた。目障りになった配偶者を始末する理由は金銭以外にいくらでもある。

ペイトン・アダムズとキャムレン・スティーブンスには家庭内暴力の記録があるかと、調べ始めたところで、町長のバートン・デシャントが、ノックもせずに執務室へずかずかと入ってきた。

「署長！　ブルージャケットで何が起きてる？　もう何年も町の住民は静かに仲よく暮らしてきたというのに、それが突然、町中で拳銃が発砲されたかと思えば、今度は女性が撃たれたそうじゃないか。ニューオーリンズの路地裏じゃあるまいし。この件についてきみは何をやっている？」

エヴァンスは嘆息した。デシャントは小うるさい男だ、しかし無害ではある。

「やあ、こんにちは、バートン。どうぞかけてください」

デシャントは顔をしかめた。「腰かけている暇はない。わたしの質問に答えてくれ」

権威を振りかざす失礼な態度にジョシュ・エヴァンスが目をつぶることは決してない。町長の肩書きを彼は屁とも思わなかった。エヴァンスは立ちあがった。自分のほうが優に三十センチは上背があることは認識している。デスクの後ろから出て町長の目の前まで進み、相手が見あげるのを待った。

デシャントが顔をあげると、エヴァンスはうなずいた。

「事件については捜査中です。内容に関してはおたくを含めて、一般に公開することはできない。ここはわたしの執務室です。おたくの執務室は通りの向かいでしょう。わたしはおたくの領域で失礼なまねはしない。おたくもわたしの領域で失礼なまねはよしてもらいたい」

デシャントは赤面した。面と向かって叱責されることなど滅多にないが、自分の態度がまずかったのを彼は認めた。

「きみの言う通りだ。すまなかった。だがじっとしてはいられなくてね。住民から電話がじゃんじゃんかかってくるのに、わたしには返答のしようがない」

エヴァンスはデシャントの肩を叩いて戸口へとうながした。

「ではこう言ってくれ、事件は警察が捜査しており、何か発表がある場合は町長ではなく、警察がやると。それで住民も町長を煩わせることはなくなるだろう」

デシャントは説明役を肩代わりしてもらいほっとした。

「ああ、そうしよう。助かるよ。さっきは失礼なことを言ってすまなかった。よい一日を」

デシャントは来たときと同じくさっさと出ていった。

執務室のドアを閉めて資料へ戻ろうとしたとき、銀行の前で車二台が衝突したとパトカーから無線で連絡が入ったのが聞こえた。エヴァンスは書類をすべてデスクの引き出しにしまい、現場へ向かった。

ウェイドはローガンの病室に泊まりこむことにした。バッグを部屋の隅に置き、リクライニングチェアに陣取る。ローガンが目覚めたとき、彼は跳びあがってすかさず彼女の手を握りしめた。

「目が覚めたか。おれはここにいる」

ローガンが目をしばたたかせた。

「ウェイド？　何があったの？」

「きみは銃で背中を撃たれたんだ。手術を終えたばかりで、経過は良好だ。どこか痛むか？」

「撃たれた？」

「そうだ」彼は言った。

「くそったれ」

ウェイドはにやりとした。これこそ彼が知っているローガンだ。

「誰が撃ったの？」彼女が尋ねる。

「犯人はわかっていない。物音を聞いた人がいないから、サイレンサーを使用したと考えられている。きみの兄さんを撃ったやつが、正式にきみを脅威と見なしたようだな。ついでに言っておくが、警察が捜査できるよう、きみから送られてきた資料のプリントアウトをすべて警察署長に提出した」

ローガンはうめいた。

「わたしはまだ――」

「まだ、なんだ？　死ぬつもりじゃなかった、か？」

ウェイドが見ていると彼女は小鼻をふくらませ、それからふうっと息を吐いた。

「ええ……そうね」

「それでいい」

彼女のまぶたがおりて規則的な呼吸に変わる。眠りについたと思ったとき、彼女のささやきが聞こえた。

「ありがとう……」

ウェイドはふたたびリクライニングチェアに腰をおろして横になった。

やれやれ。彼女はおれのアキレス腱だ。

ドアをそっとノックする音がした。ウェイドがドアを開けると、銃を携帯した制服警官が立っていた。

「なんでしょう？」ウェイドは問いかけた。

「あなたがウェイド・ギャレットですか？」

「そうですが」

「ブルージャケット警察署のジャック・フォンテインです。エヴァンス署長からミセス・タルマンの病室の前で警護に当たるよう言いつかりました。中に通していいのは医療関係者とミセス・ケイトリン・バティスト、それからあなただけだと指示を受けています」

「ああ、その通りだ」ウェイドは言った。

「何かありましたら呼んでください」フォンテインはそれだけ言うと、廊下に用意された椅子に腰をおろした。

エヴァンスと警官たちはほぼ午前中いっぱいかかって事故の現場を処理した。薬物でハイになっていたドライバーはブタ箱にぶちこまれ、もうひとりのドライバーは腕を骨折していたので、ERに運びこまれた。車両は二台ともレッカー車で移動した。車両の通行を再開したときには昼近くになっており、エヴァンスは何かテイクアウトして署で食べようと、〈バーニーズ〉に立ち寄った。

注文の品が用意されるまで戸口近くの席で待っていると、ローガンのリストに載っている三人の男が、立て続けに店に入ってきた。

以前なら彼らを気にとめることはなかったが、いまではついつい目が行く。三人が冷酷に人を殺す様を想像しようとしたが、うまくはいかなかった。なるほど、犯人が逃げおおせているのも無理はない。地域社会において裕福さと身なりは絶好の隠れ蓑(みの)になる。

妻を亡くしている三人のうち、ひとりはリストから除外できると踏んでいるが、話は三人全員から聞くつもりだ。それに、妻の所在が確認できない男からも。こちらが何か見落としている可能性は常にあり、報告書にはない情報をぽろりと吐くやつもいるだろう。

犯人を警戒させることなく、捜査を開始する方法を模索していたとき、署長代理のことがふと頭に浮かんだ。あれがちょうどいい口実になる。それぞれの事件で書類に不備があり、念のために確認したいだけだと説明しよう。

ローガン・タルマンはどうしているだろう。案じながら顔をあげたところに、ジュニーが注文の品を運んできた。

「ありがとう、ジュニー」

「どういたしまして」続けて彼女が問いかける。「署長さん、ローガンの容態について何かご存じですか？」

「ああ。実は、医師が手術を終えて待合室へ来たとき、わたしもその場にいたんだ。手術は無事成功し、不測の問題が起きない限り、全快を見込んでいるそうだ」

ジュニーは顔を輝かせた。

「すばらしい知らせだわ。ありがとうございます」

「いやいや。それではよい一日を」

「署長さんもね」ジュニーは仕事へ戻り、エヴァンスは品物の代金を払って執務室へ持ち帰った。


大通りに車を走らせながら、ビッグ・ボーイはいまだぴりぴりしていたが、仕事の打ち合わせをすっぽかすわけにはいかず、普段通りに仕事をするのが賢明だと自分を納得させた。しかし、それは〈バーニーズ〉に入るまでのことだった。

入口のそばに警察署長が座っているのを目にした彼は、動揺して思わず回れ右をして逃げだしかけた。

彼の頭の中では、エヴァンス署長が立ちあがり、手錠へと手を伸ばしている。店にいる全員の前で、被疑者の権利が読みあげられる。殺人犯の烙印がついに彼に押される。

実際には、署長は彼を見てうなずきかけただけで顔をそらした。安堵感がビッグ・ボーイをまっすぐ前へと歩かせた。

待ち合わせの相手は席に着いて彼を待っていた。テーブルは署長の席のすぐそばだ。運命はまだ彼をもてあそぶつもりらしい。

「やあ、エドウィン。調子はどうだね?」ビッグ・ボーイは挨拶をして席に座った。

「上々ですよ」エドウィン・ファリスが応じる。「先に食事を注文しませんか。話はそれからにしましょう」

「ああ、いいとも」ビッグ・ボーイは言った。

メニューを見ていると、署長とジュニーの会話が耳に入った。ジュニーがローガン・タルマンの容態を尋ねるのが聞こえたとき、彼は答えを知るのを恐れた。

〝全快〟という言葉に吐き気を覚えた。エヴァンスが店を出たあとも胃痛が治まらず、なんとか食事を口へ運び、その後、どうにか仕事に関する短いやりとりをした。

用事があるからとファリスは先に店を出た。ビッグ・ボーイはしばしひとりになり、シュガーからのメールに返信した。〈バーニーズ〉をあとにしたときには、家に帰る気が失せていた。逃げられるうちに逃げておこうかと、強烈な衝動に駆りたてられる。だが、いつもの習慣で同じ道に車を走らせ、気づいたときには自宅に足を踏み入れていた。この優柔不断さが彼の運命を決定づけた。

シュガーはバスルームで美顔にいそしんでおり、ビッグ・ボーイは着古した服に着替え、庭園へ向かった。

藤の花がトレリスから紫色の房を垂らしている。小道沿いに並ぶアヤメは満開で、ブーゲンビリアも鮮やかに花開いているが、彼が何より求めるのはバラだった。ビッグ・ボーイは花殻を摘みながら小道を歩き、蜂がハチドリを追い払う様に笑みを浮かべる。ビッグ・ボーイはバラ園を愛でようと、中央にあるベンチまで進んで腰かけた。この美しさと古風な趣はすべて彼のものだった。

ケイトリンは子どもたちの昼食を用意するあいだもローガンのことを考えていた。彼女の親友を殺そうとする人がこの町にいるなんてぞっとする。どうしてこんなことになっているの？

「ママ、おなか減った」息子たちが声を合わせて叫んだ。

「手を洗ってきなさい。もうすぐできるから」突き飛ばし合いながらキッチンから出ていく息子たちに、彼女は微笑した。

食事をテーブルに並べ、冷たいアイスティーも一緒に置く。ふたりはまたも突き飛ばし合いながらばたばたと戻り、自分たちの椅子に滑りこんだ。

「誰かお祈りの言葉を言ってちょうだい」母親の言葉に、食べ物へと伸ばされた子どもたちの手が止まる。

「ママがやってよ」

「いいえ、ウィリー、あなたがやりなさい。この前はロバートがやったでしょう」

彼女の長男はため息をつき、頭を垂れた。

「神様、ママのおいしい料理とパパのお仕事に感謝します。それからロバートのおねしょを治してやってください。アーメン」

ロバートが首をすくめる。

ケイトリンは笑みを隠した。

子どもたちは食事に飛びつき、ケイトリンは立ちあがって自分の分のアイスティーを注ぎに行った。どうしても食べる気になれなかった。エヴァンス署長にデイモンのことをローガンからききだすよう頼まれたことが頭から離れない。それらの答えはすでにウェイド・ギャレットが提供ずみだと知らないケイトリンは、なんであれ親友から無理にききだすことはしたくなかった。ふたりがお互いについて知っていることは、それぞれ自分から話してきた。だからローガンと話はするけど、詮索するのはやめよう。

目覚めたとき、ローガンはひとりきりだった。ウェイドがここにいたのは夢だったのだ。彼女は胸の奥にぽっかり穴が開いた気がした。すると彼の声が聞こえ、ローガンは声がするほうへ顔を動かした。ウェイドは戸口で警察官と話をしていた。

彼女の目に涙がこみあげた。彼が本当にここにいてくれた。

「ねえ」声をかけてみた。

ウェイドが首をめぐらせた。

「やあ」彼は警官と別れてドアを閉めた。ベッドへ行き、彼女の額に手を当てる。熱はないな。「気分はどうだ?」

「わたしが銃で撃たれたと言った?」

ウェイドはうなずいた。

「何か要るか? 痛みを止めるものとか?」

「鎮痛剤は眠くなるわ。話をしたいの。〈ブルースカイ〉からの資料を警察に渡したとあなたが言っていたのは夢だったの、それとも現実?」

「現実だ。すべて署長に提出した。きみの探偵ごっこは終了だ」

ローガンの目がすっと細くなり、怒らせたのがわかった。叱責の言葉を待っていると、彼女はウェイドの手を握った。

「わたしは署長を信頼しなかった」

「わかってる、そしてそのせいできみは殺されかけた。きみが回復したら、一緒に罠を張って悪党をとらえようと彼が言ってたぞ」

彼女の目が見開かれる。「署長がそう言ったの?」

「ああ」

「わたしが退院できるのはいつ?」

「それはわからないが、今日死にかけたばかりなのを考えると、すぐではないだろうな。ああ……それと、Tボーイを知ってるだろう？」

ローガンがいぶかしげな顔をした。「ええ。わたしより少し年上で、いわゆる不良。町に戻ってから一度顔を合わせたけど、少しも変わってなかった」

「エヴァンス署長が言っていた。彼がきみの命を救ってくれたそうだ」

ローガンは驚きのあまりぽかんと口を開けた。「冗談でしょう」

「いいや。署長の話じゃ、きみを発見したのは彼で、救急車と警察が到着したとき、彼はきみの傷口を押さえて止血していたそうだ」

「驚いた」ローガンはそう言うと、視線を横へ向けた。「Tボーイに借りができたようね」

「そうだな」ウェイドは同意した。

彼女はふたたび目を閉じ、うとうとと眠りかけたが、急にうめき声をあげた。突然呼吸が苦しくなり、背中の筋肉が痙攣（けいれん）して、息を吸うたびに痛みが増した。彼女は息を吐きながらあえいだ。

「どこが痛む？」ウェイドは問いかけた。

「筋肉が痙攣してる。ああ、痛くてたまらない。看護師を呼ぶボタンはどこ？」

「ベッドにぶらさがってる」ウェイドは呼び出しボタンを引っ張って彼女の前に差しだした。

ローガンはブザーを押した。

一瞬の間のあと、インターコムから声がした。

「はい、ミセス・タルマン。どうされましたか？」

「痛みを止めるものをちょうだい」

「先生からの指示を確認してきます」看護師が言い、通話は切れた。

さらなる痛みの波が押し寄せ、ローガンは目をつぶった。

ウェイドにはふたつの選択肢があった。本当の気持ちをさらけだす前に歩き去るか、とにかく彼女を抱きしめるか。彼は後者を選択すると、ベッド横の柵をさげてベッドの背を起こした。謝りながら彼女の隣へ体を寄せる。

「きみが苦しむのを見ていられない」ウェイドはローガンの背中へ両手を滑らせた。筋肉の硬直を早くもてのひらに感じつつ、彼女の体をそっと前に倒す。「頭をおれの肩に預けて体の力を抜くようにしてみろ」

激痛のせいで、ローガンはふたりの体が密着しているのに気づくどころではなかった。こわばった筋肉を指先で押されるのを彼女は感じた——何秒か強く押したあと、すっと力を抜いてふたたび押しこむ。それが何度も何度も繰り返された。筋肉のこわばりがほぐれ、不意に全身が楽になった。

「ああ、神様」ローガンはうめき声を漏らした。

ウェイドは心臓が止まった。

「痛かったか?」

「いいえ、おかげで痙攣が止まったわ。ありがとう……ありがとう」

「指圧が効いてよかった」彼は言った。

看護師が入ってきて微笑んだ。「愛情は何よりの特効薬ね」

「そういうのじゃない」ウェイドはローガンの背中を枕にもたれさせてベッドを倒した。

「痛みが治まったわ」ローガンは言った。「どこでやり方を覚えたの?」

「十代の頃、自動車事故に遭ったときに。むち打ちで背中にひどい痛みが走るようになったんだが、治療が終了したあとは自分で痛みを緩和できるよう、理学療法士が教えてくれた」

看護師がうなずく。

「ええ。筋肉の痙攣に指圧は効果的だわ」

点滴に鎮痛剤を注入したあと、ローガンの包帯を確認する。

「何か食べられそうですか？」看護師が尋ねた。

ローガンはノーと言いかけたが、気が変わった。

「アイスクリームなら」

「ご用意できますよ」看護師は請け合って退室した。

ウェイドは椅子に座り、ローガンとのあいだの距離をふたたび広げた。彼女を抱きしめるのはいとも簡単で、彼にはそうする権利はなかった。

看護師がアイスクリームの小さなカップを手に戻り、ベッドの背を起こして立ち去った。だが、ローガンは左手で食べるのに四苦八苦した。

「おれがやろうか？」ウェイドは申し出た。

「やりたいならどうぞ」ローガンはありがたく折れると、赤ん坊のように彼に食べさせてもらった。

「もっともらうか？」カップが空になり、彼は尋ねた。

「いまはいいわ、ありがとう」

「じゃあ、休んでくれ。眠るんだ。おれはここにいるし、ドアの外には警官がいる。きみは安全だ」

ローガンは目を閉じると、ものの数秒で眠りに引きこまれた。

ウェイドは彼女を眺め、眠りに落ちたのを確かめると、ダラスの現場監督たちにメールを送った。

作業員はみな、ローガンの容態を知りたがり、彼女宛ての伝言を寄越してきたため、それからの一時間はメールのやりとりがひっきりなしに続いた。ウェイドは返信するかたわらで、複数の作業現場の問題解決に当たった。ひと段落ついた頃には、彼も疲れきっていた。そばの小さなテーブルに携帯電話を置いて目をつぶる。

今朝電話を受けたのがはるか昔のことのようだ。くたくたに疲れ、一気にふけこんだ気分だった。ブルージャケットに到着するまでの数時間、彼は親友だけでなく、心ひそかに愛してきた女性にまで先立たれるのかと恐怖した。

9

ビッグ・ボーイはベッドの端に腰かけ、窓から暗い星空を見つめ、自分が別の選択をしていたらと考えた。デイモン・コンウェイに電話をかけなければよかった。自分の腹がもっと据わっていれば、誰かの手など借りずに妻を殺す方法ぐらい見つけられただろう。しかし悔やんでももう遅い。

姿をくらますことを夜通し考えてみたが、資産を手放す踏ん切りはつかなかった。財産の大半は投資に回しており、換金するには時間がかかる。

彼はベッドで眠る女へと首をめぐらせた。暗がりに化粧もなしだと、どこにでもいる女に見える。資産家だった前妻を非情にもお払い箱にしたのは、シュガーのきれいな顔立ちとグラマラスな体つきに目がくらんだせいだった。シュガーとはこれまで一度たりとも実のある会話を交わしたことがない。彼女に理解できるのは、自分の体を使ってほしいものを得ることだけだ。セックス以外はなんの能もない。

自分の選択にうんざりし、ビッグ・ボーイは立ちあがって窓辺に歩み寄った。寝室からは邸宅の裏手に広がるバラ園が臨めた。闇の中でさえバラは美しい。以前はしばしば夜の散歩に出たものだ。風がなく大気が重くなる夜のあいだ、バラの芳香は濃密さを増す。

もう長いこと夜の散歩をしていない。彼は衝動に導かれてクローゼットへ向かい、靴を履いた。ルイジアナで夜に裸足で外を歩きまわるのは、ヘビに噛まれるリスクを受けて立つようなものだ。

ベッドをちらりと振り返ってシュガーがまだ寝ているのを確かめると、寝室を抜けだして階段を駆けおり、セキュリティを解除した。

テニスシューズの靴底をキュッキュッと鳴らして大理石張りの玄関ホールを突っ切り、書斎へ入る。期待に足取りが速まり、フレンチドアから裏手のベランダへ出た。一番下の段でジャスミンの香気が彼を迎え、曲がりくねった小道の端まで彼を追うが、そこから先はバラたちが彼を待ちわびていた。咲き誇る花々は媚薬(びやく)にも似た香りを放ち、何もかも大丈夫だと偽りの安心感へ彼を誘いこむ。

夜に狩りをするフクロウが彼の背後でほとんど音もなく羽ばたいた。茂みの中の物音にビッグ・ボーイはつかの間足を止めたが、ちょろちょろと出てきたフクロネズミが音の正体を明かした。

彼のまわりではアマガエルの大合唱が響き渡り、セミの低い鳴き声がそれに混ざる――夜の環境音だ。

それは子どもの時分、父母とともに暮らす湿地の掘っ立て小屋の寝室でよく耳にした音だった。ほんのわずかでも微風を入れるために窓はどれも全開にし、けれども屋内に属さないものは締めだすべく網戸はきっちりと閉め、夜の子守歌を聴きながら眠ったものだ。やがて彼は大人になり、金をもうけ、いまではふたつの顔を持つ男として暮らしている。

バラ園を通る小道に使われているレンガは、南北戦争前に建てられた屋敷のものをニューオーリンズ郊外から運ばせた。いまは亡き無数の人々が遠い昔にこのレンガを踏みしめた、そんな想像に彼はロマンを感じた。誰かが失ったものを手に入れることは、宇宙に一歩先んじるのと同じだと、当時はどういうわけだか信じていた。

バラ園の中央にある石造りのベンチで小道は終わる。ベンチの背には〝われらの中にいる天使〟と彫りこまれ、天使の翼がベンチの肘置きを形作っている。彼は腰をおろして頭をのけぞらせ、果てしなく広がる暗い星空を見あげた。なんと美しいのだろう。寝室の窓から眺めるよりもはるかにいい。

彼の隣に座る神父はおらず、前妻の葬儀の日を最後に教会へは足を踏み入れていないが、罪の赦しを請う必要を感じた。

「神よ、お赦しください、わたしは罪を犯しました。最後に懺悔をしてから十年以上が経ちます」

ビッグ・ボーイはささやいた。大きな声をあげて神以外の者に聞かれでもすれば、刑務所送りになる。彼の告白が長引くにつれて、夜の音は静まった。

セミは鳴くのをやめた。アマガエルは沈黙した。

彼が告白を終えたときには、庭の甘い香りは薄れ、より強烈なにおいがあたりに立ちこめていた――死の腐臭だ。

ビッグ・ボーイはやにわに立ちあがり、始めはベンチへ、次にその下の地面へと視線を投げた。彼が埋めた場所から、白骨化した前妻の指が地面を突き破って出てくる様が目に浮かぶ。

「おまえは死人だ。そこにいろ」彼はつぶやき、家へと引き返した。しかし歩けば歩くほど、せっつけられている気がした。振り返る度胸はなく、歩幅を広げ、家にたどり着いたときには走っていた。

自宅では、彼と人生を分かち合う女性から見れば、エヴァンス署長はただのジョシュだった。高校時代の恋人ローリーンと結婚して十五年近くになる。愛がまだ若くて初々しかった頃にも増して、ローリーンはかけがえのない存在であり、ローガン・タルマンの事件に関して継続中の捜査は、ぞっとするものであると同時に気が滅入るものだった。ローリーンを失うことは想像できない、ましてや彼女の命をこの手で奪うなんて。

いまや警察官のほぼ全員が勤務に復帰したので、エヴァンスはぴったり定時に退勤し、今夜は食事を終えるとテーブルから立ちあがり、後片付けを手伝った。

ローリーンは何度も彼をうかがってから、ようやく口を開いた。

「どういう風の吹き回しかは知らないけれど、うれしいわ」

皿を食器洗浄機に入れていたエヴァンスは顔をあげた。一日の疲れが滲む妻の顔の奥に、彼の心を奪った青い瞳の少女が見える。

「リーニー、どれだけきみを愛してるか、どれだけきみに感謝してるか、充分に伝えてなかったな」

彼女は驚いて目を丸くした。

「まあ、びっくりしたわ……ありがとう。わたしもあなたを愛してるわ」

エヴァンスは両手をぬぐうと、彼女を抱き寄せて頭の上に顎をのせた。

これは最近留守がちだったのを後ろめたく思っているだけではないわね。そう察することができるほど、ローリーンは長年彼を見てきた。

彼女は頬を触れ合わせて、夫の腰に両腕を回した。夫の鼓動の規則的な響きは、彼女の人生の道しるべだ。

「何があったの、ジョシュ。なんでもないとは言わないで。何かあったことぐらいわかるわ」

「いまは全部話すことはできないが、いずれ話すよ。この仕事のマイナス面とだけ言っておこう。それでいいか？」

ローリーンは彼を抱きすくめた。

「あなたの悩みの原因がわたしでないのなら、なんだって平気よ」

「夫婦仲睦まじくやっていこう。これからもずっと」エヴァンスは彼女の手から布巾を取った。「あとはまかせてくれ。泡風呂を入れて、手がしわしわになるまで浸かるといい」

彼女は小さく笑った。

「その申し出は断れないわね」ローリーンは弾む足取りでキッチンをあとにした。

エヴァンスは嘆息すると、汚れた皿に向き直り、すすいでから食器洗浄機に入れた。

「罪もこれぐらい簡単に洗い流せればいいのにな」

夕食を配膳する時間になると、看護師は何か食べられることを期待してローガンを起こした。

ローガンは病院食を少しつまんだだけで、あとはアイスティーを飲みながらウェイドが自分で注文したものと彼女の食べ残しを平らげるのを眺めた。食事のあとすぐ、看護師が検温や血圧測定をしにやって来た。

「おれは部屋を出たほうがいいか？」ウェイドは尋ねた。

看護師が返事をするよりも先にローガンが割って入った。

「いいえ。行かないで」言ってから顔を赤らめた。「その、部屋を出る必要はないわ」

そして顔を横へ向ける。

不安げな彼女の表情に、ウェイドの胸は痛んだ。

「心配するな……背中はおれが預かってるよ、ボス」

ローガンは彼を見あげた。

「あなたはいつもわたしの背中を預かってくれていた。どれだけあなたに助けられていたか、わたしは気づいてなかった。だからお礼を言わせて、ウェイド」

ローガンの真剣な口調に彼は驚いた。

「それはどうも。だが、自分が好きでやってることに礼を言われる必要はない」

「では始めましょうか」看護師は一連の検査に取りかかった。

看護師は気さくで優しく、ブルージャケットで発砲事件が起きたことには当然ながら驚いていた。〝ここではこの手の事件は起きたことがない〟と繰り返すが、そうではないのをローガンは知っていた。デイモンが殺されたのと同じ夜、彼女は家の前の通りに死体が転がっているのを目撃している。

やがて看護師はすべての測定を終えた。「ほかに何か必要なものはありますか？冷たい水はあとでお持ちします」

「わたしは大丈夫。必要なものは特にないわ」ローガンは言った。ウェイドが〝背中を撃たれて大丈夫なわけがない〟とつぶやくのが聞こえたが、反論はしなかった。彼を心配させたのはわかっている。こんなことになるとは、自分でも考えていなかった。

ローガンに聞こえたのはわかっているのにウェイドは何も言わず、ちらりと彼女を見てから携帯電話でメールチェックを始めた。

「あっちは何も問題はない？」ローガンは尋ねた。

「マグワイアを責任者に任命してきたんだが、あいつによると今日はたいしたトラブルはなかったそうだ、カーターが自分の足にネイルガンを発射したことを除けばな」

「やったわね」ローガンはつぶやくと、話ができるようベッドの背を起こした。「彼は大丈夫なの？」

「ああ、だが最低でも一週間は仕事に出られない。手がひとり足りなくなるな」

「だったら、マグワイアにゼイヴィア・サンティアゴかジョーイ・チャベスに連絡するよう伝えてちょうだい。彼らなら前にも来てもらったことがあるから」

「ああ……そうだったな。それがいい」ウェイドは言った。「たしか連絡先はおれの携帯に入ってると思うが」

「わたしの携帯に入ってるわ、バッグの中よ。わたしのバッグがどこにあるのかは知らないけど」

「いや、おれの携帯に入ってた」ウェイドは電話をかけた。

ゼイヴィアは手が塞がっていたが、ジョーイ・チャベスは喜んで仕事を引き受けてくれた。ウェイドは明日の集合場所とマグワイアが責任者であることを彼に伝えたあと、マグワイアに助っ人を確保したことをメールで連絡し、解決すべき問題は、今日はこれが最後となるよう祈った。

「すべて問題なしだ」携帯電話を置いて顔をあげたウェイドは、ローガンが寝入っているのに気がついた。

ゆっくり眠れるようベッドを倒してやり、上掛けを整える。最後に彼女の顔から髪をそっと払いのけてやった。もっと彼女と一緒にいたい、そう思ったことは何度もあるが、こんな形でではない。

こわばった筋肉をほぐそうとうなじをさすり、ベッドの反対側にある窓へと近づいた。見渡す限りの空に星明かりが散らばっている。きれいだが、湿地帯（バイユー）が広がる田舎では暗闇は危険だ。

骨の髄まで疲れ、ウェイドはようやく寝ることにしてリクライニングチェアに体を預けると、病院から借りた毛布を腰まで引きあげ、目をつぶった。

数分のうちに寝ついたものの、眠りは浅かった。ローガンの身の安全を気にするあまり、彼の意識は物音を追い続けた。病室のバスルームのシャワーからときおり水滴が落ちる音。きつすぎる消毒薬のにおい。外の廊下で警護に当たっている警察官が交代し、ふたりが事件について話す声。

看護師たちは夜通し病室に出入りし、入ってくるたびにウェイドは立ちあがり、質問を浴びせた。ローガンは一度目が覚めたとき、彼の話し声を耳にした。自分が無力なときにウェイドがそばにいて見守ってくれるのを知り、ローガンは彼の大切さを改めて見直した。ただ、いまの気持ちをどう分類すればいいのかはわからなかった。彼と話したいと思いながらも、意識が薄れてふたたび眠りに落ちた。

夜明けとともにエヴァンスは新たな計画に着手した。今日はおもしろい一日になるだろう。出がけにローリーンにキスをし、署へと車で直行する。裏口から入ると、ポール・ロビショーが留置場の中でうろうろしていた。

「今日こそおれを裁判所に出頭させるんだろうな」ロビショーがわめく。

「おまえの情報は裁判所から任命された弁護士に渡してある。罪状認否手続きの前にここへ来ることになってるから、どう弁明するか考えておけ」

ロビショーは鉄格子にてのひらを打ちつけた。

「無罪を主張するに決まってんだろ」

エヴァンスはにやりとした。

「ブルージャケットにはおまえの犯行を証言できる目撃者が少なくとも十五人はいるんだぞ。おまえが車を荒らそうとしている現場を押さえた女性のことは言わずもがなだ」

「あの女は撃たれたって聞いたぞ」ロビショーが言った。

エヴァンスは顔をしかめた。

「たしかに撃たれた。だが、彼女は無事だ。法廷に持ちこんでも、彼女の証言でとどめを刺されるだけだぞ」

「ついてねえな」ロビショーはぼやいた。

肩を落として後ずさり、簡易ベッドにどすんと座る。

エヴァンスは気色ばんだ。「自分が何を言ったかわかってるのか？」

「はあ？」

「犯罪を起こしておきながら、罰から逃れるために人の死を願うとはな。胸くそが悪い」

エヴァンスは留置場の前を大股で通り過ぎ、ドアを叩き閉めた。

「負け犬が」そうつぶやいて、まっすぐ休憩室へ向かい、コーヒーをカップに注いで執務室へと運ぶ。

デスクの奥に腰をおろしてコーヒーをすばやくすすり、カップを脇に置いて時計を確認した。八時までには全員の電話番号を調べられるだろう。仕事の電話であれば、早朝だろうとかまわないはずだ。

エヴァンスは最初の番号に電話をかけると、椅子にもたれて相手が出るのを待った。

キャムレン・スティーブンスがどう反応するかはわからないが、それはすぐに判明する。

キャムレンがひげ剃りを終えてまだ服を着替えているところに、妻のアシュリーがばたばたと入ってきて、寝室の固定電話を指さした。

「その電話、着信音を消音にしたままでしょう」彼女が言った。

「ああ、そうだな。それがどうした?」彼は尋ねた。

「警察署の署長さんから電話が入ってるの。あなたに話があるんですって」

キャムレンは眉根を寄せた。

「署長から? なんだろうな」ベッドに腰をおろして受話器を持ちあげる。

「もしもし? エヴァンス署長ですか?」

「ああ、キャムレン。朝早くから申し訳ないが、署のほうでちょっとした問題がありまして。お力を拝借したい」

「それはかまいませんよ。力になれるのなら喜んで。どんなことですか?」

「今日の午前中、署まで出向いて、いくつかわたしの質問に答えてほしいんです。これからすぐに来られますか?」

キャムレンは眉間にしわを寄せた。

「署まで出向いて質問に答えるんですか？　どんな質問です？」

「実は、自動車事故で亡くなった最初の奥さんに関してです。お時間は取らせません、捜査報告書の不明な点を確認するだけです。事故当時、正式な署長がいなかったもので、一部の書類に不備がありまして」

「ああ、なるほど。そういうことですか。ええ、いいですよ」キャムレンは応じた。

「着替え終わったら、すぐに向かいます」

「助かります」エヴァンスは電話を終えた。キャムレンの反応を見たかったものだ。

「なんだったの？」アシュリーが尋ねた。

「ジュリアの事故のことでぼくにききたいことがあるらしい」

アシュリーは息をのんだ。

「なんですって？　なんのために？」

キャムレンは肩をすくめた。

「事故当時の署長代理が作った書類に不備があったとかなんとか言ってたな」

「まあ。そういうことなら、心配はいらないでしょうね」彼女が言った。

キャムレンは険悪な顔つきになった。

「それはどういう意味だ、心配はいらない？　心配するようなことがあると思っているのか」

アシュリーはむっとした。

「あなたのふるまいはあたしにも跳ね返ってくるんですからね。あなたが面倒なことになっているなら、あたしには知る権利があるのよ」そして目をすっと細める。「あたしに話しておくことがあるの？」

「あるとも！　さっさと部屋から出ていけ！」キャムレンは怒鳴りつけ、妻のほうへ足を踏みだした。

アシュリーは後ずさりし、ふたりのあいだで勢いよくドアを閉めた。

彼はドアをにらみつけた。どうして再婚などしたんだろう。そう自問するのはこれが初めてではなかった。

エヴァンスは、ロジャー・フランクリンは飛ばすことにした。彼の妻は不審な状況下で死んでいない。彼は妻に生命保険をかけていなかったし、再婚もしないままだ。必要なら、いつでもあとから立ち戻って調べられるが、彼女は病院内で死亡しているため、警察署には彼女の死に関する書類がなく、代理署長の話を口実に取調べをすることはできなかった。

次の電話先はペイトン・アダムズで、ペイトンは注意が必要な相手だった。彼がこの電話をどう受け取るかはわかりようがないが、それは問題ではない。ローガン・タルマン以上に怒り、悲しみ、憤っている者はいないのだ。そして彼女にはそう感じる権利があった。

ペイトンは朝食の席で妻のキャンディとワッフルを食べていた。料理人のソフィーが焼きたてのベーコンを運んできたとき、固定電話が鳴りだした。

「わたしが出てまいります」ソフィーが言い、コードレス電話を手に戻ってきた。

「エヴァンス署長から旦那様にです」

ペイトンは顔をしかめて電話を耳に当てた。

「やあ、ジョシュ」

エヴァンスは眉をひそめた。ファーストネームで呼びかけることで、ペイトンは署長の電話から権威を奪うつもりなのだ。

「どうも、ペイトン。用があってお電話しました。今日の午前中に署へ来て、いくつか質問に答えていただきたい」

「質問？　なんの質問だ？」

「最初の奥さんの死に関してです。事故当時に署を預かっていた代理の署長が適切に処理していなかった事件がいくつか見つかりまして、その後始末というわけです」

「ほう、それは本気で言っているのかね？」ペイトンは間延びした口調で問い返した。

エヴァンスは苦い顔をした。ペイトンの皮肉は明白だ。

「実のところ、ええ。わたしはあくまで本気です」エヴァンスは言った。

それはペイトンが予期していた返事ではなく、彼は態度を切り替えた。

「まあ、署に立ち寄ることはできると思うが——」

エヴァンスはさえぎった。

「ご理解いただけると思いますが、これはできる、できないという話ではありません。平たく言えば出頭要請です」

相手の声音にペイトンは不安になってきた。あれは事故と結論づけられるまでさんざん時間がかかった。それがいまになって蒸し返されるとは。いったい何が起きている？

「九時過ぎには行けるだろう」

「それで結構です。お待たせするかもしれません。署に来ていただくのはあなただけではないので」

「了解した」ペイトンはつぶやいた。耳もとで電話がぶつりと切れて目をしばたたく。

「どうされたの？」キャンディが問いかけてくる。

ペイトンは電話をソフィーに返し、料理人は部屋から歩き去った。

「よくはわからないが、モナが溺れ死んだときのことに違いない。当時、代理を務めた署長がきちんと事件を処理していなかったとかで、エヴァンスはわたしにいくつか質問する必要があるらしい」

「まあ、そんなことがあるものなの？」キャンディが言った。「大丈夫ですか？　気持ちのいいお話ではないでしょう？」

「きみは優しいな」ペイトンは言った。「心配はいらない。驚いただけだ」

ペイトンはベーコンを二枚自分の皿に取り分けると、ワッフルの残りにシロップをかけた。ほどなく朝食を終え、ドアの外へ出ていった。

10

キャムレン・スティーブンスは妻に腹を立てたまま家を出た。アシュリーと衝突したのはこれが最初ではないし、最後でもないだろう。彼女は威張り屋で、自分の社会的立場をやたらと気にしすぎる。ここはルイジアナ州、ブルージャケットだぞ。ニューヨークシティではない。《バイユー・ウィークリー》紙に社交欄はないし、そこに自分たち夫婦の名が載るような社交行事もない。

ウィンドウをさげ、流れこむ風に髪をなびかせて車を走らせる。そうすることで若返った気分になれた。高校の頃もこうやってドライブをしたものだ。それは彼の幻想を助ける無意識の行為で、三十年の時の流れなどなく、まだ風になびくほど豊かな頭髪があるのだと思えた。

アダムズ家の前にさしかかり、ペイトンが車に乗りこむのが見えた。クラクションを鳴らして手を振ると、ペイトンが振り向き、走り過ぎるキャムレンに手を振り返した。

数分後、警察署に到着したキャムレンは歩道沿いに車を停め、髪を櫛で整えてから降車した。半袖シャツの背中と脇には汗染みが広がっている。それはこの地域では夏の証であって気にすることではない。彼は建物へ向かった。

中に入ると、事務係のアーニーがデスクについていた。

「おはよう、アーニー。署長に呼ばれて来たんだが」

「ええ、お見えになるとうかがってました。少々お待ちください、いらしたことを署長に伝えます」

キャムレンが腰かけてほどなく、ジョシュ・エヴァンスが廊下を歩いてきた。

「キャムレン、ご足労をおかけしてすみませんね。執務室へどうぞ」

あとに続いたキャムレンは、鼻にしわを寄せた。尿と洗浄液のかすかなにおいがする。そういえば、署の裏側は留置場だったな。そこのにおいか。

「コーヒーはどうです？」エヴァンスは身振りで椅子を勧めて問いかけた。

「いや、結構です、署長。一日に飲んでいい分を早くも超えてるんで」

エヴァンスは腰をおろすと、デスクの背後に設置された三脚の上のビデオカメラを指さした。

「便宜上、この会話は録画させていただきます」彼は言った。「記録のために氏名を言ってください」

「名前はキャムレン・アレン・スティーブンスです」

エヴァンスはうなずくと、デスクの上に置かれているファイルを開いた。

「お呼びたてして本当にすみませんね。実のところ、別件の調べ物で古いファイルを見返すまで、この問題が存在したことさえ知らなかったんです。なにせわたしが署長としてここへ来る前のことですから。だが、問題があればそれを正すのがわたしの務めだ」

「かまいませんよ」キャムレンはそう言ったあと、かぶりを振った。「ジュリアのことはいまも忘れることができません。ああ、勘違いしないでくださいよ。アシュリーとはうまくいってます。ですが、ジュリアとは突然、彼女の死によって引き裂かれたわけですから。あれはこたえました」

エヴァンスは話を聞く一方でキャムレンの表情を観察した。嘘をついているのならたいした役者だ。

「お気持ちはわかります。ではさっそく始めましょう。早く終わらせればその分楽だ。それでは……一番目の不備ですが、検死結果を受けて再捜査をする必要があったはずなのに、やった形跡がないんです」

キャムレンは眉根を寄せた。

「どういう意味ですか？　死因は明白でしょう。ジュリアは運転中、木に正面衝突し、頭部の損傷で死んだんですよ」

エヴァンスはうなずいた。

「たしかに、頭部に損傷を負ったとあるし、検死結果の死因は外傷性脳損傷となっている」

「だったら何が問題なんです？」キャムレンは尋ねた。

「彼女の血中から多量に検出されたジフェンヒドラミンとドキシラミンについて説明がないんですよ」

キャムレンはいぶかしげな顔をした。

「それは検査結果が間違ってるんです。ジュリアはドラッグなんてやってない」

「奥様は睡眠薬は飲んでいましたか？」エヴァンスは質問した。

「ときどきは。なぜです？」

「これらは抗ヒスタミン剤として用いられるが、睡眠薬としても使われる。彼女の血中からは両方が大量に検出されている。彼女の死を事故と断定する前に、この点が疑問視されなかったところに問題があるんですよ」

衝撃、そして募る恐怖とで、キャムレンの目は見開かれた。

「妻はハンドルを握っている最中に、睡眠薬の飲みすぎから居眠りしたと言ってるんですか？」

「この報告書によると、そのようです」エヴァンスは言った。

いまやキャムレンの声は震えている。

「意図的に？」

「それをあなたにきいているんですよ。彼女が意図的に飲んだのではないとしたら残る説明はひとつだけで、彼女が仕事へ持っていったコーヒーに誰かが睡眠薬を入れたってことになる。自宅からコーヒーを持っていっているのはわかってるんです、事故現場の写真に写ってますからね」

キャムレンは平手打ちを食らったかのように身じろぎした。

「ぼくが妻を殺したと？　ぼくは容疑者なんですか？　なんてことだ！　いいえ！　誰がそんなことをするものか」

「一緒に考えてみましょうか」エヴァンスは言った。「ずいぶん時間が経っていますが、事故当日の朝のことを何か思い出せますか？」

キャムレンは返事をしようとしたが嗚咽が喉を塞ぐばかりで、深く息を吸いこみ、もう一度やり直した。

「あの朝のことはすべて覚えてます。何週間も、何カ月も頭の中で繰り返し……いまでもときどき夢に見る。だけど、夢の中ではいつも、ぼくが出がけにジュリアを引き止めるんだ」

「話してください」エヴァンスは言った。

「ぼくは風邪をひいていました。丸々一週間体調がすぐれず、仕事を休んでいた。当時はまだ秤量所とスポーツ用品店を手放してなかったんです」

「秤量所というのは、狩猟シーズン中に、とらえたアリゲーターを持ちこみ、計測する場所のことですね？」

キャムレンがうなずく。

「ええ。それで、ぼくたちはいつものように一緒に朝食をとった」キャムレンは話しながら目をつぶった。

閉ざされたまぶたの裏で目が動く。情景が再現されているのだろう。

「ぼくは牛乳をかけたシリアル、ジュリアはスクランブルエッグを食べていた。当時彼女は炭水化物と砂糖を抜くダイエットをやっていた。ぼくは薬を飲み忘れたので、それを取りに行きました。テーブルに薬を持ってきて――」

「なんの薬ですか?」エヴァンスは尋ねた。

「薬局で売ってる鼻炎の薬です」キャムレンは先を続けた。「ぼくは薬を飲むのが苦手で、ちゃんとのみこむことができないんです。それで、食事のあいだに溶けるよう、ジェルカプセルを熱いコーヒーの中に落としました」

「いつも何かに溶かして飲むんですか?」エヴァンスは確認した。

「そうです。でないと喉につかえるんですよ。ジュリアは食べ終わり、皿とマグカップを運んで食器洗浄機に入れました。ぼくも空になったシリアルのボウルをカウンターへ持っていった」

「あなたのマグカップはどこにありましたか？」エヴァンスは尋ねた。

キャムレンは言葉を切ると、思い出すためにふたたび目をつぶった。

「一緒にカウンターへ持っていったと思います。だけど、まだ飲み終わってなかった。飲み干さないと薬が効きませんからね」

「そのあとは何がありましたか？」エヴァンスはうながした。

キャムレンの頬を涙が伝い落ちる。

「誰かがドアベルを鳴らしました。ぼくが応対に出た。宅配業者で、届いた荷物は彼女の誕生日のためにぼくが注文したプレゼントでした。サインをしたあと書斎へ持っていき、ミニバーの裏に隠しました」視線をあげる。「いまもそこにあります。くだらないのはわかっていますが、捨てる気になれないし、でも見るのはつらい。それがもとでアシュリーと言い合いになったのは一度だけじゃありません。それはさておき、ぼくが戻ったときには、ジュリアは玄関から出るところでした。片手にコーヒーを、反対の手にはブリーフケースを持っていた。風邪がうつったみたいだから、薬を飲んだと言ってました。それから、愛してるわ、またあとでね、と」手で顔をぬぐってエヴァンスを見る。「あとはご存じの通りです」

驚くべき話だったが、キャムレンは自分が言ったことの意味に気づいてないらしい。

「結局、あなたは自分のコーヒーを飲み干したんですか？」エヴァンスは質問した。

キャムレンは眉間にしわを寄せた。

「ぼくがなんですって？　コーヒーを飲み干したか？　ええ……でしょうね。ポットが空になっていたのを覚えてます。いつもなんです。つい飲みすぎてしまう」キャムレンは肩をすくめた。

エヴァンスは事故の捜査資料を取りだすと、車内を撮った写真二枚を出してキャムレンの前に置いた。

「ここにあるはずのないものが何か写っていませんか？」

キャムレンは息をのんだ。

「これはあの事故のときの写真ですか？」

「そうです。フロントシートを車内から写したものだ」

写真を引き寄せるキャムレンの手は震えていた。

「彼女のブリーフケースが写ってる……それに靴。ああ、彼女の靴だ。ジュリア……愛(いと)しいジュリア。どうしてこんなものを見せる？　どういうつもりですか、署長！

なんでいまさらこんな写真を?」

エヴァンスは写真を指先で叩いた。

「ここに写ってるものをすべて挙げていってください。そしてあるはずのないものがあったら、教えてもらえますか」

キャムレンは身震いし、視線をさげた。

「座席に黒いしみがついている。コーヒーがこぼれたんだろう。ああ、マグカップも写って——」

キャムレンがあげた悲鳴はあまりに痛々しく、エヴァンスには演技ではないとわかった。

「これは彼女のマグカップじゃない! ぼくのカップだ! 〝C〟とイニシャルが入ってる。彼女のは〝J〟だ。ジュリアはぼくのマグカップを持っていったんだ、中に薬が入っていたやつを」

「風邪がうつったようだから薬を飲んだ、彼女はそう言ったんですよね」

キャムレンは愕然とした。

「そんな。彼女はぼくのコーヒーで薬を飲み、そのままマグカップを持っていった。

そうなんですね？　事故の本当の原因はそれなんでしょう？　彼女は抗ヒスタミン剤を過剰摂取してしまった。いまさら、そんなことがわかるなんて」キャムレンはむせび泣いた。「これじゃ彼女を二度失うようなものだ」

キャムレン・スティーブンスには気の毒なことをしたとエヴァンスは思った。だが、捜査資料に関する答えを得られたのは満足だ。

「申し訳ありません。これがどれほどおつらいことかは想像もつきませんが、力になっていただき、助かりました。車の運転はできそうですか？　署の者に家まで送り届けさせることもできますが」

キャムレンは首を横に振り、ハンカチで顔を拭いた。

「いや、大丈夫です。何よりショックだったもので」

「あと……もうひとついいですか。当時シルバラードに乗っていたのはご夫妻のどちらでしたか？」

「ぼくですよ、それが何か？」キャムレンが問い返す。

「いや、たいした理由はありません。ただの補足です」

「そうですか。もう失礼しても？」

エヴァンスはうなずいた。

「どうぞ。重ねてお礼を申しあげます、おかげであいまいだった点がはっきりしました」

キャムレンは立ちあがった。うつむき、署長と並んでのろのろとフロントロビーへ引き返す。

キャムレンは事務係にも、待合所に腰かけている男にも気づくことなく建物をあとにした。しかしペイトン・アダムズのほうは、キャムレンの憔悴しきった姿を目にして眉をひそめた。

いったい何が起きてるんだ？

そのときエヴァンスが彼に声をかけた。

「ペイトン、お待たせしました。執務室へ入ってください」

ペイトンはデスクの向かいに腰かけ、これ見よがしに傲然と構えた。会話が録画されると気づいたとき、彼の心臓は跳ねあがった。

「ここで何をやってるんだ？」ペイトンは問いただした。

挑みかかるような口調をエヴァンスは意外だとは思わなかった。予想通りの反応だ。

彼はカメラをセットし直し、自分も腰をおろした。

「記録のために氏名を言ってください」

ペイトンは顎をあげ、カメラをまっすぐ見た。

「ペイトン・カール・アダムズ」

「ありがとうございます。さて、ここで何をしているかというのは、電話でお話しした通りです。一度処理ずみとされた事件に関することですので、間違いがあったとあとで言われないよう、会話を録画します」

ペイトンは不快そうに眉をひそめた。

「キャムレンとも同じことを?」

「それについてはコメントしかねます。あなたから聞いた話をわたしがほかの人にしゃべってもいいんですか?」

ペイトンは肩をすくめた。

「もっともだな。だが、わたしにとってあれは悪夢だ。思い出すのを渋るこちらの気持ちも考慮していただきたい」

エヴァンスはいらいらとペンでデスクを叩いた。

「そちらも、この件が適切に処理されていなかったことに気づいたときのわたしのショックをご想像いただけるでしょう。これは楽しい仕事ではない。その逆です。わたしにも心はある、家族の悲劇をほじくり返すのは気が重いんです」

ペイトンは嘆息し、ようやく椅子に深々ともたれかかった。

「いいだろう。では、質問してくれ」

「感謝します」エヴァンスは事件のファイルを開いた。「検死によると、あなたの前妻、ラモーナの死因は水死だ。ご自宅のプールサイドのデッキとプールの水から血液が検出され、その場所で彼女は足を滑らせ、プールに転落する際に頭をぶつけて溺れたと推測されている。それで合っていますか？」

ペイトンはうなずいた。

「録画していますので、返事は声に出してください」エヴァンスは頼んだ。

「ああ、それで合ってる」

「報告書には、フットボールの試合から帰ってきたラモーナの十七歳の娘、ケイトリンが母親を発見したとある」

ペイトンは顔をゆがめた。

「そうだ。あの子もかわいそうに。どれほどショックだったことか」

エヴァンスは自分の前にある開かれたファイルを指で叩いた。

「ここには、あなたは町にいなかったとしか記されていない。どこにいたのかには触れておらず、あなたの居場所を確認した補足もない。事故が起きたとき、あなたはどこにいたんですか？」

怒りでペイトンの顔が紅潮する。

「わたしは仕事でニューオーリンズに行っていた」

「宿泊先は？」

「オーウェンス夫妻の住まいだ。サムとアラナはわたしの友人だった」

エヴァンスはファイルから顔をあげた。「だった？」

ペイトンはうなずいた。「ふたりは二年前に飛行機事故で亡くなった」

エヴァンスの額にしわが刻まれる。「どなたか証言できる方はご存命じゃありませんか？」

「そう言われても……いや、待てよ。そうだ、もしかしたら。あの夜、彼らの息子のラリーは、出かける前にわたしと話をしている。もっとも、十年前に両親が家に泊めた客を覚えているかどうか」

「それはわたしが調べましょう。彼の連絡先はご存じですか？」

「いいや。彼のことはほとんど知らない。いまどこで暮らしているのかは見当もつかない」ペイトンが言った。

「では、名前はラリー・オーウェンスですね？」エヴァンスは尋ねた。

「そうだ」

「奥さんが亡くなったことはどのように知ったのですか？」

「ケイティが半狂乱になって電話してきたんだ。泣きわめいていて、最初は何を言ってるのかわからなかった。しばらくして状況を理解したときには、とうてい信じられなかった。モナは水泳が得意だったからな。転んでプールに落ちたときに頭をぶつけたとあとで知り、ようやく納得がいった」

ペイトンの怒りの表情が悲しみに変わるのをエヴァンスは観察した。「死亡時の血中アルコール濃度が非常に高かったとありますが」

ペイトンは肩をすくめた。「飲酒が始まったのは、あの六カ月前に彼女が事故に遭ってからだ。高校と病院に記録が残っているだろう。彼女は雨の日に校舎の玄関先で階段を踏み外して背中を強打し、救急車でERに運ばれている」

「あとで調べましょう」エヴァンスは言った。「それでその後アルコールを飲むようになった、と……理由は？」

「鎮痛剤では痛みが消えないと、彼女は酒の力を借りたんだ。その後、医者は彼女に鎮痛剤を処方するのをやめた。痛みの原因が見つからず、彼女は単に薬物依存になっていると判断したためだ。それで、彼女は痛みをやわらげる手段としてアルコールを選んだ。彼女の飲酒癖は問題になっていた。だが、夫婦でどうにかしようとしていたんだ。彼女はリハビリに同意し、亡くなったときには施設に入るところだった」

「なるほど」エヴァンスは、ケイトリンから事情聴取をすることと書き留めた。「ケイトリンの電話番号はご存じじゃありませんか。彼女からも話を聞かなくては。第一発見者ですからね」

「たしかわかるはずだ」ペイトンは携帯電話の連絡先リストをスクロールした。「ああ、これだ」番号を読みあげ、署長が書き取るのを眺める。

「どうも、助かりました」エヴァンスは顔をあげた。次の質問をするのは賭けだったが、ペイトンが動揺するかどうかを見たかった。

「ところで、当時シルバラードを運転していたのはご夫妻のどちらでしたか？」

「ふたりとも使っていたが、わたしのほうがよく乗っていただろう。それが何か？」

エヴァンスは肩をすくめた。

「捜査資料への単なる補足です。話は以上です。事故当夜のあなたの居場所が確認でき次第、一件落着になる。ご足労、感謝します」

ペイトンはほっと気を緩めた。

「いやいや、協力できて何よりだ」彼は言った。「これで終わりだな？」

「ええ、お見送りしますよ」エヴァンスはペイトンのためにドアを開けた。

ふたりは無言でフロントロビーまで歩いたが、ペイトンは立ち去る前に足を止め、エヴァンスと握手を交わした。エヴァンスはその分だけペイトンを見直し、その後、ケイトリン・バティストに電話をかけるべく執務室へ引き返した。

ケイトリンは息子ふたりを車で義母の家におろしてきたところだった。夫側の甥っ子の誕生パーティーが開かれるので、義母があとで息子たちをパーティーへ連れていき、夜は義母宅にお泊まりすることになっている。息子たちは祖父母と過ごすのが大好きで、ケイトリンとジョニーはふたりきりになれる一夜が大好きだ。

病院へ行く前にローガンのために花を買おうと〈フレンドリーの食料品店〉に向かっていると、携帯電話が鳴った。ケイトリンは発信者に目をやり、眉根を寄せた。警察署から？ カトリック教会前の歩道に車を寄せて停車し、電話に出た。

「もしもし」

「ケイトリンですか？」

「そうです」

「署長のエヴァンスです。少しあなたと話をする必要がありまして。いまから署へ来ていただけますか？」

「ええ、行けますけど、なんの話でしょうか？ わたし、何かやったかしら？」

彼は小さく笑った。「いやいや。いらしてから説明しますよ」

「わかりました。すぐにそちらに着きます。車で町の中心街を走っていたところだから。時間はかかりません」

「それはちょうどよかった。署のロビーに出て待ってます」

「ではまたあとで」ケイトリンはそう言って通話を終了し、署に到着するまで気をもみ続けた。

彼女が入っていくと、署長は約束通りロビーで待っていた。

「おはよう、ケイトリン。息子さんたちは元気にしてますか？」

「それはもう。今日はいとこのお誕生生パーティーへ行って、そのあとはおばあちゃんの家にお泊まりなんです」

エヴァンスは微笑んだ。「では、今夜はご主人とゆっくりできますね。食事へ出かけるんですか？」

ケイトリンはにっこりした。「ええ、ジョニーにせがむつもりよ」

「では、執務室へ行ってさっさと終わらせ、あなたはドライブへ、わたしは書類の片付けへ戻れるようにしましょう」

「なんの書類ですか？」ケイトリンが尋ねた。

「これから全部説明します」エヴァンスは廊下の奥へと案内し、ほかの者たちが座ったのと同じ椅子に彼女を座らせた。

ビデオカメラがふたたび回りだすと、ケイトリンはいぶかしげな顔をした。

「録画するんですか？」

彼は腰をおろした。「これが一番簡単に話を記録できるんですよ」

ケイトリンはよくわからないながらも待った。

エヴァンスはデスクの上に身を乗りだした。これはおそらく彼女の感情を刺激することになり、話を切りだすのは気が重い。しかし、ことの重大さを考えれば避けるわけにはいかない。

「記録のために氏名を述べてください」

ケイトリンは目をぱちくりさせた。法廷で裁判にかけられているみたい。彼女は緊張し、返事をしながら指のさかむけを引っ張った。

「ケイトリン・エリザベス・バティストです」

エヴァンスはうなずいた。

「ありがとう。さて……話はこういうことです。二日ほど前、古い捜査報告書の中に、適切に処理されていないものがいくつか見つかった。どれもわたしが署を引き継ぐ前のもので、そのうちひとつはあなたのお母さんの事件に関するものでした」

ケイトリンの目にたちまち涙がこみあげる。

「ああ、そんな。何が問題だったんですか？」

「発見者があなただったのはわかっています。だが、事故が起きたときのペイトンの所在について裏付けを取らねばならない。記録では彼は町にいなかったとあるが、どこにいたのかあなたはご存じですか？」

ケイトリンはバッグからティッシュを取りだして目もとを押さえ、しわくちゃになったそれを両手で握りしめた。すでに声が震えている。

「仕事でニューオーリンズへ行ってました。株式仲買人がそこにいるので、ときどき行くんです。向こうからこっちへ来ることもあったけど、たいていは彼があっちへ赴いていたわ。母がよく彼をからかってました、電話で全部すませることができるのに、食べ物とビール・ストリートが目当てで行ってるんでしょ、って」

「それはどういう意味ですか？」

「ああ、ペイトンはジャズの大ファンなんです。ジャズの名盤の膨大なコレクションを持っていて、レコード・プレーヤーもあるんですよ」

「なるほど。それで、彼の宿泊先はご存じですか？　どちらのホテルでした？」エヴァンスは尋ねた。

「ホテルじゃありません。彼、ホテルには泊まらないんです。わたしの母とペイトンの友人だった夫妻が二、三組ほどあっちにいて。彼はその中のどこかに泊まるようにしていました。あのときはオーウェンス夫妻のところだったんじゃないかしら。でも自信はないわ。ずいぶん昔のことだから」

「ええ、そうですね」エヴァンスは言った。「あなたのお母さんについて、いくつかプライベートな質問をさせてください。検死によると死因は水死となっており、彼女はプールサイドで頭を打っている。だが血中のアルコール濃度は法定許容量の三倍で、それに関しては何も調査がなされていない。あなたから何か聞かせていただけますか？」

「亡くなる前の数カ月、母はたくさんお酒を飲むようになって、性格もすっかり変わってしまったんです。大変でした」

「それまで飲酒癖を隠していたんですか、それとも急に飲むようになったんですか？」

「急にです。母は学校で転倒し、背中を痛めたんです。始めのうちはお医者さんが痛み止めを出していたんですが、理学療法は効果がなくて、母は薬に加えてお酒を飲むようになりました。母の飲酒を知って、お医者さんは処方箋を出すのをやめたんです。痛みの原因は見つからないし、母は薬物依存になっているだけだと考えて。薬がなくなり、母は痛みを紛らすため完全にアルコールに頼るようになりました」

「それはお母さんの結婚生活に何か悪い影響を与えましたか？」

ケイトリンは肩をすくめた。「わたしの見た限りでは何も。ペイトンは母に同情してました。母の顔を見れば、痛みに苦しんでいるのはわかりました。あれは嘘じゃありません」

「報告書には、保険会社から保険金が支払われるまでずいぶん時間がかかったとありますが」

ケイトリンはうなずいた。「保険会社は自殺だと決めつけてなかなか払おうとしなかったわ。けれど、母の頭には傷があり、プールサイドのデッキには血がついていた。保険会社は最終的に払わざるをえなかったんです」

「かなりの金額でしたね」エヴァンスは言った。

「半分はわたしが、残りはペイトンが受け取りました」

これはローガン・タルマンの資料にはなかった新情報だ。

「わたしが持っている資料には、ペイトンだけが受け取ったと記載されているが」

「ええ、それは彼が受取人だったからよ。だけど、彼はわたしに半分を譲りました」

「ほう……なるほど。それはまた寛大な」

彼女は肩をすくめた。

「ペイトンはいい人です、父親になる気がないだけで。保険会社がやっと支払ったときには、わたしはもうジョニーと同棲してました。結婚後、保険金の一部でいま住んでる小さな家を買い、残りは息子たちの大学進学のために取ってあります」

エヴァンスは驚きを隠した。多額の生命保険を受け取っている男性ふたりは、どちらも最初に想像していたより善人らしい。となると、自分は何を見落としているんだ？

「当時所有していたシルバラードは、誰が運転していましたか？」

「家族全員よ。わたしはときどき学校へ行くのに使っていたし、でも一番運転していたのはペイトンかしら」

「そうですか」エヴァンスは最後にいくつか書き留めてファイルを閉じた。「質問は以上です、ありがとうございました」

「どういたしまして。わたしからもひとつ質問していいですか？」

「どうぞ」エヴァンスは応じた。

「誰がローガンを撃ったの？」

「それはわかりませんが、捜査を継続中です」

「さっきの質問はどれも彼女に関係があるの？」

「捜査中の事件に関するコメントはできません」彼は言った。

「わたしはまだ彼女からお兄さんのことをききだす必要があるんですか？」

エヴァンスは深く息を吸いこんだ。頼んだのを忘れていた。「いいえ、いまは結構です。必要になったらこちらからお知らせします」

ケイトリンは椅子にもたれかかり、目を怒らせた。「そう。署長さんは、彼女がここにいる理由をご存じなんでしょう、違いますか？　きっとデイモンに関わることなんだわ。何かあったと彼女が言っていたもの、だからふたりはいきなり町を出ていったんだと」

「彼女はなんと言ってましたか？」エヴァンスは尋ねた。

「答えはもうご存じなんでしょう。話はこれで終わりかしら？」ケイトリンはぴしゃりと言った。

「ええ、終わりです」

「だったら失礼します。電話をもらったとき、ローガンのお見舞いに行くところだったんです」

エヴァンスは嘆息した。「彼女にあれこれ尋ねないでください。あなたはできるだけ知らないほうが安全なんです」

ケイトリンは彼が言ったことの恐ろしさをのみこみ、目をしばたたかせた。持ちあげたバッグを胸に抱きしめ、出ていく。

エヴァンスは立ちあがり、カメラを止めて電源を切った。それからコーヒーのおかわりを注ぎに行く。胃が痛み、頭痛の気配がするが、そこでローガンのことを考えた。彼女は頭痛よりはるかに手強いものに立ち向かっている。そう思うことで、彼の意識は胃痛や頭痛から目の前の仕事へ移った。

コーヒーをすすって顔をしかめた。アーニーは優秀な事務係だが、コーヒーを淹れるのはへただ。焦げたような味をごまかすために砂糖を少し入れて執務室へ戻り、ラリー・オーウェンスの現在の居所の調査に取りかかる。まだモナが死んだ夜にペイトンがいた場所の裏付けを取る必要があった。

11

ローガンは朝食を昨日の夕食より食べることができたが、それでもまだ食欲がなく、ウェイドはそれが気になった。彼はフォークの先で彼女の皿を示した。

「もう少し卵を食べろ」

「味がないわ。それに火を通しすぎ」

「文句はそれだけか？」

ローガンは指先で卵を押し、ゴムのように跳ね返るのを眺めた。「これでも？」

「悪かった、ローガン。町に配達をやってるカフェはあるか？」彼は尋ねた。

「カフェなら〈バーニーズ〉があるけど、配達をしているかはわからないわ」彼女は言った。「気にしないで。食事の心配が必要なほど、ここに長居はしないから」

ウェイドは眉根を寄せた。「誰がそう言った？」

「わたしよ」

「きみがここを出るのは医師から退院の許可がおりたときだ、それより一時間たりとも早く出ていくことはない」

ローガンは肩をすくめ、トレイテーブルを押しやり、目を閉じた。

見慣れた反応にウェイドは苦笑した。ローガンは何か気に入らないことがあると、それを無視するのだ。ドアがノックされて細く開き、ケイトリンがのぞきこんだ。

「入ってくれ。ローガンは眠ってない。ふてくされてるだけだ」

ローガンはウェイドをにらみつけ、友人を目にして微笑んだ。「いらっしゃい！わたしに優しくしてくれる人は大歓迎よ！」

ケイトリンはにっこりした。「〈フレンドリー〉でドーナツを買ってきたわ。お花を持ってこようと思ったんだけど、お店でこれが目に入って」

「天の助けだ」ウェイドはゆったりした口調で言った。「彼女は病院食の卵がまずいと言ってふてくされていたんだ」

ケイトリンが小さく笑う。

ローガンは気まずそうな様子で笑みを浮かべた。「あなたに当たって悪かったわ、ウェイド」

彼はウインクをして彼女の腕をそっと叩いた。「冗談だ。おれはきみが生きていればそれでいい。これから一生当たり散らされたってかまわない」

ケイトリンは作りたてのグレーズド・ドーナツが入った袋をローガンに渡した。

「ああ！ 見た目もにおいもとてもおいしそう」ローガンは言った。袋からひとつ取りだしてかじりつき、目を見開く。「ほんとにおいしい。わたしのためにありがとう、ケイティ。あなたもひとつ食べない、ウェイド？」

「クマはハチミツが好きか――」

「はいはい、きく必要はないわね」ローガンは彼に袋を手渡した。「ケイティ、あなたはどう？」

「ここへ来る途中で二個つまみ食いしたから、もう結構よ」

「これはうまい」ウェイドは言い、ローガンがふた口目を食べる前にぺろりと一個食べ終えた。もう一個取りだしてから袋をローガンに返す。「袋をおれから遠ざけておいてくれ」

「ずいぶん元気になったようだけど、具合はどう？」ケイトリンが尋ねた。

「上々よ、撃たれたにしてはね」ローガンは言った。

「いつ退院できるかはわかった？」

「いいえ、まだよ。回診のときに先生にきいてみるつもり。まだベッドからおりて歩いてさえいないのよ」

ケイトリンはうなずいた。「当然でしょう、失血死するところだったんですもの。退院したら、ダラスへ戻るの？」

ローガンの顔から笑みが消えた。「まだ戻らないわ」

「まだ幽霊を追うつもり？」何気ない自分の言葉がどれほど核心に迫っているかにも気づかず、ケイトリンは言った。

ローガンはウェイドを見ることができなかった。見れば、泣きだしてしまいそうだ。

「ある意味ではね。息子さんたちはどこにいるの？」

その質問で話題はそれ、ケイトリンは子どもたちのお泊まりの話と、今夜ジョニーとふたりで過ごすのを楽しみにしていることを話した。

十五分ほどしたところで、看護師がローガンの体を洗いにやって来て、ウェイドとケイトリンは病室の外へ出された。

ケイトリンは帰り際にローガンにキスをし、ウェイドも彼女にキスをしたかったが、そうする代わりに廊下のほうを指さした。

「おれはドアのすぐ外にいる」

「自販機でペプシを買ってきてもらえる?」ローガンは彼に頼んだ。

「もちろんだ」ウェイドは応じた。彼女が望むものを与えられるのがうれしかった。

ふたりが退室すると、看護師はさっそくローガンの病衣の紐(ひも)をほどいて、腰まで彼女の体を露わにした。

「シャワーには入れないの?」ローガンは尋ねた。

「ええ、今日は無理ね。手が届かないところはわたしが洗うわ。全身きれいになったら包帯を替えましょう」

「髪についている血を洗ってもらえるかしら?」

「まあ、気づかなかった。黒髪だからわからなかったのね。ええ、もちろん洗いましょう」

ローガンも幼い頃には誰かに体を洗ってもらっていたのだろう。けれど大人になって人に体を洗われるのは、これが最初で、望むらくは最後であってほしかった。全身を洗い終えると、看護師は洗面器を取りに行き、手伝いを連れて戻ってきた。看護師ふたりの手で、ローガンの髪はようやくきれいになった。看護師

午前中の事情聴取のあと、エヴァンスは考え直して、手術中に妻が死亡したロジャー・フランクリンにも電話をかけることにした。するとロジャーは脚を骨折して自宅におり、代わりにエヴァンスが彼のもとへ赴いた。エヴァンスが用いた口実は極めて事実に近かった。未解決の古い事件を捜査中で、数少ない手がかりのひとつが、事件の起きた二〇〇八年に犯人が運転していた当時の最新型のシボレー・シルバラードだと彼は説明した。

ロジャーは親切な男だった。どちらかと言えば寡黙だが、きかれればなんでも話し、聞きこみの結果、新たな情報はなかった。

残るは離婚した男がふたりだけだ。

トニー・ウォーレンが《バイユー・ウィークリー》紙で働いているのは知っているので、急遽エヴァンスは帰りに新聞社へ立ち寄った。

電話をもらったトニーは、ペイトン・アダムズと同じく署長に会うのを渋ったもの

の、おとなしく外へ出てきて、エヴァンスとともにパトカーへ乗りこんだ。

「来ましたよ。で、なんの用です？」トニーは車のウィンドウに映る自分の姿に顔をしかめた。頬の片方と、髪の生え際に新聞のインクがついている。そんな年でもないのに髪は真っ白で、太くて真っ黒な眉のせいもあり、彼はぎょっとした。「これはひどい格好だ。申し訳ない」

エヴァンスはかまわないとばかりに手を振ってみせた。

「格好なんてどうでもいいですよ。いくつか質問させてください、それでわたしはすぐに退散する」

「どうぞ始めてください」トニーは言った。

「二点ほど確認したいことがあります。以前運転されていたシルバラードはまだお持ちですか？」

「いいや、妻が――別れた妻が離婚のときにほしがったので譲った。彼女はぼくと縁を切るだけじゃなく、文明社会とも縁を切って、アラスカでオフグリッド生活をすると言いだしてね。ピックアップトラックならものを運ぶのに便利だろう、ああいう暮らしで買いだめするものの量を考えると」

エヴァンスはうなずいた。

「彼女から連絡はありますか？」

トニーは肩をすくめた。

「年に一度、ぼくの誕生日に葉書（はがき）を寄越してくる。消印はサスカチュワン。ぼくが知ってるのはそれだけだ」

「葉書を？」エヴァンスは尋ねた。「それは取ってありますか？」

「ええ。女々しいと言うなら言ってください。ぼくは離婚を望んでなかった、望んだのは彼女だ。未練があるわけじゃない、彼女が連絡を取ってくれるのがうれしいっていうのかな。少なくとも、彼女はまだ元気にしてるんだとわかるでしょう」

「葉書を見せていただきたい」

「ああ、どうぞ、いいですよ。何枚か社のデスクにあるんじゃないかな。オフィスも自宅も全然掃除をしてなくて。ちょっと行って見てきましょう」

トニーは車を降りると、慌ただしくビルの中へ消え、数分後にふたたび現れた。車内へ戻ってエヴァンスに葉書を渡す。

「三枚ありましたよ。家にもあるが、消印はどれも同じだ。それを除いたら、彼女がどこにいるかはわからないな」

エヴァンスは葉書を裏返して、誕生日を祝う言葉に添えられた短い文章を読んだ。筆跡は同じ。消印も同じ。日付は異なっている。彼は葉書をトニーへ返した。

「どうも。確認したかったことはおおむね以上です」

トニーは車から降りかけて止まった。

「これはなんだったんですか、署長？　ぼくは自分の知らないうちに何かまずいことにでもなってるんですか？」

「いや、奇妙に思われるでしょうが、とある事件に関連してまして。あなたが以前所有していたのと同じピックアップトラックとその所有者を探してます。入手したリストに載っていた名前を順に当たってるだけです」

「ああ、そういうことですか」

「ご協力、感謝します」エヴァンスは礼を言った。

「たいしたことありませんよ」トニーは仕事へ戻っていった。

「収穫なしか」エヴァンスはつぶやいた。「最後のひとりだ。ここで何か見つかるかもしれん」

ダニー・ベイルズは、彼が好んで言うように、仕事から仕事への移行期にあった。〈シュリンプ・シャック〉で料理人をしている現在の妻は、芝刈りをしておいてねと、彼に釘（くぎ）を刺してから仕事へ出かけた。ダニーは快くそれに従った。

裏庭の芝生はすでに刈り終え、前庭を途中まで刈ったところで、警察署長の車が彼の家のドライブウェイに停まり、署長が降りてきた。今日はおもしろい一日になりそうだ。ダニーは芝刈り機のエンジンを切り、ポケットからタオルを出して額の汗をぬぐった。

「こんにちは、署長」ダニーは挨拶した。

「どうも、ダニー。家にいてくれて助かった。話をしたいんだが」

「いいですよ」ダニーはポーチのそばの木陰にあるローンチェアを身振りで示した。「木陰にかけてください。冷たい飲み物はどうです？」

「いや、結構です。だが、おたくはずいぶんと暑そうだ。何か飲みたいならどうぞ」エヴァンスは言った。

「いまはいいですよ」ダニーは椅子に腰をおろし、自分の膝をぴしゃりと叩いてにこやかに笑った。「署長さんが知らないことをおれが知ってるとは思えないが、なんだってどうぞ」

「これは捜査中の未解決事件に関連している聞きこみで、リストに挙がってる名前を順に消しているところです」

ダニーは顔をしかめた。

「それじゃあ、さっさと始めておれの名前を消してもらおう。警察のリストに挙がってるなんて生きた心地がしない」

エヴァンスは説明を始めた。

「二〇〇八年の夏、おたくは当時、最新型の白のシボレー・シルバラードを所有していましたね？」

「ああ、持ってたな」

「それは最初の奥さんと離婚する前のことですね？」

「そうだ。あの夏はまだあいつと一緒だった。コニーと離婚を決めたのはあの年の終わりだったな。コニーは娘を連れてカリフォルニアに移住したよ。おれはここに残った」

「娘さんが一緒となると、前の奥さんとはいまも連絡を取り合っているんでしょうね」

「もちろんだ。夫婦仲は悪くなかったんだ。ただ一緒に暮らすのには向いてなかった。アンジェラはもう十六になる。毎年クリスマスとイースターにはうちに来るよ」

エヴァンスはうなずいた。

「車は離婚した奥さんが持っていかれたんですか?」

「いいや、あれはおれがそのまま持っていた。荷物を運ぶのに使いたいって人に貸して、小遣い稼ぎさ。一回につき二十ドル、プラス、返却するときにはガソリンを満タンにしてもらう。だが二〇一三年に車を壊されてそれもおしまいだ」

「誰に壊されたんですか?」

「前の妻の兄……町長のバートン・デシャントだ」

エヴァンスは意気消沈した。たったいま、リストが爆発的に増加したのだ。二〇〇八年にローガン・タルマンが目撃したのがダニーの車となると、運転者を突き止めるのは不可能に近い。

「二〇〇八年の夏に車を貸した相手は覚えてませんか?」

ダニーはかぶりを振った。「いやあ、覚えてないな、そんなに前のことは」

「そうですか、お話をどうも。どうぞ作業に戻ってください」

ダニーは拍子抜けした顔をした。

「終わりですか？　知りたいのはそれだけ？」

エヴァンスはうなずいた。

「どういうことなんです？」ダニーは尋ねた。

「いまは何も言えません。よい一日を」エヴァンスはそう言って立ち去った。

ダニーは納得できなかった。情報がほしいなら、せめて理由ぐらい教えるべきだろうに。

エヴァンスは落胆した。この予想外の展開をローガンに報告するのは気が重い。彼は署へは戻らず、彼女の様子を見に行くことにした。具合がよさそうなら、わかったことを彼女に伝えよう。

けが以来初めて歩いてみたローガンは、ベッドに戻り、ほっとした。

「大丈夫か？」上掛けを直してやりながら、ウェイドは問いかけた。

「おれはバスルームで着替えてくる。警護の警官は病室に誰も入れないようにしてるが、おれが必要なときは呼んでくれ。バスルームでも声は聞こえる」

「ええ、疲れただけ」

「わかったわ」彼が自分のバッグを持ってバスルームへ行くのを見つめ、ローガンは長い脚と引き締まったヒップに称賛のまなざしを送った。大方の男性より上背があるローガンは相手を居心地悪くさせてしまいがちだが、ウェイドは彼女より十センチ近く背が高いだけでなく、自分に自信を持っている。彼のそんなところがありがたい。アームスリングを直したあと、彼女は休もうと目をつぶった。うつらうつらしていると、ドアをノックする音が聞こえた。

返事をする前にバスルームからウェイドが出てきた。ひげを剃ってさっぱりし、裸足でジーンズをはき替え、手にシャツを持っている。

「おれが出る」言いながらシャツを着た。

ウェイド・ギャレットとのつき合いは長いけれど、シャツを脱いだ姿をローガンはこれまで一度も見たことがなかった。そして一度見てしまうと、その盛りあがる筋肉と割れた腹筋は二度と忘れられそうもなかった。

誰かと話をするのが聞こえ、少しすると、ウェイドがエヴァンス署長を引き連れて戻ってきた。

「こんにちは、ミセス・タルマン」エヴァンスが挨拶する。

「ローガンでいいわ」

「ではローガン。様子を見に立ち寄ったんです」エヴァンスは言った。

「順調に回復しているわ。痛みはあるけど我慢できるし、初めて歩いてみたところよ。食事は最悪、だけどわたしがそう言ったことは誰にも言わないで」

エヴァンスは微笑し、ブーツを履くウェイドに目をやった。

「あなたのリストに載っていた男性たちについて、新しい情報を持ってきた」

「聞かせて」ローガンはベッドの背を起こして座った。

「妻を亡くした男三人は容疑者からほぼ除外しました。そのあとは妻と離婚した男ふたりに当たったった。オフグリッド生活をして所在のわからないトニー・ウォーレンの妻は、毎年彼の誕生日に葉書を送っていた。彼はサスカチュワンの消印入りの葉書を何枚も持ってましたよ。

だが、あなたのリストに基づいて犯人を見つけるのに難が生じたのは、ダニー・ベイルズに事情聴取したときだ。彼はあなたが見たような車を所持していたことをすぐに認め、そのあとそうとは知らずに自分への疑いをみずから晴らした。まず、彼は前妻とのあいだに子どもがひとりいて、前妻とも良好な関係にある。ところが問題はここからだ。彼は小遣い稼ぎに、荷物を運ぶのに使いたいという相手にその車を貸していたそうなんです。一回二十ドルで、返却時にはガソリンを満タンにしてもらっていたらしい。二〇〇八年の夏に誰に貸したかは覚えておらず、二〇一三年に車が壊れるまで貸しだしを続けていた。こうなると容疑者候補はブルージャケットの住民ほぼ全員に拡大する、ダニーの義兄だった町長を含めてだ。ちなみに、車を壊したのはその町長です」

ローガンの顔に紛れもない動揺の色が浮かんだ。

「なんてことなの。この手がかりさえあれば大丈夫だと信じていたのに」

「残念です、だがこれでわたしがあきらめるとは思わないでほしい。捜査が多少つまずいただけだ」エヴァンスは言った。

ローガンは喉の塊をのみくだした。こうなったら、より大きな賭けに出る必要がある。

「わたしが町にいる理由を公表する時期のようね」

「だめだ！」ウェイドが言った。

ローガンは顔をしかめた。「これはわたしが決めることよ」

ウェイドは顔をそむけると、彼女と署長を残して窓辺へと進み、会話の続きをふたりに委ねた。

ローガンにはわかった。ウェイドは怒っている。けれど彼には怒りを克服してもらわないと。

エヴァンスは首を横に振った。「それはどうかな――」

「話を聞いて」ローガンは言った。

エヴァンスはベッドの足側へ移動した。「拝聴しましょう」

「いまさら秘密にしておく理由がある？　犯人は、わたしが脅威であることを知っている、それは明らかよ。すでに行動を起こしているんだから。だけどもしも町の住民の中に、新たな情報を提供できる人がいたら？　これ以上何かが悪化することはないし、助けになるかもしれないわ」

「具体的には何を公表するつもりですか？」エヴァンスは尋ねた。

「わたしの兄は二〇〇八年の夏に殺され、そしてわたしはその犯行現場にいて、一部始終を聞いていたけど、犯人の顔は見ていない——声を聞いたのみ。そう公表しましょう。わたしが見たのは何者かが運転する最新型の白いシボレー・シルバラードだけで、わたしはその犯人を見つけるために戻ってきた。それを公表すれば、わたしには犯人を特定することができないとわかり、相手はわたしを狙うのをやめるかもしれない」

ウェイドが振り返った。「まんざら悪くないアイデアだ。彼女が狙われる危険が減るなら、おれはなんだって全面的に賛成する」

「いま言ったことを明かしてなりゆきを見守りましょう」ローガンは提案した。

「わかっているでしょうが、次は、あなたのお兄さんの遺体はどうなったかということが問題になる」エヴァンスは言った。

これにも、ローガンは答えを用意していた。「それについては、事件の夜に兄の遺体はわたしが埋めたけれど、場所ははっきりしないと噂が広まるようにするわ。そして、わたしが回復次第、場所の捜索を開始すると言い広めるの。犯人特定につながる可能性のある証拠が一緒に埋められているとしてね」

「本当にあるのか？」ウェイドがきいた。

「兄をくるんだ防水シートの中に空薬莢が入ってるわ。わたしが撃たれた現場で見つかったものと一致するかもしれない」ローガンは言った。「警察には、犯行現場に監視カメラを設置してほしいの。退院したらすぐに場所を教えるわ。そこに現れてあたりをつつき回す者がいれば、自分が犯人だと言っているようなものでしょう。兄が殺された場所を知っているのは犯人とわたしだけなんだから。あなたは犯人を逮捕し、ウェイドとわたしは晴れてダラスへ帰れる」

エヴァンスは自分がその提案を本当に検討しているのが信じられなかった。

「やるなら郡保安官も関わってくる。ブルージャケットの町境を出たらわたしの管轄外になりますからね。それにおそらくはルイジアナ州捜査局もだ。証拠を損なうことなく遺体を掘り起こすには特殊な技術が必要になる」

「結構よ。誰が立ち会おうとかまわないわ。犯人を逮捕できる人たちがちゃんとそこにいるなら。それで遺体を回収することができるわ」ローガンは言った。

「回収できるものがあればだ」エヴァンスは念を押した。「遺体を埋めたのは湿地帯でしょう。それでは埋めてもいずれ地上に浮上する」

「すでにその場所へは行ってきたわ。兄はいまもあそこにいる、必ず戻ってくるとわたしが約束したから」ローガンは言った。「わたしにやらせてちょうだい」

エヴァンスはウェイドに視線を向け、病院のベッドにいる女性へと戻した。

「あなたは根性の据わった女性だ」エヴァンスは言った。

「好きでそうなったわけじゃないわ」ローガンは言い返した。

「では、やりましょう」エヴァンスは応じた。

「噂話を広める部分はわたしにまかせて」彼女は言った。「わたしの友人のケイトリンが、わたしの帰郷にはどんな大きな謎があるのかと知りたがっている。わたしから彼女に話すわ。そうすれば彼女から話が自然に広まるはずよ。大々的な発表では犯人が警戒する恐れがあるでしょう」

エヴァンスはうなずいた。「なるほど、気に入った」

「ああ、そういえば、わたしのバッグと車のキーはどうなったの？　わたしのコルトはバッグの中よ、全部の身分証明書と一緒にね」

「証拠品ロッカーに保管してありますよ」

「よかった」ローガンはほっとした。「持ってきてもらえるかしら。ケイトリンの電話番号を調べたいわ」

「彼女の番号ならわかる」エヴァンスは自分の携帯電話で調べ、紙に書いて渡した。

「あなたの所持品は今日中に持ってこさせましょう。あなたが動けるようになり次第、監視カメラの設置だ」腕時計を見る。「わたしはそろそろ仕事へ戻ろう。あなたは体を休めてください」

ウェイドは彼を戸口まで見送ってからベッドへ戻り、彼女の手を取った。

「さっきは横やりを入れてすまなかった」

ローガンは枕に寄りかかって目をつぶったが、涙が顔にこぼれ落ちるのを止めることはできなかった。

「おい、どうしたんだ、ローガン。泣かないでくれ」ウェイドは慌てた。

ローガンは彼の手をきつく握り返して、首を横に振った。

ウェイドは見ていることができなかった。ベッド横の柵をおろして彼女の隣へ体を寄せる。すると驚いたことに、ローガンは彼の肩にもたれかかってきた。考える必要もなく、ウェイドは彼女の体に腕を回し、頭を自分の顎の下へと引き寄せた。彼女がゆっくり息を吐き、張り詰めていた筋肉から力が抜けていくのが感じられた。

「あなたがここにいてくれなければ、わたしはこんなに強くはなれなかった」

ウェイドは彼女の顔が見えるよう体を引いた。涙が黒い瞳を輝かせ、顎は震えている。

「ローガン、おれはいつだってここにいた。きみが見ていなかっただけだ」彼はそう言うと、ローガンの額を唇でかすめ、彼女を枕の上にそっと戻した。

ウェイドがベッドの背を倒して上掛けを整えるあいだ、彼女は無言でいたが、まなざしは彼の顔から片時も離れない。

「休むんだ」彼が言った。

ローガンは目を閉じた。そうしなければいけなかった。彼を友人としてではなく、ただのひとりの男性として見るのは怖い。

ローガンが眠っているあいだに、警官が彼女の所持品を持って現れた。警官は充電器を見せて、これは携帯を充電できるようにと署長からです、と伝えた。ウェイドは礼を言い、彼女の携帯電話の充電を始め、ほかは自分のバッグに入れた。

ちょうど昼前に看護師が薬を持って現れ、昼食が運ばれてくる前に彼女が体を洗うのを手伝ってくれた。看護師がいるあいだ、ウェイドは席を外したが、彼がドアの外で、彼女の声が届くところにいるのをローガンは知っていた。

知り合ってから一度も、アンドリューが死んでからでさえ、ウェイドが友人の一線を越えたことはなかった。だけど彼の言葉は、最初からずっと彼女を愛していたことを示唆していた。

ローガンはそれを残念に思う一方で、ときめきに近いものを感じてもいた。アンドリューほど大切な人はいないと思ってきたけれど、愛にはさまざまな深さがあるのもわかり始めている。

アンドリューの愛はとてつもなく大きく、一生に一度の愛だった。でも、彼の命の火はあまりに早く消えてしまった。

ウェイドは辛抱強く燃え続けるタイプだ。二年前に夫を失い、ひとりきりで生きてきた彼女は、消えることのない愛に心を動かされていた。

看護師がベッドの脇で足を止めた。「ローガン、何か必要なものはある？」

「先生の回診は何時頃？」彼女は尋ねた。

「夕方になるんじゃないかしら。午前中に急な手術が入って、回診の時間が普段と変わったから」

「そう、ありがとう」ローガンは言った。

「どういたしまして。すぐに食事が来るわ。今日はチキンダンプリングよ。それがなかなかおいしいの。あなたも今度はもう少し食べられるんじゃないかしら」

「がんばってみるわ」ローガンはベッド横のテーブルの上で、自分の携帯電話が充電されているのに気づいた。エヴァンス署長が約束を果たしてくれたらしい。

ウェイドが冷えたペプシの缶二本とスニッカーズを持って入ってきた。

「ああ、夢みたい！　本物の食べ物だわ！」ローガンは感嘆した。

ウェイドが笑う。「いいや、本物のジャンクフードだ。作業現場の定番食、だろ？　ペプシはいま飲んでもいいが、スニッカーズは食事のあとだ。もうこの階の配膳が始まってる」

「いいわ。ありがとう」ローガンはペプシを受け取った。「ああ、冷えていておいしい」

弾ける炭酸に鼻にしわを寄せるローガンをウェイドは眺めた。彼女は美しい。そう思ったあと、意識して話題を変えた。

「きみが寝ているあいだに荷物が届いた。署長が充電器を貸してくれたから、きみの携帯電話を充電しておいた。ほかのものはおれのバッグの中だ」

「そこにあるやつでしょう。ありがとう。そうだわ、ケイトリンに電話をしてここへ来てもらわないと」ローガンは言った。

ウェイドは電話番号が書かれた紙を取りだし、病室に備えつけの電話を彼女の届くところへ持っていった。

ローガンはケイトリンの番号を手早く押した。

二度目の呼び出し音でケイトリンが出た。「もしもし？　ローガン？　何かあったの？」

ローガンは微笑んだ。「わたしは大丈夫よ。できたら、昼食後にまた病院へ来てくれないかしら。あなたに話したいことがあるの」

「あなたが撃たれたことに関係すること？」

「ええ」

「ジョニーが昼食をとりに戻ってきたところなの。食べ終わったらすぐに行くわ」

「わかったわ。またあとで」ローガンは電話を切った。

「元気になったか？」ウェイドは尋ねた。

ローガンは彼を——彼の顔を初めてきちんと見つめた。それから答えたが、答えといってもうなずいただけだった。

ウェイドははっとした。何かが違う。これまでなかった認識がそこにはあった。そのときドアが開き、看護師がトレイを運んできた。病室の前で警護に当たっている警官がトレイをもうひとつ持ってくる。

ローガンは彼に目をやった。

「あなたの食事はあるの？」

警官が微笑む。

「大丈夫です。弁当を持参してるので。ご心配ありがとうございます」

ドアが閉まり、ウェイドとローガンはふたりで食事を始めた。

「今日はチキンダンプリングだそうよ」ローガンはトレイを覆う蓋を持ちあげて言った。

ウェイドはさっさと蓋を外してじっと眺めている。

「そう言うならそうなんだろう」つぶやき、ぱくりと食べて顔を輝かせる。「見た目よりずっとうまい」

ローガンは嘆息した。「本当に？　ケイティが持ってきてくれたドーナツはもうないの？」

ウェイドは決まりが悪そうに笑ってみせた。

「だからスニッカーズを買ってきた。きみのおやつを横取りしたおわびだ」

彼女は声をあげて笑った。

アームスリングが邪魔にならないよう彼女が体をずらして食事をするのをウェイドは眺めた。

「左手で食べるのが上手になったな」彼は言った。

ローガンはうなずき、ダンプリングをフォークですくって口へ運んだ。

「塩がほしいわ」そう言ってもうひと口食べる。そして、じろじろ見ないでと彼をにらみつけた。

ウェイドは微笑し、自分も食べだした。

ローガンはウェイドの目を盗んで彼に目をやり小首をかしげた。彼がこれほどのハンサムだと、どうしていままで気づかなかったのだろう。彼に言われた通りかもしれない。これまでは見ようとしなかったから、彼の姿が見えていなかった。

アイスティーを飲みながら、不思議なものだと考えた。ひとりきりでなければ、世界はなんていい場所に見えるのだろう。

12

ケイトリンは緊張し、ローガンの病室へと廊下を急いだ。なぜ急に話す気になったのかはわからないけれど、打ち明けてもいいと思うほどローガンが信頼してくれたのがうれしい。

目下警護に当たっている警官が読んでいる本から顔をあげ、誰が来たのか確かめた。

「こんにちは」

「ハイ、スチュアート。何を読んでるの？」

「家族法の本です。オンライン講座を受講中で」

「わあ、がんばってるのね」

警官は微笑して読書へ戻り、ケイトリンはノックしてドアを開けた。

テレビがついていた。ふたりは『ホイール・オブ・フォーチュン』を観ている。参加者たちがホイールを回して賞金を獲得し、パズルボードを開いてそこに隠されたフレーズを当てるクイズ番組だ。ケイトリンが入っていくと、ウェイドはすぐに消音ボタンを押した。

「ハイ」ケイトリンは画面に目をやり、フレーズのボードが開くのを見て言った。「Family Jewels。答えはFamily Jewelsよ」

「ちょっと、ケイティ!」ローガンは悲鳴をあげ、それからウェイドの表情を見て大笑いした。「ウェイド、これぐらいわかるんじゃなかったの?」彼は苦笑し、立ちあがって伸びをした。

「こんにちは、ケイティ。女同士でゆっくりしていってくれ。おれはすぐ外にいるから」

ローガンは彼が出ていくのを眺め、それからケイトリンへ視線を転じた。

「見たわよ、いまのあなたの目つき」ケイトリンは言った。

ローガンは肩をすくめた。

「彼は古くからの友人よ。こっちへ来て。いつものように一緒に座りましょう」ローガンはベッドをぽんぽんと叩いてテレビを消した。

ケイトリンがベッドの足側にあがって座ると、ローガンは、デイモンにかかってきた深夜の電話から、翌朝ひとりで車を運転してブルージャケットを去ったところまでを話した。

話が終わる頃にはケイトリンは泣いていた。

「あなたがひとりぼっちで湿地にいたところを想像すると胸が張り裂けそうだわ。どんなに悲しかったか、どんなに恐ろしかったか。それにあなたひとりでデイモンを埋めるなんて。ああ、ローガン、なんて言えばいいのかわからない」

ローガンは肩をすくめた。「嘘はつかないわ。あれは悪夢そのものだった。エヴァンス署長がこの地域で二〇〇八年に最新型のシボレー・シルバラードを所有していた全員に当たっているの。わたしには犯人を特定することができないから、いまできるのはそれだけなのよ」

ケイトリンは目もとをぬぐい、続いて鼻をかんだ。「リストには大勢挙がっているの？」

「たいした数ではないわ」ローガンは言った。

「何かわかるかもしれないわね」

「そう期待しているわ」ローガンは言った。「これを終わらせたい」

「デイモンの遺体はどうなったの？」

「場所をはっきり覚えていないの。わたしが回復したら捜索することになってるわ。犯人をつかまえたい。デイモンの遺体の回収はそれからよ」

ケイトリンはまたも泣きだした。「わたし、お祈りするわ」

ローガンはうなずいた。「いい考えね。祈りの輪（プレイヤー・チェーン）のグループを知っているなら、事情を話してその人たちにも祈ってもらえるよう頼めないかしら」

ケイトリンは目を見開いた。「ほかの人たちにこれをすべて知られてもかまわないの？」

「ええ」ローガンは言った。「最初から隠さずにいるべきだったわ。だけど、誰を信頼していいのかわからなかったから。すべてを明らかにしたら、犯人は姿を隠し、誰がやったのか、永遠にわからずじまいになるのが怖かった。でも、わたしがこんなことになったいま、ほかの誰かが手がかりとなる情報を持っていることに賭けるしかないわ」

ケイトリンは立ちあがり、傷に触れないようローガンをそっとハグした。「わたしがみんなに話を広めるわ。それぐらいはどんとまかせて」

ローガンはうなずいた。「ありがとう。情報があるときはエヴァンス署長に連絡するよう伝えてちょうだい。それから……今夜はジョニーと楽しんで」

ケイトリンは眉をあげてみせた。「言われなくてもそのつもりよ」そして一歩一歩に決意を漲(みなぎ)らせて去っていった。

ケイトリンが帰ってから数分後、ウェイドが戻ってきた。

「うまくいったのか？」

ローガンはうなずいた。「話はもう広まったも同然よ。正直、不安で頭が働かない。ダラスへ移って最初の半年はこんな感じだった。何が起きたかはわかっているのに、わたしにはなんの手の打ちようもないのよ。犯人を見つけることができなかったら、どうすればいいの？」

「そのときはお兄さんの遺体を見つけて、ダラスへ送ろう。それで少なくともきちんと埋葬できる。犯人のことは神にまかせよう」

ローガンは唇を震わせて深く息を吸いこんだ。まばたきをして涙を散らす。

「そうね、そうなったらその結果を受け入れるわ」彼女は言った。

「じゃあ今日はここまでだ。どうなるかはこれから見届けよう。きみが満足するまで、おれはどこへも行かないぞ」

ローガンは、今度は流れるがままに涙を流した。

ウェイドはふたたび彼女の横に腰かけ、両腕を広げた。ローガンは寄りかかり、彼の肩に頬をのせた。体に回される彼の腕の重みを感じたい。その願いはさほど待たずに叶えられた。

ケイトリンは通っている教会でプレイヤー・チェーンを取りまとめている女性に電話をかけたあと、三人の義姉、よく息子たちのお守りをしてくれる友人たち、それからジョニーに電話をした。

プレイヤー・チェーンの代表者はグループに所属している女性たち二十五人に話を伝え、話を聞いた女性たちは夫に、夫は友人たちへと話を広めた。

ケイトリンの義姉たちは隣人に話し、隣人たちはそのまた隣人に話をした。

Tボーイはガソリンスタンドで給油中に話を耳にし、絶句した。事件当夜にローガンが耐えた恐怖、そして彼女の強さは想像できなかった。サウスサイドへ最初にこのニュースを持ちこんだのは彼で、かつての隣人たちにもようやく兄妹失踪の理由が明らかになった。彼らはローガンのために憤慨し、彼女が近所の誰にも助けを求めず、みずからを守るために逃げだすほど怖がられていたことに少し恥じ入った。

話を聞いた者はみなほかの誰かに話し、日が暮れる頃には町中でこの噂が飛び交っていた。〈バーニーズ〉でも、店でも、通りでも、誰も彼もがこの話をした。

ビッグ・ボーイは自分の車にガソリンを入れていたときに、給油機の反対側でふたりの男がしゃべっているのを耳にした。胃がねじれて、ビッグ・ボーイは危うく嘔吐しかけた。給油を終える手が震えた。彼はガソリンスタンドをあとにすると、まっすぐ家には帰らずに町外れのバーに寄り道した。

すでに混み始めている駐車場に車を停めて店に入った。何人かの客が顔をあげ、声をかけてくる者や、自分たちのテーブルに手招きする者がいたが、ひとりになりたかったビッグ・ボーイはカウンター席に腰をおろした。

「ウィスキーを……ストレートで」

バーテンダーはショットグラスに注ぎ、グラスを彼の前へ押しやった。

ビッグ・ボーイは薬のようにぐいとあおり、空になったグラスをカウンターに打ちつけた。バーテンダーはおかわりを注ぐと、プレッツェルの皿を出した。ゆっくり飲むようにとの、バーテンダーから客への遠回しの忠告だ。

ビッグ・ボーイは忠告を受け入れてプレッツェルを口に放りこみ、次の手はどうするべきか思案した。モーテルで彼女を仕留め損ねさえしなければ、こんな事態にはならなかったのに。

ガソリンスタンドで小耳に挟んだ話から判明した唯一のいい知らせは、デイモンの妹は湿地での会話をすべて聞いていたものの彼の顔は見ていないことだ。彼女に特定される恐れがなければ、何も心配はないはずだ。

飲むペースを落とそうと次のプレッツェルに手を伸ばしたとき、背後のテーブルの会話が聞こえ、彼の血は凍りついた。この話にはもうひとつ別の情報があった。あの女は彼の運転する車を目撃していたのだ。

そのとき、携帯電話にメール着信の表示が現れた。

どこにいるの？　パーティーに遅刻するわよ。忘れてたなんて言わないでね。

ビッグ・ボーイはうめいた。くそっ！　ロウリーの家のシュリンプ・ボイル・パーティーに呼ばれていた！　彼はすぐさま返信した。

いま帰宅中だ。十分で到着する。

シュガーからハートの絵文字が届いた。

カウンターに二十ドル紙幣を叩きつけて店を出た。今夜のパーティーは彼が忘れようとしている話で持ちきりになるとも知らずに。

ローガンの手術を担当したドクター・サイラスがようやく回診に現れたのは、夕食が配られている最中のことだった。彼は看護師をひとり従えて病室から病室へと回り、ローガン・タルマンが入床している部屋にたどり着いたところで、警護に当たっている警官に気がついた。どうやらその日の午後に耳にしたことは事実らしい。彼は警官とうなずき合ってから、看護師とともに病室へ入った。

ドクター・サイラスはウェイドがいるのに目をとめ、患者のベッドへ向かった。

「こんばんは、ローガン。今日はずいぶん元気そうに見える。体調はどうですか？」

「とてもいいわ。いつ退院できるかしら？」

ドクター・サイラスは微笑した。「おやおや。入院生活に不満があるのかな」

彼女が答える前に、ドクター・サイラスは聴診器で彼女の心音を調べだした。最新の血圧と心拍数に目を通し、看護師を振り返る。

「キャロル、傷を診てみよう」

看護師は病衣の首の紐をほどき、ローガンの肩の前後を覆う包帯を露わにした。

「発熱はなし」医師は包帯を取って銃創を調べ、傷口を看護師にふたたび覆わせた。

「傷口の状態は両方とも良好です。感染症の兆候はまったくない。縫合に使った糸はいずれ体に吸収されます。明日も順調に回復しているようなら、ご自宅へ戻ってもらってもいいでしょう。ただし、家にひとりでいるのでなければですが」

「自宅はテキサスのダラスよ」ローガンは言った。「〈バイユー・モーテル〉に宿泊しているの」

「だが彼女はひとりではない」ウェイドが割って入った。

ドクター・サイラスは部屋の反対側にいる男に顔を向けた。「モーテルは傷の療養

「ここでは泊まる場所はあそこしかないわ。心配ありません」ローガンは言い、ウェイドに視線を転じた。「それに彼が言ったように、わたしはひとりではないので」

そう言われてドクター・サイラスはうなずいた。「では、問題がなければ、明日のこの時間に退院許可を出すことにしましょう」

「ありがとうございます」ローガンは言った。

ドクター・サイラスはうなずき、それから彼女を注視した。「今日はあなたの噂をいろいろと耳にしました。あれは本当ですか？」

ローガンはほっとした。さっそく話が広まっている。**よくやったわね、ケイティ。**

「何を聞いたかは知りませんけど、わたしがここにいるのは、兄を殺した犯人を見つけだすためです」

「では本当に目撃したんですね？」ドクター・サイラスは尋ねた。

「会話を聞いただけです」ローガンは訂正した。「犯人の顔は見ていません」

「驚いたな」ドクター・サイラスは言った。「ご成功を祈ります、それにこれ以上は負傷しないことを」

「わたしもそう祈るわ」ローガンは言った。

医師と看護師が退出した。

ローガンはウェイドに目を向けた。こわばった彼の顔つきは何かあると物語っている。「何？」彼女は尋ねた。

ウェイドはその声に怒りを聞き取った。これまで何度も耳にしたことがある声音だが、たいていは建設現場で彼女に口答えしたほかの誰かに向けられていた。

「〝何〟と言われても、何もない」彼は言った。

ローガンはため息をついた。「だったらどうしてそんな顔でわたしを見ているの？」

彼は胸の上で腕組みした。

「本当の気持ちを顔に出したら、きみはおれを逮捕させかねないからだ」

衝撃が波となって彼女をのみこんだ。全身がほてったかと思うとすっと冷たくなり、最後に怯えが胸に残った。

「ほらな」ウェイドが言う。「きみはすくみあがってる」ドアが開いてトレイを持った看護師が入ってきた。「ああ……夕食が来たぞ」

ウェイドはトレイテーブルをベッドへと押して食事を置かせると、看護師と一緒に出ていき、自分のトレイを運んできた。

「手伝おうか？　蓋を開けるものは？　何か切るか？」

ローガンはトレイを覆う蓋を開けた。焼いた魚、マカロニ・アンド・チーズ、煮崩したサヤインゲン、それに小皿に盛られた赤いゼリー。

「シェフに最高の料理だと伝えておいて」彼女はぼやいた。

ウェイドは小さく笑った。

ローガンは彼を見て眉を吊りあげ、それから微笑した。「あなたはこの食事に満足しているの？」

「感想は食べてからだ」彼は自分の黄色いゼリーをじっと見て言った。「おれの黄色いやつときみの赤いのを交換しないか？」

彼女はうなずいた。

ウェイドはゼリーを取り換えると、塩の小袋は魚に、胡椒の小袋はマカロニ・アンド・チーズに振りかけた。

「サヤインゲン用にわたしのお塩をあげましょうか？」

「どれだけ塩をかけようとサヤインゲンはうまくなりようがない。どんな調味料でも無理だ」

「わたしもこれから食べるのよ」

ウェイドはにやりとした。

それでふたりのあいだの気まずさは消えた。


ビッグ・ボーイは判断しかねていた。この胸苦しさは消化不良なのか、それとも心臓発作か。ロウリーの家で開かれたシュリンプ・ボイル・パーティーは悪夢と化していた。彼の長年の友人たちが、兄の殺害を目撃した哀れな少女のことを話すのを聞かされるのだ。ひとりの男は、自分なら愛する者が殺されそうだと気づいたら、隠れてなどいないと豪語した。ほかの者たちは大笑いし、どうだかと彼をからかった。

ビッグ・ボーイは何か言う必要を感じた。あまり黙りこんでいては注意を引く。

「どうやって自分を守る?」ビッグ・ボーイは冷笑した。「防水シートの下から飛びだして、相手をびっくりさせるのか? 浅はかだな、フランク。その子は丸腰だったんだろう。それにただの女の子じゃないか」

ビッグ・ボーイの妻は自分のグラスから氷をつかみ取り、夫に向かって放った。

「ただの女の子ですって？　女性を代表して言わせてもらいますけど、その言葉は心外よ」シュガーは弁舌をふるった。「彼女は戦士だわ。兄の遺体を埋めて、自分で車を運転して家まで戻り、犯人が彼女を探しに来る前にブルージャケットから逃れるだけの強い意志を持っていたんですもの」

みんなが笑い、ビッグ・ボーイも一緒に笑って身を乗りだし、妻の頰にキスをした。

「悪かった、スイートハート。ばかにするつもりはなかった」

シュガーはくすくす笑って夫にキスを返し、それで夫婦は仲直りした。

ほかの男のひとりは、ビッグ・ボーイがまだ知らなかった情報をつけ加えた。

署長は二〇〇八年にこの地域で最新型のシルバラードを所有していた男の名前をリストアップし、全員から事情聴取しているらしい。ビッグ・ボーイのうなじの毛が逆立った。まずい——それは本当にまずい。

その夜、自宅へと向かう車の中で、シュガーは不思議そうに彼を見た。

「ねえ、ハニー？」

「なんだい？」

「あなた、その女の子が〝防水シートの下から飛びだした〟と言ったでしょう」

「ああ、それがどうした？」

「わたし、防水シートの部分は初めて聞いたわ」

一気に胸苦しさが増し、ビッグ・ボーイはなんとか肩をすくめてみせた。

「そうか？　わたしが聞いた話ではそうだったぞ。なにせゴシップ好きな町だからな、いろいろな噂が出回っているんだろう」

シュガーは笑い声をあげた。

「それは思いつかなかったわ。どれだけ尾ひれがついてるか、わかったものではないわね」

「そうだな」彼はつぶやいた。それから指をさす。「ああ、わが家が見えてきた。ハウスパーティーは楽しかったが、胸焼けの薬がほしい。今夜はずっと胸のあたりがむかむかしてね」

「ジェニー・ロウリーがコーンとジャガイモを入れる前に、お鍋に赤唐辛子を加えていたから、そのせいじゃないかしら。辛いもの好きのわたしでさえ、ちょっとスパイスが利きすぎていると思ったもの」

「やれやれ」ビッグ・ボーイは胸をさすり、車を屋根付きポーチの下で停めた。

玄関ドアを開け、ポーチの階段をあがる妻の手を取って家の中へと導きながらも、まだ胸をさする。

「かわいそうに。すぐにお薬を用意するわ」

「ありがとう、シュガー。きみは最高の妻だ」

ローガンは眠りについていた。夢の中ではトラックの荷台に乗り、湿地帯（バイユー）へ向かっている。夜の音が聞こえ、蒸し暑さを肌に感じ、あの恐怖をふたたび一から体験する。男がデイモンに妻殺しを依頼し、報酬の金額を口にするのが聞こえた。じっとしていなきゃ。物音をたててはだめ。防水シートの下は真っ暗で、両方の腕を蜘蛛（くも）が這っていると思ったら、それは流れ落ちる汗だと気がついた。夢では、デイモンは報酬と依頼を拒絶し、これで一緒に帰ることができると彼女は考えている。

夢に理屈はなく、彼女は次に何が起きるかを知らない。話をした以上、帰すわけにはいかないと男がデイモンに言うのが聞こえた。そのときになって、彼女はこれから何が起きるかに気づいた。兄さんを助けなければ。

夢なら現実にはやり直すことのできない出来事を変えられる。小動物がキーッと断末魔の悲鳴をあげるのが聞こえ、それと同時に彼女はトラックの荷台で復讐の天使さながらにすっくと立ちあがった。二連式の散弾銃を、拳銃を手にした男へ向ける。

突然現れた彼女に激高し、男は銃口を彼女に振り向けるが、そこでローガンは引き金をふたつとも引いた。男の顔が吹っ飛び、体が勢いよく後方へ倒れる。

彼女は荷台から降り、デイモンが彼女へと駆け寄っていたとき、顔のない男が起きあがり、デイモンの背中を撃った。デイモンは彼女のほうへ両腕を広げたまま絶命した。散弾銃を再装塡しようとすると、誰かが彼女の名前を呼ぶのが聞こえた。まぶたを開けたローガンは、ウェイドがベッドの上から見おろし、彼女を揺り起こしているのを目にした。

「ああ」彼女はささやいた。

「悲鳴をあげてたぞ」

「これは夢よ。ただの夢だわ」ローガンはつぶやいた。「お願い、明かりをつけて！」

ウェイドはベッドの上に手を伸ばして鎖を引いた。たちまち病室の中央にまぶしい光の輪が広がる。彼は冷たい水をコップに注ぎ、彼女の頭を起こしてやった。

ローガンはひと口、もうひと口と飲み、三口目で夢は薄れて消えていった。

「ありがとう」

ウェイドは彼女の頭を枕の上にそっと戻し、洗面台へ行ってタオルを濡らしてくると、赤ん坊にするように彼女の顔をぬぐった。

ローガンは彼の瞳を見つめた。そこには愛する男に女が求めるものがすべてあった。彼女はウェイドの手からタオルを取ってテーブルの上に落とし、自分の顔へとその手を引き寄せた。

「あなたが怖いわ、ウェイド・ギャレット。あなたはわたしの胸にもう一度感情を植えつける。葬ったと思っていた心が、わたしの胸の中にまだあったなんて」

ウェイドは彼女の顔を両手で挟み、顔を寄せ、口づけした。ローガンが自分の感情を理解する前に、彼は体を引いた。

「きみを愛する者を恐れないでくれ」そう言って、彼女の下唇に沿って親指を滑らせる。「眠れそうか?」

彼のまなざしに見入り、ローガンは首を横に振った。

「スニッカーズを半分こするか?」

「え? いまスニッカーズって言った?」

「何かしなきゃいけないだろう。スニッカーズを食おうと言ったのは、おれはきみのベッドに潜りこみたくてたまらないが、きみはまだ心の準備ができてないからだ」

「それならベッドを起こして。クレイジーな人ね。一緒にスニッカーズを食べましょう。あなたとのことはまた別の日に考えるわ」

ウェイドは小さなベッドサイド・テーブルの一番上の引き出しからスニッカーズを取りだし、袋を破った。半分に割り、片方を彼女に渡す。

ふたりは同時にかじりついて黙々と食べ、お互いの表情の変化を見つめた。

ちょうど深夜零時を過ぎた頃、次のシフトの看護師が巡回してきた。

ローガンはふたたび眠りにつき、ウェイドは窓辺にたたずんでいた。

「何も問題ありませんか？」病室に入ってきた看護師が尋ねる。

ウェイドはローガンに目をやったあと、看護師に視線を戻した。

「ああ。何もかも順調だ」

13

夜明けとともに激しい雷雨になった。

携帯電話が鳴ったとき、ジョシュ・エヴァンスはまだ自宅にいた。発信者を見て顔をしかめる。署からだ。彼の出勤を待てない用件があるということは、今日は面倒な一日になりそうだ。

「もしもし、アーニーか。どうした？」

「署に大勢詰めかけてるんです」アーニーが言う。

エヴァンスは眉根を寄せた。「大勢って、何人ぐらいだ？　なんの用で来てる？」

「受付にいるのは三十人ぐらいですが、署の前に行列ができてます」

「なんだって？」

アーニーは署長の声音に顔をしかめた。

「全員、コンウェイ殺害事件に関する情報を持ってると言ってます。ローガン・タルマンを撃った犯人に心当たりがあるとか、自分が目撃したものが関係あるんじゃないかとか。取っ組み合いの喧嘩まで始まって、互いにおまえが殺人犯だって相手をののしっておきながら、ミセス・タルマンの銃撃事件についてはどちらも相手が犯人かどうかわからないって始末です」

「こうなるのを予測しておくべきだったな」エヴァンスはぼやいた。「すぐに行く」

エヴァンスの妻ローリーンは、彼の背後から近づいて夫の腰に両腕を回した。「朝から問題発生？」

彼は振り返った。「署がてんやわんやらしい」うんざりした顔をしたあと、妻に短いキスをする。

「ポンチョを忘れないで。外は土砂降りよ」

エヴァンスは苦笑した。子どもはいないが、妻はときおり彼を子どものように扱う。

「ああ、忘れずに持っていく」妻にウインクをし、エヴァンスは外へと走りでた。

ビッグ・ボーイは冷や汗をぐっしょりかいて真夜中に目を覚ました。これまでやらかした不始末のつけが一気に回ってきている。どこから手をつければいい？　すべてを投げ捨てて逃げるか？　それともひとつずつ片をつけていくか？

いますぐ片をつけなければならない一番の問題は、あのシルバラードだ。それもこれもあの女のせいだ。どうしてダラスでおとなしくしていられなかった？　なぜ戻ってきて過去を掘り返す？

しかも、弱り目に祟(たた)り目で、ゆうべの彼はベッドの中で役立たずだった。シュガーはいいわよと言ってセックストイで代用したが、ビッグ・ボーイはよくなかった。ベッドで役に立たない男を男と言えるか？　ストレスのせいだ。このろくでもないストレスがすべての原因だ。

目覚めたあとは階下の娯楽室でテレビをつけ、リクライニングチェアに体を横たえてうつらうつらと眠った。日がのぼる頃には、この泥沼から抜けでる算段がついていた。あの夜湿地帯(バイユー)に行くことになった一連の出来事から、もうひとり消しさえすればいい。

エヴァンスが警察署の正面を車で通過すると、行列は建物の入口からブロックの中ほどまで伸びていた。雨だというのにみな情報提供のために並んでいる。それをすべて聞いて調書を取るのは彼の仕事だ。

「神よ、忍耐力をください」そうつぶやき、裏手の駐車場へ回った。

ポンチョから雨粒をしたたらせて裏口から入った。ふと見ると、留置場がからっぽだった。ポンチョ・ロビショーはここの宿泊客ではなくなったらしい。保釈金を払って、早くも町中を闊歩(かっぽ)していることだろう。町の治安を守る側の身にもなってほしいものだ。

執務室に入り、びしょ濡れのポンチョを壁にかけ、コーヒーを注いでからインターコムでアーニーに告げる。

「わたしは執務室にいる。最初の情報提供者を通してくれ」

「かしこまりました」アーニーが応答した。

廊下をやって来る足音がすぐに聞こえ、エヴァンスは立ちあがり、ドアを開けた。

「おはようございます、どうぞおかけになってください」

そして仕事が始まった。

ローガンが目を覚ましたときには、ウェイドはすでにひげを剃り、コーヒーを一杯飲み終えていた。

「おはよう」ウェイドが彼女の腕を軽く叩いた。

ローガンは眠たげに微笑みながら、ベッドの背を起こした。

「おはよう。今朝はマグワイアから連絡はあった？　建設現場は何も問題ない？」

「大丈夫なようだ。みんなきみの回復を祈り、早く帰ってくるのを待ってるそうだ。きみの鋼のような目が恋しいんだとさ」

ローガンは笑った。「鋼のような目なんてしてないわよ」

ウェイドが苦笑いしている。

彼女は眉根を寄せた。「わたし、そんな目をしてる？」

「たまにな」彼は言った。「あの目でにらまれると誰もが震えあがる」

「それならいいわ」ローガンは言った。「五つの現場で総勢五十人の男たちを仕切るには、なんらかのにらみが必要よ。ああ、いまのはわたしの思いあがりね。みんなににらみを利かせてくれてるのはあなただわ、わたしもそれを承知している。わたしと彼らのあいだにあなたがいなかったら、作業員の半分はとうに辞めていたはずよ。女のボスは煙たがられるわ」

「ありがとう。わたしもあなたと現場にいるのが好きよ」

「おれは好きだぞ」

ドアが開き、看護師が清潔なタオルを抱えて入室し、タオルを脇へ置いた。

「おはよう、ローガン。あとで体をきれいにしましょうね。先に検温と血圧測定よ。すぐに朝食が来るわ」

「おれは外に出てる。わかってるだろう、ボス・レディ。きみの声が聞こえる範囲にいる」ウェイドはそう言って部屋を出た。

ローガンはその背中を見送った。自由に歩いていける彼がうらやましい。じっとしているのにうんざりし、一時的とはいっても体の自由が利かないことにほとほと嫌気がさしていた。

「どうして〝ボス・レディ〟って呼ばれているの？」看護師が尋ねた。

「わたしが彼のボスだからよ。建設会社をやっているの。住宅建設を手がけていて、彼はうちの統括マネージャーよ」

「まあ、すごいのね。男ばかりの世界に大きな足跡を残し、男性たちを従えて働いているなんて。すばらしいわ！　さあ、体を起こして、血圧測定を始めましょう」

ビッグ・ボーイは拳銃とサイレンサーを車の座席の下に隠した。シュガーが持っていた護身用の催涙スプレーもこっそり拝借した。具体的にどうするかは決めていないが、選択肢はあればあるだけいい。

朝食をとりに〈バーニーズ〉に着いたときには雨はやんでいた。店に入ると、ゆうべハウスパーティーで一緒だった友人たちがおり、ビッグ・ボーイは手招きに応じて彼らのテーブルへ行き、椅子を引いた。

ジュニーがコーヒーポットを持って現れ、彼のカップを満たした。

「今日はなんにされますか？」彼女が問いかける。

「そうだな、卵は両面焼きの半熟で。それからベーコン、ビスケット、あと、ホワイトグレイビーをつけてくれ」

ジュニーがうなずいてテーブルを離れるのと入れ替わりに、ダニー・ベイルズが店に入ってきた。彼はビッグ・ボーイとテーブルの面々に気づくと、うなずきかけて微笑んだ。

「こっちに座らないか？」ビッグ・ボーイは声をかけた。

「いや、どうも。テイクアウトを受け取りに来ただけなんで。ビュフォード・ポイントへ行って、暑くなる前に魚釣りをしようと思ってね」

「おいおい、ダニー。ここはルイジアナで、いまは夏だぞ。気温が低かったことなんてあったか？」ビッグ・ボーイはからかった。

ダニーが笑う。

「そりゃあ、そうだ。だけど、みなさんのどなたかが仕事をくれるんじゃないのなら、おれはこれから魚釣りですよ」そのときウエイトレスのひとりが紙袋を手に厨房から出てきた。「ああ、おれの朝飯が来たらしい。じゃあ、みなさん、よい一日を」

ダニーが店から出たあと、テーブルに食事が運ばれてきた。ビッグ・ボーイは食事と会話をしてたっぷり一時間過ごした。出発の準備が整ったときには、気分は前向きになっていた。車に乗りこみ、燃料を確認し、ビュフォード・ポイントを目指してアクセルを踏みこんだ。

まだ午前十時を過ぎたばかりだが、ダニーはすでに一匹釣りあげ、ビールの六缶パックの一本目に手を出していた。木立の中を近づいてくる車のエンジン音に気がついて、顔をしかめる。ほかの釣り人が来たら、せっかくの穴場が台なしになるじゃないか。

すると、やって来たのはよく知っている車で、ダニーはほっとした。なんの用があるにしろ、あの男はここに長居はしないだろう。汗をかくのを嫌うからな。

「こんなところまでどうしたんですか？」ダニーは声を張りあげて手を振った。

ビッグ・ボーイは腰に拳銃が当たるのを感じながら歩き続けた。至近距離から白昼堂々と撃つのを想像するとひるみそうになる。ほかの釣り人が来る前にさっさと終わらせてここを離れなければ。

「釣れたかい？」ビッグ・ボーイは問いかけた。

「一匹ね」ダニーが答える。「ビールはどうです？」

ビッグ・ボーイは拳銃を抜き、狙いを定めた。

ダニーは呆然（ぼうぜん）として目を見開いた。

「おい、なんのまねだ」

「すまない」ビッグ・ボーイは引き金を引き、ダニーの額にきれいな丸い穴を開けた。

ダニーの背後の木々や茂みに血が飛び散り、ダニーの体は座っていた折りたたみ椅子ごと衝撃で仰向けにひっくり返った。その横の地面には釣り竿が置かれたままだ。立ち去ろうとしたビッグ・ボーイは、ダニーの釣り竿の浮きが揺れたあと水面下に沈んで、糸とともに消えるのを目にした。

「逃げられたな」そうつぶやき、自分の車に急いで戻り、走り去った。

十二時十五分前、エヴァンスがデイモン・コンウェイ殺害事件に関する最後の調書を取り終えて、相手を送り返していると、アーニーがインターコムで彼を呼びだした。

「署長。内線三番に郡保安官から電話が入ってます」

「すまないな、アーニー」エヴァンスは内線番号を押した。

「署長のエヴァンスです」

「ジョシュ、エルウェイ保安官だ」

「ああ、カール。どうした？」

「よくない知らせだ」エルウェイが言った。「今日の午前中にビュフォード・ポイントへ釣りに行った子どもが遺体を発見した。死んだのはおたくの町の住人だ」

「そんな、まさか。被害者の名前は？」

「ダニー・ベイルズ」

昨日ダニーと交わしたばかりの会話がエヴァンスの脳裏をよぎった。

「何があった？　溺れたのか？」

「いいや。額に銃弾を食らっている。犯人はダニーの顔見知りだ。椅子に座ったまま正面から撃たれてひっくり返っていた。近親者に連絡する必要がある。やってもらえるか？」

エヴァンスは嘆息した。この仕事の何よりもいやな部分だ。

「もちろんだ」

「現場には証拠品も目撃者もなしだ。最近ブルージャケットで犯行につながるようなトラブルはなかったか？」

コンウェイの事件と、ダニーがシルバラードを貸しだしていた事実がエヴァンスの頭に浮かんだ。

「あるかもな」彼は言った。「この町では、とある大事件が明るみに出たばかりだ。十年前の殺人事件で、事件を目撃した被害者の身内も銃撃されて入院している」

「なんてことだ。犯人は目撃者を消して回ってるのか」保安官が言った。「とにかく、遺体はこれから検死局へ運ばれる。遺体を返す準備ができたら、こちらから連絡するとご遺族に伝えてくれ」

「了解した。伝えよう。検死のほうは頼む」

「ああ。そっちで進展があったら知らせてくれ。これらの事件は関連があるかもしれない」そう言って保安官は電話を切った。

エヴァンスは受話器を置くと、インターコムを鳴らしてアーニーを呼んだ。

「なんでしょうか、署長？」

「家族が亡くなったことを近親者へ伝えてくるから、昼過ぎまで署を留守にする。あと廊下と執務室の床が濡れてるから、時間があるときにモップをかけておいてくれないか」

「了解しました」

エヴァンスは立ちあがり、帽子に手を伸ばした。まったく、こんな役目はできればやりたくないものだ。

雨雲はすでに通過して町には靄（もや）がかかっていた。大通りを車で走ると、道路から立ちのぼる水蒸気が目視できた。エヴァンスは〈シュリンプ・シャック〉に車を停めた。この何年かここのドライブスルーはたびたび利用してきたが、自分が買う料理を作っている女性のことを考えたことは一度もなかった。そしてこれから彼は、その女性の心を引き裂かねばならない。捜査中の事件に個人的な感情を持ちこむのは警察官として正しくない。しかし、いま彼のはらわたは煮えくり返っていた。

ブルージャケットは多くの住民のホームタウンだ。住民が怯えて暮らすことなどあってはならない。犯人を見つけなければ、それも早急に。エヴァンスは自分の居場所を無線で報告すると、帽子をつかんで車を降りた。

熱した油とエビを揚げたにおいが戸口で彼を迎えた。店内にある六つのテーブルは満席で、レジには持ち帰りの注文をする客が並び、ドライブスルーにも車が列をなしている。エヴァンスはレジ打ちをしている店長から、その奥の厨房へと目をやった。ステラは大忙しで、ジャガイモをフライヤーに入れるや、パン粉をまぶしたエビを別のフライヤーに入れている。ほかのふたりは、揚がったエビをどんどんバゲットに挟んでシュリンプ・ポーボーイを作っていた。これからこの全作業がエヴァンスの登場で一気に停止する。彼は深呼吸をすると、食事客のあいだを進み、持ち帰り客の列を越えて店長に歩み寄った。

五十絡みのローリー・マーティンはフランス系の血を引くケージャンで、成人してからほぼずっとこの飲食店を営んできた。ドライブスルーでは署長をよく見かけたが、彼が食事をしに店内へ入ってきたところは見た覚えがなかった。署長が店に足を踏み入れた瞬間に、ここへは仕事で来たのだとわかった。ローリーは震えあがった。エヴァンス署長は自分に悪い知らせを運んできたに違いない。署長が彼に向かって進んできたとき、ローリーは祈りを唱えだした。

「こんにちは、署長さん」ローリーは挨拶した。

エヴァンスはうなずき、それから声を低めた。「ステラにいますぐ話がある。彼女は持ち場を離れることになるから、代わりの者を電話で呼ぶなら、すぐにそうしてくれ」

ローリーは大きく目を見開いた。「え、は、はい、署長さん。ええ、すぐに。家内が来るまでほかの者に代わりをやらせましょう。ただちに家内に電話します」

ローリーは携帯電話を取りだし、自宅に電話をかけた。

「ララ、わたしだ。店に来てくれ、大至急だ。説明はこっちに来てからだ」

それで通話を終える。

「じゃ、じゃあ、ステラを呼んできます」

「ああ、頼む。それから、誰か彼女の荷物をまとめて、外のパトカーまで持ってきてもらいたい」

ローリーは色を失ってがたがたと震えながら、厨房へ入っていった。

エヴァンスの視線の先でステラが顔をあげた。それからローリーがこっちを指さした。ステラの顔から笑みが消えた。ローリーは彼女のエプロンを取ってやり、レジまでずっと手を取って導いた。

エヴァンスはステラの肩に手を置いた。

「一緒に外へ来てもらえますか」

ステラはくぐもった声をあげ、膝からくずおれそうになった。

エヴァンスはステラの腕を取ると、彼女がへたりこむ前に店から連れだした。助手席のドアを開けて車内に彼女を座らせてから、自分は運転席へ回り、エンジンをかけてエアコンを強くする。

「ステラ、こんなことを報告しなければならないのはとても残念だが、先ほどエルウェイ保安官から電話がありました。今日の午前中、ビュフォード・ポイントで釣り人がダニーの遺体を発見したそうです」

ステラは悲鳴をあげ、両手で顔を覆ってむせび泣いた。

「嘘よ、嘘、嘘！　そんなはずないでしょう。ダニーは釣りに行っただけよ！　何があったの？」

「犯人はまだわかっていないが、ダニーは殺害されたようです……額を一発撃たれていました」

衝撃がステラの顔を凍りつかせて涙さえも止めた。

「殺害された？　いったいどういうこと？」わめき、それからはっと息をのむ。「ダニーが言ってたわ、捜査中の事件についてあなたから質問されたって。そうだったわよね？」

「ええ。彼に話を聞きに行きました」

彼女の首から頬へと黒ずんだ赤みが広がる。

「ダニーはそのせいで死んだの？」

「それはわかりません、ステラ。だがひとつの可能性ではある」

「なんなのよ！」ステラは叫んだ。「いったいどんな事件を捜査してるの？」

「殺人事件です」

「ダニーは誰も殺してないわ！」

「それは知ってます」

「じゃあ、どういうことなの！」

「われわれが追っている殺人犯についてはごく限られた情報しかありません。事件が起きたのは二〇〇八年、犯人は最新型のシボレー・シルバラードを運転して犯行現場に現れている。ダニーに話をうかがったのは、彼がこの地域で同色・同型の車を所有していた数人のひとりだったからにすぎません。事件が起きたのは、彼がまだ前の奥さんと結婚していたときです」

「コニー。ああ大変！　コニーに連絡をしないと。父親が亡くなったことを彼女はアンジェラに伝えなきゃならないんだわ。どうしてこんなことに。あのピックアップトラック。彼は誰にでも貸してたのよ、猟犬を乗せたいって人たちにも。その中のひとりが殺人犯だったってこと？　だから彼は殺されたんでしょう！　犯人はダニーに名前を挙げられたら困るから殺したんだわ」

ステラの推察にエヴァンスは驚いた。だが証明されるまでは、そうですとは言えない。

「いまは何もかも推測の域を出ません」

ステラはきっと顎をあげた。

「モーテルで撃たれたあの女性……殺されたのは彼女のお兄さんね？」

「ええ。いまや町中が知っていることです」

ステラはうなずき、目もとをぬぐった。

「あたし、自宅へ帰らないと」

「お送りしましょう」エヴァンスは申し出た。

「ありがとう、でも自分で運転するわ。きっと家で車が必要になるから」ぶるりと体を震わせて嗚咽をこらえる。「犯人を探しだしてちょうだい」

「ええ。われわれも全力をあげています」

彼女の荷物を持って店から出てきたローリーをステラは見あげた。「ああ神様、どうしてあたしは夢から目覚めないの?」

「エルウェイ保安官からの伝言で、ダニーの遺体を返せるようになったら連絡をするそうです」

彼女は身震いした。「これは現実に起きてるのね? あたしは悪い夢を見ているわけじゃない……そうなんでしょう?」

「ええ、これは現実です。夢ではない」

「神様、あたしにお力を貸してください」彼女はつぶやき、車から出ていった。

ステラはローリーの前で立ち止まった。何が起きたかを彼に伝えているのだろう。ローリーは愕然とした表情になり、それから彼女を抱擁した。妻が到着したときも彼はまだステラを抱きしめていた。

エヴァンスはパトカーの運転席に座ったまま、店の前で繰り広げられる光景を眺めた。ステラが夫の腕の中にいるのを目にして、ララの顔にショックの色が浮かぶ。そのあと知らせを聞いて、ララもステラを抱きしめた。

そこまで見れば充分だった。エヴァンスは車をバックさせて走り去ったが、署へは戻らず、ローガン・タルマンに報告するためまっすぐ病院へ向かった。

ローガンはウェイドに付き添われて病室へ戻る途中で、前方のエレベーターからエヴァンス署長が出てくるのに気がついた。

相手も彼女に気がついて手を振り、病室の前でふたりを待った。

ローガンは署長の表情を目にして、ウェイドの腕をつかんだ。

「何かあったんだわ」

その声に動揺の響きを聞き取り、ウェイドは彼女の腰に腕を回して体を支えた。

「まずは病室に戻ろう、いいな？」

ローガンはうなずきながらも、ふたたび吐き気を覚えた。彼女が病室の前にたどり着くと、署長はドアを開けて、ふたりを通すために脇へよけた。

「ありがとう」礼を言い、ローガンはベッドへと戻った。深呼吸をひとつし、最悪の知らせを覚悟する。

「何があったの？」彼女は問いかけた。うなじにかかった髪の下に、ウェイドの手が滑りこむのを感じた。

エヴァンスはベッドの足側に寄りかかると、視線を彼女に据えた。

「シルバラードを所有していた男のひとりが、頻繁に車を人に貸していたと話したのを覚えてますか？」

「覚えてるわ。ダニー・ベイルズね」

「ダニーが今朝、殺されました」

ローガンはぶたれたかのようにのけぞった。ウェイドはさらに体を寄せた。この悪夢はどこまでも泥沼化し続ける。彼女には知らなければならないことがあった。「わたしが話を広めたせい？」

エヴァンスは眉根を寄せた。「何を言ってるんです、そんなことはない。お兄さんが死んだのは自分のせいだと思いますか？」

「そうは思わないわ。でも――」

「犯人がほかの誰かを殺すことにしたのもあなたのせいじゃない。犯人は口封じのためにあなたを殺そうとしたが、あなたは生き延びた。犯人はパニックに陥り、手がかりを消しにかかった。もっとも、いまのところ、これは単なるひとつの見解だ。証拠はない」

「わたしはどうすればいいの？」

「いつ退院できますか？」エヴァンスは尋ね返した。

「ドクター・サイラスは、何も問題がなければ今日の夕方の回診のときに退院許可を出すと言っていたわ」

エヴァンスは顔をしかめた。「で、何か問題はあるんですか？」

「ないわ」

「彼女の回復ぶりには驚かされる」ウェイドは言い添えた。

「あなたの準備ができているかは知らないが、監視カメラを設置するなら早いに越したことはない。あなたがお兄さんの遺体を探すはずだと考えた犯人は殺人が行われた現場へ戻るはずです。自分とその場所を結びつけるものはないことを確認するために。わかりますか？」

ローガンはうなずいた。

「犯行現場を知ってるのはあなたと犯人だけ、そうですね？」エヴァンスは尋ねた。

「誰にも言ってないわ。わたしに何かあったときのために、場所の探し方はウェイドに教えたけれど」

エヴァンスはローガンの後ろに立つ男へ視線を転じたが、相手は彼女に体を寄せただけだった。

「あなたは自分の腹にタトゥーで行き方を記していると彼から聞きました」エヴァンスは言った。

ローガンはうなずいた。「そうよ。兄が殺された日付と、北の町境から遺体を埋めた場所までの距離が記してあるわ」

エヴァンスは敬意も新たに彼女を見つめた。「正義の執行にそこまで執念を燃やす人をわたしは知らない。あなたはいい警察官になったでしょう」

ローガンはためらうことなく尋ねた。「わたしのハマーはまだモーテルにあるの？」

エヴァンスはうなずいた。「ええ。誰も入ることができないよう、あなたの部屋のドアは封鎖してある。退院許可がおりる時間がわかったらわたしに電話してください。モーテルまで送りましょう」

「助かります、署長」ウェイドが言った。

「これぐらい、喜んで」エヴァンスはローガンへ視線を向けた。「では、また夕方に」

彼女はうなずいた。「明日、道案内をするわ」

　ステラは呆然としたまま車を走らせた。ブロックにさしかかり、ハンドルを切る。前方に自宅が見えた。ダニーのピックアップトラックがない。どこへ行ってるのよ。彼にメールをしないと。一瞬、そんな考えが頭をよぎり、それから思い出した。

　喪失感が大波のように頭から襲いかかった。ドライブウェイに車を入れて駐車し、激しく震える手でようやくキーをつかみ、ふらふらと車を降りた。

　隣人が彼女を見て手を振るが、腕を持ちあげると体がばらばらに崩れそうで、ただ足を一歩ずつ前に出して家の中へ入った。

　玄関に足を踏み入れると、そこには釣り具を入れるタックルボックスが置いてあった。ダニーが用意したものの、持っていくのをやめたのだろう。心臓発作かと思うほどの激痛が胸に走ったが、やがて痛みは治まった。リビングルームからキッチンへ行った。コーヒーメーカーの横にダニーが朝使ったコーヒーカップがそのまま置いてある。またも胸が激しく引き絞られ、彼女は息をあえがせた。

　コニーの電話番号を探そうと廊下を進んで書斎へ行くと、正面の壁に息子たちの卒業写真があり、隣に彼女とダニーの結婚式の写真が並んでいた。ダニーと再婚したとき、息子たちはティーンエージャーだった。ダニーの笑顔にステラは身動きできなくなった。

「ああ、ダニー、あなたなしでどうやって生きていけばいいの？　あなたはもういないことを息子たちにどうやって伝えるの？」

けれどその問いかけに返事はなく、ステラは次にやるべきことをやった。デスクの奥まで行って椅子に崩れ落ち、アドレス帳をめくりながらふたたびわっと泣き伏した。

電話をかけてから時差があることを思い出した。カリフォルニアはまだ昼にもなっていないが、早すぎる時間ではない。呼び出し音が鳴るのを聞きながら、こんな電話をかけ直す必要がないよう神に祈った。留守番電話に切り替わるかと案じたとき、もしもしと小さな声が聞こえた。

「もしもし、コニー。わたしよ、ステラ」

「あら、ステラ。元気にしてた？」

ステラは深く息を吸いこんだ。口に出すにはその言葉はあまりに残酷で、彼女は嗚咽し始めた。

コニーはぎょっとした。「ステラ！　ハニー！　どうしたの？　ダニーに何かあったの？」

「彼が死んだの。ビュフォード・ポイントへ釣りに行って撃たれたのよ」

「そんな、まさか！　狩猟事故なの？」

「違うわ。正真正銘の殺人よ」ステラは言った。

「嘘でしょう」コニーはうめいた。「どうして？　そこで何が起きてるの？」

ステラはティッシュを何枚かつかみ取ると、目もとをぬぐって鼻をかんだ。

「二〇〇八年の夏に起きた事件とつながりがあるらしいわ。人が殺されて、当時そのことを知っていたのは十六歳の少女だけだった。彼女は犯人の姿は見なかったけれど、犯人の車を目撃していたのよ」

コニーは息をのんだ。「ああ、まさか、やめて！　その車は、ダニーがしょっちゅう人に貸していたシルバラードではないわよね？」

「そのシルバラードよ。犯人は自分と十年前の犯罪を結びつける手がかりを消そうとしていると、警察署長は考えているわ。十六歳だったその少女は、お兄さんを殺した男を見つけだすために、最近町へ戻ってきたの。彼女はこの町のモーテルで犯人に襲撃されたわ」

「なんですって！」コニーは悲鳴をあげた。「彼女も殺されたの？」

「殺されるところだった。彼女は背中を撃たれたけど無事よ」

「あたしもそっちへ行くわ、ステラ。元妻にそんな権利はないかもしれないけど、あなたがかまわないなら、落ち着くまで一緒にいさせて」

「あたしのほうからそうお願いするわ」ステラは言った。

「残念だわ。本当に残念よ」コニーは言った。「これからアンジェラに伝えないと。あなたと息子さんたちに神様のご加護がありますように。明日にはそっちへ着くようにするわ」

「お願い」ステラは言った。「じゃあ、また明日」電話を切ったあとはわっと泣きだし、頭が割れるように痛んで、腫れあがったまぶたがほとんど開かなくなるまで泣き続けた。自分も死んでしまいたかった。けれど息子たちへの電話がまだ残っている。

14

ダニー・ベイルズの頭を銃弾が貫通した瞬間、ビッグ・ボーイはこれで助かったと感じた。彼は安堵感に包まれてブルージャケットへと車を走らせた。〈バイユー・モーテル〉の前を通り過ぎたとき、黒のばかでかいハマーが4Aの部屋の前に放置されているのを見かけた。彼はほくそ笑んだ。これであの女もすごすごダラスへ戻るしかない。噂では、彼女は遺体を埋めたものの、恐怖とショックでどこに埋めたかは覚えてないそうじゃないか。見つけることができたとしても、コンウェイの骨にビッグ・ボーイの署名がしてあるわけではなし。もう何も案ずることはない。

駐車し、車から降り、胸をそらして意気揚々と家に入った。

料理人のルーシーとキッチンにいたシュガーは、彼を見るや頬をふくらませた。

「どこへ行ってらしたの？　ランチがすっかり冷めてしまっ――」

「うるさいぞ。こっちは午前中ずっと仕事で出かけてたんだ。疲れて腹が減ってる。きみのお小言は聞きたくないね」

シュガーは目をぱちくりさせた。「ごめんなさい、ハニー。あなたが心配だっただけよ」彼の首に抱きつく。

ビッグ・ボーイはシュガーにキスをしてヒップを軽く叩くと、彼女を脇へどかした。「ルーシー、昼食を温め直してくれ。なんであれ、それでかまわない。わたしは服を着替えてくる」

「かしこまりました、旦那様」

ビッグ・ボーイは寝室へ行くと、身につけていたものをすべて脱ぎ、洗濯かごへ放りこんで、顔を洗い、新しい服に着替えて階下へおりた。

シュガーは階段の下で待っていた。彼女はビッグ・ボーイの腕に自分の腕を絡めると、その日の午前中の出来事とニューオーリンズのお気に入りのブティックでもうすぐ開催されるセールについておしゃべりを始めた。

ローガンは、血痕のついたブーツにウェイドのジーンズ、それに彼のシャツという格好でモーテルへ戻った。後部座席に座り、ウェイドとエヴァンス署長が明日の計画を立てるのを聞いていた。今夜は戸口を警護してくれる警官はいない。殺人犯はいまだ野放しで、死体はさらに増えていた。

エヴァンスは立ち入り禁止のテープをはがすと、室内が保全されているのを確かめに中へ入った。見たところ、入口を封鎖したときと変わらない。

エヴァンスは外に出て部屋のカードキーをローガンに渡した。「おふたりがダラスへ戻るまで、夜間は警察官が定期的にここの駐車場を巡回します。何かあったらいつでもわたしに電話してください。明日の朝はコーヒーとドーナツを持ってうかがいますよ。今夜はできるだけ眠るように」

「感謝します、署長。それでは明日」ウェイドは挨拶をすると、ローガンに手を貸して部屋へ入り、ドアの鍵を閉めた。

ローガンは小さなクローゼットへ直行してショートパンツとTシャツを取りだし、ドレッサーから下着を出すと、着替えるためにバスルームへ消えた。

ウェイドは彼女の沈黙をどう受け取ればいいのかわかりかねたものの、彼女のこういう態度は前にも見たことがあった。何か言いたいことがあるなら言ってくるだろう。

ほどなくローガンが彼の衣服を抱えて現れ、それらをウェイドに手渡した。

「服は汚してないわ。病院から帰るときに着るものを貸してくれてありがとう」

「おれが知ってる中で、そのジーンズをはける女性はきみぐらいだ。股下38だぞ。脚が長いな」

ウェイドは服を椅子の背にかけた。自分を面倒ごとに巻きこまずにすむような言葉がほかには何ひとつ出てこなかった。

ふたりは見つめ合い、張り詰めた沈黙のひとときが流れた。と、ローガンは彼にアームスリングを差しだした。

「これをつけるのを手伝ってもらえる?」

ウェイドはスリングを受け取り、ローガンの腕を中へ通すと、彼女の後ろに回った。首に当たっていないのを確かめてから、ストラップのマジックテープをはがす。

「テープを止めるあいだ、髪をどかせるか?」

彼女は髪をかきあげて反対側の肩にかかるようにした。ウェイドはマジックテープを止め、ストラップを固定した。

「もう動いていいぞ」彼はローガンの首の横側、耳のすぐ下をキスでかすめた。「ドクター・サイラスから鎮痛剤と処方箋をもらってある。処方箋は明日、薬局へ持っていこう。いまは必要か？」

ローガンはキスに心をかき乱され、質問されたことにしばらく気がつかなかった。

「必要かって、何が？」

「鎮痛剤だ」

「いまはいいわ」彼女は言った。

「なら少し休んだらどうだ？」

「あなたはどうするの？」彼女は尋ねた。「この部屋には横になれるリクライニングチェアはないわ。まっすぐな背の椅子が二脚とベッドがひとつあるだけ」

「ベッドには右側と左側がある。おれは自分の側からはみ出さない」

ローガンは彼を振り返った。彼の声と表情にはなんの含みもない。いつものウェイドだ。彼女はようやく緊張がほぐれた。

「いいわ。だけど部屋の温度調節は二種類のみで、ホットかコールドよ。わたしがここへ来たときはコールドにしたわ」

彼はベッドを指さした。「上掛けがあるからそれでいいだろう」

彼は上掛けをめくって待った。

ローガンは彼の横をすり抜けてベッドへ行き、体を横たえた。

「疲れたから少し休むわ。観たいならテレビをつけて。家ではいつもテレビはつけたまま眠るから」

ウェイドは彼女に上掛けをかけてやると、テレビをつけてベッドの反対側に座った。ヘッドボードにもたれかかり、テレビの音量をさげる。何をやっているかはどうでもよかった。ただ彼女の寝顔を見ていたかった。

十六歳の娘を抱きかかえていたコニーは、アンジェラが泣き疲れて眠ってから、やるべきことに取りかかった。

アメリカン航空に勤めている友人に電話を入れ、明日ニューオーリンズへ行かなければならなくなった理由を説明した。一時間のうちに、目的地までの航空券二枚と、到着後すぐに乗れるレンタカーの手配ができた。親族の死去にともなう移動のため、特別割引運賃が適用され、しかもファーストクラスに席を取ってくれた。朝六時出発の便になったのは難点だけれど、飛行機があっただけありがたい。

その日の残りはアンジェラと一緒に留守中の手配をし、明日の旅行の荷造りをした。ようやくベッドに入ったときには、コニーは疲れきり、悲しかった――悲しくてたまらなかった。

アラームをセットして眠りについたが、あのシルバラードをめぐってダニーと言い争いになったのを思い出し、ほんの数時間で目が覚めた。ふたりの結婚生活はあれがとどめとなって崩壊したのだ。

気が高ぶって眠り直す気にはなれず、どのみちアラームが鳴るまであと二時間しかなかった。コニーはコーヒーを淹れることにし、ふたたび現実と向き合うのを思い、待ちながら声をあげて泣いた。

ジョシュ・エヴァンスは、ウェイド・ギャレットからのメールを受信した。ふたりはモーテルにいて、着替えをすませ、出かける準備ができている。

エヴァンスは親指を立てた絵文字を送り返し、家を出た。車の後部には四輪バギー二台を乗せた小型トレーラーが連結してあった。〈フレンドリーの食料品店〉へまっすぐ向かい、作りたてのドーナツと、コーヒーを買った。お次は〈バイユー・モーテル〉だ。

車のトランクには自動撮影カメラが六台に斧が一本、手持ち無線機も数台入れてあった。何が必要になるかはわからないが、なんであれそれなしで行く気はない。ゆうべはろくに眠れなかった。ダニー・ベイルズの死がこたえていた。悪い知らせを伝える役目に慣れることは永遠にないだろう。

トレーラーを牽引しているので、モーテルに着くと車は受付の前に停め、エヴァンスはそこから4Aまで歩いて向かった。

何もなかったとはいえ、ローガンが男性とベッドをともにしたのは久しぶりのことだ。彼の体温にやわらかな寝息、ひとりではなくふたりの体を覆ってぴんと張る上掛けを意識し、熟睡することはできなかった。

夜中に一度目を覚ましてバスルームへ行くと、彼はローガンがベッドに戻るのを手伝うために起きて待っていた。

「大丈夫か、ハニー？　痛みを止めるのに何か要るか？」

「わたしは大丈夫。でも、そうね、鎮痛剤はどこかしら？」

「テーブルの上だ。ベッドに座ってろ。おれが薬と水を用意する」

彼女はベッドの横側に腰かけ、待った。

戻ってきたウェイドは彼女のてのひらに薬を二錠のせ、小型冷蔵庫から出した冷たい水のボトルを手渡した。

「ありがとう」ローガンは薬を水で流しこみ、もう一度冷たい水をたっぷり飲んでボトルを返した。

ウェイドはナイトスタンドにボトルを置き、彼女をベッドに寝かせた。

ローガンは上掛けを引きあげる彼の手をそっと叩いて目を閉じた。

ウェイドは手を止めて微笑した。

「おれからもありがとう」ささやき、明かりを消して自分もベッドに入る。

彼は数分ほどもぞもぞと体を動かし、その後は夢のない深い眠りに戻った。

次に目が覚めると、午前七時をちょうど回ったところだった。寝返りを打ち、ローガンを起こそうとすると、彼女はすでに目を開いて、天井を見つめていた。

「早いな」

彼女はこちらへ顔を向けて微笑んだ。

「あなたもね。もうシャワーをすませたわ。六時前に目が覚めたの」

「痛みのせいか？」

「そうじゃないわ。今日の朝のことを考えていただけ」

ウェイドは身を乗りだし、ゆっくりと、優しくキスをした。そして情熱的なキスになる前に体を引いた。

「代わりに、いまのキスのことを考えてくれ」そう言うと、上掛けを払ってベッドを出た。

シャワーの水音が聞こえだしても、ローガンの唇はちりちりしていた。彼女はうめき声をあげて体を起こし、着替えに取りかかった。もうじきエヴァンス署長がやって来る。

腰にタオルを巻いただけの姿でウェイドがバスルームから出てきたときには、彼女は支度を終えていた。ローガンは顔をあげ、鼻を鳴らした。

「あなたは男に生まれるべくして生まれたようね、ウェイド・ギャレット」

彼は微笑し、着替えをつかんでバスルームへ引き返そうとした。

「わざわざ引っこまなくていいわ」ローガンは言った。「見ないと約束するから」

彼女は立ちあがると椅子を引っ張って腰かけ、彼に背を向けてテレビを観た。

ウェイドは肩をすくめ、タオルを床に落とした。自分が服を着るのではなく、彼女の服を脱がせたいところだと思いながら、着替えをすませる。準備ができたとエヴァンス署長にメールを送ると、親指を立てた絵文字がすぐに返ってきた。

「もうすぐ署長が来る」彼は言った。

ローガンはうなずいたが、ふたたびあの遠いまなざしになっていて、彼女のためにウェイドにできることは何もなかった。

ふたりで朝のニュースをぼんやり眺めていると、ドアを鋭くノックする音がした。

「署長だろう」ウェイドは言った。

ローガンは立ちあがり、彼はエヴァンスを中へ通した。

「準備はいいですか?」エヴァンスが尋ねる。

彼女の返事はなく、ウェイドは首をめぐらせた。ローガンはアームスリングから腕を抜いてホルスターを装着していた。彼らはローガンがコルトをホルスターに差し入れ、銃弾の入った箱をショルダーバッグにしまったあと、ふたたびアームスリングに腕を通すのを見守った。

「水はあるかしら、署長？」彼女は尋ねた。

エヴァンスはうなずいた。「移動手段も用意ずみです。四輪バギーを二台持ってきた。少々揺さぶられることにはなるが、少なくとも歩く必要はない」

「それは助かる」ウェイドは言った。「部屋の鍵はあるか？」

ローガンは指さした。「バッグの中よ」

ウェイドはカードキーを取りだした。

「では行きましょう」エヴァンスは言った。「おふたりと一緒に出かけるところを誰かに見られる前に町を出たい」

彼はパトカーまで案内し、ローガンを後部座席に座らせた。横にはドーナツの箱があり、エヴァンスはトールサイズのカップとペーパータオルを彼女に渡した。

「お好きなだけどうぞ」にこやかに言う。

「おれの分を残しておいてくれよ」ウェイドは声をかけて助手席に座った。

ローガンはペーパータオルにドーナツをふたつ包み、彼に渡した。

「あなたはいくつ、署長？」

「ひとつでいいですよ。出がけにシリアルを食べてきたんで」

エヴァンスは受け取ったドーナツをダッシュボードの上に置くと、車を出してバックミラーに映るローガンを見あげた。

「どの道ですか？」

「ハイウェイを北へ向かって。町境の標識にたどり着いたら、そこからさらに北へ十四・五キロよ」ローガンは指示を出した。

エヴァンスはうなずき、車を走らせた。町境の標識を通過したところで、距離に目を配り始める。

ローガンがドーナツふたつを食べ終えてコーヒーを飲んでいると、エヴァンスが声をあげた。

「いま十三キロを越えた」

「十四・五キロのところで、左手にアスファルトの道路が現れるわ。左折してその道路に入って。そこから西に向かって三キロ強進む」

「わかった」エヴァンスは言った。

ウェイドは何度も振り返り、つけられていないのを確認した。そのたびにローガンと目が合った。近づくにつれて、彼女がどんどん緊張していくのがわかる。

「そこで曲がって」彼女が言い、署長はウィンカーを出してふたたびスピードメーターに目をやった。ここから三キロ強だ。

再度後方を確認したウェイドは、ローガンの顔にふと目をとめた。まるで死のドライブをしているかのような顔つきだ。気に入らないな。

「ローガン！」

彼女ははっとまばたきし、目が焦点を結んだ。「何？」

「頭の中でどこにいるかは知らないが、今度はきみひとりじゃない。それを忘れるな」

彼女の目に涙がこみあげる。ローガンはうなずいた。

「三キロになるぞ」エヴァンスが言った。

「見ているわ」ローガンは言った。「減速して。左側に注意して……南よ……南を見て……ストップ！　ここだわ」

エヴァンスは怪訝そうな顔をした。「道は見えないが」

「奥にあるわ。前回、中まで入って確認したのよ。このフェンスは十年前にはなかった。いまは誰がこの土地を所有しているのか知らないけど、フェンスができたのは、わたしが町を出たあとよ」

エヴァンスはカーナビに現在地を登録した。

「少し待っててください。土地の所有者を調べてきます」車を降り、携帯電話を操作しながら歩き去る。

ローガンとウェイドは無言で座り、彼が戻るのを待った。

「気分は悪くないか？　犯行現場へ戻るのはつらいんじゃないか？」ウェイドは尋ねた。

ローガンはうなずいた。「心配しないで。何が待っているかはわかってるから、それが少し怖いだけ」

エヴァンスが戻り、出し抜けにドアを開けた。「この土地はデルタ・ヴェンチャーズとかいう持ち株会社の所有になっている。町へ戻ってから詳しく調べることにします。さて、目下の問題はどうやって四輪バギーをあっち側へ持っていくかだ」

「フェンスのワイヤーを切断しよう」ウェイドは提案した。「道路をはみ出したドライバーが支柱に衝突してフェンスが破れたように見せかければいい」

エヴァンスは顔をしかめた。「わたしは法を守るのが仕事だ、破ることじゃない」

「殺人と比べれば、フェンスの切断ぐらいなんでもないでしょう」ローガンは言った。

エヴァンスもそれには反論できなかった。車のトランクを開けてボルトカッターを取りだし、溝をまたいでフェンスへと歩み寄る。支柱につながっているワイヤー四本をすべて切断して雑草の奥へどかしたあと、支柱を地面に倒した。

男ふたりは四輪バギーをおろしにかかり、ローガンも車から降りた。

ウェイドは溝に目をやり、眉根を寄せた。「きみを乗せてこれを越えるのはやめたほうがいいな。ちょっと待ってろ」バギーを一台、溝の向こう側まで移動させてから、彼女を迎えに戻ってくる。

「おれにしっかりつかまってろ。溝に落ちて肩を打つのはいやだろう?」

ローガンは抱えあげられて彼にしっかりしがみついた。ウェイドは彼女を溝の反対側へ運び、フェンスの奥でおろした。

エヴァンスはパトカーのドアをロックすると、カメラを入れたダッフルバッグを四輪バギーの荷台にくくりつけた。ウェイドは自分のバギーの運転席に乗りこんだ。

「後ろからついてきてくれ」ウェイドはバギーで溝を越えて横に並んだ署長に向かって言った。

「行き先はそっちがご存じだ。先導してください」エヴァンスは言った。

ローガンは長い脚でシートをまたぐと、無事なほうの腕をウェイドの腰に回した。

二台のバギーが発進する。

徒歩のときはずいぶん時間がかかったが、バギーで進むと古い道が木立の奥にすぐに見えてきた。ウェイドは水辺に出るまでその道をたどった。

「ここで止めて」ローガンはバギーから降り、数メートル先まで歩いていった。

エヴァンスは彼らの後ろにバギーをつけて、エンジンを切った。

うだるような暑さだ。むきだしの肌にブヨとハエがたかってくる。ウェイドは、大きなカミツキガメが岸から入り江に滑りおりるのをちらりと目にした。その少し先で、アリゲーターが水面にわずかに顔を出しているのにエヴァンスは気がついた。

「あそこにアリゲーターがいる」彼は指さした。

「くそっ」ウェイドはつぶやいた。「真っ暗な中、彼女がひとりきりでここにいて、穴を掘っている光景が頭から離れない」

「彼女は何をしてるんだ？」エヴァンスは尋ねた。

ウェイドはローガンを振り返って肩をすくめた。

エヴァンスは呼びかけた。「ローガン、ここがそうなのか？」

彼女は振り返ることなくうなずいた。

ウェイドはローガンの背後まで近づいてようやく、彼女が泣いているのに気がついた。けれども振り返ったとき、彼女は全身から決意を漲らせていた。

「兄が死んだのはここよ」地面を指さす。それから男たちを従えて糸杉の木立へと進んだ。「満月の明かりのもとでわたしはそこに穴を掘った。兄を埋めたあと、その木の裏側にシャベルでバツ印をつけたわ。しるしはいまもそこにある。ここが犯行現場よ」

ウェイドは彼女の兄が死んだ場所と、彼女が兄を埋めた場所を見比べ、その距離に頭を振った。

「これだけの距離をどうやって運んだんだ？」

ローガンは記憶を呼び覚ますかのように目をすっと細くした。「兄はトラックの荷台に工具を置いて、その上に厚手の防水シートをかけていた。わたしはその下に隠れていたのよ。シートを取り、兄の体を転がしてその上にのせ、橇（そり）のように引っ張って穴まで運んだ」彼女はぶるりと体を震わせた。「犯人は、この部分は知らないわ。彼が知っているのは兄が死んだ場所だけ。その周辺にカメラをいくつか設置して。犯人は、わたしが遺体を埋めたのは兄が倒れた場所だと考えるはずよ。十年経ってるから、埋めた跡が見つかるとは思ってないでしょう」

エヴァンスはカメラを二台つかむと、木立に分け入り、背の高い草やヘビに毒づきながら、犯人からは見えない木の陰にカメラを固定した。次に、開けた狭い場所までなんとか出ると、アリゲーターに用心しつつ、犯行現場を取り囲むようにおおよそ二十メートル間隔でカメラを設置した。

「ここでの仕事は終了だな」エヴァンスは言った。「ここにいるのを誰かに見られる前に引きあげましょう」

三人は四輪バギーにまたがると、今度はエヴァンスが先頭になり、道を引き返した。彼は溝を乗り越え、トレーラーの上までバギーであがった。

ローガンは歯を食いしばってバギーで溝を越え、体の痛みを無視した。だが、アスファルト道に降り立つと、バギーの積みこみはウェイドにまかせて、這うようにして車内へ戻った。傷が痛み、体は衰弱していたが、これで終わったのだ。残っていたドーナツを床におろして後部座席で体を丸め、悪化する肩の痛みをやりすごすために、ゆっくりと深い呼吸をする。

車に乗りこんだウェイドは助手席から身を乗りだした。「鎮痛剤を持ってきてるぞ」

「飲むと眠くなるわ」

「それがどうした」ウェイドは二錠振りだして手渡すと、彼女が薬を口に入れて水で流しこむまで見守った。

「ああ、肩が痛くてたまらない」ローガンはぼやいて座席にもたれかかった。

エヴァンスは車のエンジンをかけると、少しでも早くローガンが涼めるようエアコンを最強にした。

「具合は大丈夫ですか？」

「気にしないで。少し気分が悪いだけ。この先にバックしないで方向転換できる場所があるわ」

「それは助かる」エヴァンスは車を進めた。

アスファルト道はフェンスも車道もない広い空き地で行き止まりになっていた。ぐるりとUターンする車にトレーラーは難なくついてきた。

ハイウェイへ引き返す途中、湿地への入口を通過した。四輪バギーの轍がくっきりと残っている。よほど近づいて調べない限り、無茶な運転をしたドライバーが道路からはみ出して支柱を倒し、そのせいでフェンスが破れたように見えるだろう。

鎮痛剤と舗装道路を走行する車輪のうなりに眠気を誘われ、ローガンはいつしか寝入っていた。目を覚ますと、ウェイドが彼女を抱えあげてモーテルへ運んでいた。異議を唱える気力はなかった。

彼はローガンをベッドにおろすと、拳銃とホルスターを取ってブーツを脱がせ、上掛けをかけてやった。

「わたしは大丈夫」彼女はもごもごと言い、遠のく意識の中で、彼の唇が額に触れるのを感じた。

15

ダニー・ベイルズの前妻コニー、そして彼の娘アンジェラは、昼前にニューオーリンズに到着してレンタカーを受け取り、ちょうど午後三時頃に車でブルージャケット入りした。コニーはショックのためにまだ頭がくらくらしていたが、フライト中ずっと考え続け、胸の不安を打ち明けることに決めていた。大通りに出るや、警察署へまっすぐ向かい、建物の中に入っていく。

背後でドアが音をたてて閉まり、コニーは娘とともに受付へ進んだ。

「警察署長にお話があるの」

アーニーは、日に焼けたブロンド女性に目をやった。ターコイズ色のサンドレスを着て、サングラスを頭の上に押しあげている。隣のティーンエージャーは髪が紫だ。そこで相手が誰かに気がついた。

「コニー・ベイルズじゃありませんか」

「ええ、アーニー。あたしよ。こっちはアンジェラ。ダニーの娘よ」

「このたびは本当にお気の毒でした」アーニーは言った。「ちょっと待っててください。署長を呼びますから」

彼はインターコムを鳴らした。

「どうした、アーニー？」エヴァンスが応じる。

「コニー・ベイルズがお見えになってます。署長にお話があるそうですよ」

「すぐに行く」

一瞬ののち、ジョシュ・エヴァンスのしっかりとした大股の足音が廊下をやって来るのが聞こえ、本人がロビーに姿を現した。

「どうも、ここの警察署長を務めているジョシュ・エヴァンスです。わたしとお話をしたいということですね？」

「ええ。コニー・ベイルズです。ダニーの前妻でした。この子は娘のアンジェラ」

「こんにちは、アンジェラ。お父さんのことは本当にお気の毒でした」

「ありがとうございます」アンジェラはそう言うと、母親にさらに身を寄せた。

「署長、あなたに話したいことがあるんです」コニーは言った。「アンジェラ、あなたはロビーで待ってて。いいわね？」

アンジェラはうなずくと、携帯電話を取りだして腰をおろした。

「では、こちらへどうぞ」エヴァンスは執務室へと案内した。

それぞれが着席するなり、コニーは口火を切った。

「この町で何が起きているかはステラから聞いたわ。警察は二〇〇八年に男性が殺された事件を調べているそうね」

「ええ、その通りです」

「その事件が起きた日付は？」

「二〇〇八年七月二十九日です」

「ああ、やっぱり」コニーは両手で顔を覆い、頭を抱えこんだ。

「どうされたんです？」

「ダニーの甥っ子が、ジョディ・ベイルズが、サウスサイドで殺されたのと同じ晩だわ」

「それが事件に関連しているとおっしゃってるんですか？」

「違うわ、あなたの言うような意味ではね。でもあの夜、うちの親族はみな大騒ぎになった。ジョディを撃った犯人を見つけようと町はどこもかしこも警官だらけで。銃撃を目撃したティーンエージャーふたりは、事件に関わりたがらずに逃げてしまい、その後ひとりが出頭して犯人の名前を明かした。その後犯人はつかまり、裁判にかけられて刑務所へ送られたわ。だけど裁判が始まったときには、わたしはすでにブルージャケットにいなかった。関連があるのは、あの夜ダニーが貸すと言って譲らなかったあの忌々しいシルバラードよ。あれが元で次の朝、あたしたち夫婦は言い争いになった」

「しかし、それがなんの――」

コニーは手をあげて彼を黙らせた。

「本題に入るまで遠回りする癖があるのはわかってるの。だけどこれがあたしよ。つき合っててちょうだい」

「どうぞ続けてください」

「シルバラードを借りた男は翌朝、車を返していったけど、車はひどいありさまだった。足回りは泥だらけで草がこびりつき、オイルパンには穴が開いていた。彼はあたしたち夫婦にはひと言もなしにうちの家に車を置いていき、そのせいであたしがダニーに責められたのよ」

「それはまたどうして?」

「シルバラードを借りたのがあたしの実の兄、バートンだったからよ。ダニーはあたしにさんざん当たり散らしたあとでバートンに電話をかけたわ。そしたら兄にこう言われたそうよ、〝騒いでないで車を洗車場へ持っていけ〟って」

エヴァンスは驚嘆しながらも、彼女の話を全部のみこもうと努めた。

「バートン・デシャント、ここの町長が、あの夜にシルバラードを使っていた? 間違いないんですか?」

コニーは手を握りしめた。

「ええ、間違いないわ。ダニーの甥っ子が殺されたのと同じ夜に、バートンは車を滅茶苦茶に汚して、後始末をあたしに丸投げした。あたしはあのふたりにかんかんに怒って、ダニーとは一週間口をきかなかったし、バートンとはあれ以来一度も口をきいてないわ」

エヴァンスは興奮を抑えこもうとした。しかし、これはいままでで最も有力な手がかりだ。

「わたしがブルージャケットへ移り住んだのは事件の八カ月後ですので、住民の背景の多くはよく知りませんが、バートンは既婚者です。われわれが追っている犯人は妻を殺してくれる相手を探していました」エヴァンスは説明した。

「ああ……何年か前にステラが言ってたわね、たしかバートンは奥さんに捨てられて再婚したのよ。わたしは彼の二番目の奥さんには会ったことがないわ」

「最初の奥さんに捨てられたのはいつ頃でしょうか？」

「どうだったかしら。ダニーとあたしは娘の親権問題を解決するために裁判所へ何度も足を運んでいる最中だったから。でも、奥さんが別の男に走ったとかなんとか聞いた覚えがあるわ。ステラの話では、奥さんの浮気現場をバートンが目撃し、その後奥さんは男と出奔したんだとか」

「相手の男の名前は覚えてますか？」

「いいえ。それはほかの人にきいてちょうだい。この町に住んでる一族のひとりだったはずよ。それしか覚えてないわ」

「いまここで話したことは誰にも言わないようお願いします」

コニーはうなずいた。

「わかったわ。あたしの疑念がとんだ見当外れだったら、本当にごめんなさい。でもバートンには底意地の悪さがあるのよ。小さい頃から意地悪で、大人になるとそれを表に出さない狡猾さを身につけた。昔から言うでしょう、友は選べても家族を選ぶことはできない、と。あたしたちがまさにそう。お互いに相手のことが嫌いで、それを隠そうとしなかったし、いまも犬猿の仲。これで話はおしまい。ほかにききたいことがあれば、あたしはステラの家にいるわ」

エヴァンスは彼女をフロントロビーまで見送り、車が走り去るのを見届けてから仕事へ戻ったが、思いもよらない新事実が頭の中をぐるぐるめぐるのを止められなかった。バートン・デシャント？ これが事実なら、とんだスキャンダルになる。デシャントの妻が浮気相手と出奔した件をアーニーは何か覚えているだろうか。彼は生まれも育ちもこの町だ。

受付へ行こうと廊下に出ると、アーニーは休憩室で冷えたマウンテンデューを購入していた。

「アーニー、ききたいことがある」

「なんですか？」

「バートン・デシャントの最初の奥さんについて何か覚えてるか？　彼女は男と出奔したそうだが」

「ああ、その話ですか……もうずいぶん前になりますね、二〇〇八年でしたか」

「知ってることを聞かせてくれ。相手の男は誰だ？　この町に住んでる一族のひとりだそうだな」

「そうですよ、バティスト家です。結構な騒ぎになりましたよ。なにせジャスティン・バティストも既婚者でしたから。ふたりが姿をくらまして、町長とジャスティン、両方の結婚生活が同時に破局ってわけです」

エヴァンスは顔が緩みそうになるのをこらえた。次の行き先がこれで決まった。

「しばらく出かけてくる。用があったら無線で呼びだしてくれ」

「了解しました」アーニーはマウンテンデューを持って受付へ引き返し、エヴァンスは署の裏口から外へ出た。

車に乗りこみ、時計に目をやる。まだ少し早いが、ジョニー・バティストはすでに帰宅しているかもしれない。彼の職場へ行く前に家に寄ってみよう。

殺人犯を追い詰める高揚感は決して色褪せることはない。悪いやつをつかまえる警察官になりたい。その思いは、エヴァンスが幼い頃から少しも変わらなかった。

エアコンを強めてアクセルを踏みこむや、ほとんど同時に急ブレーキをかけ、道路に飛びだしてきたみすぼらしい猫をよけた。ここのところ食事にありついていないふうで、どう見ても野良猫だ。すれ違いざまでも、浮きでたあばら骨を数えることができそうだった。

次のブロックで右に曲がると、ジョニーが反対の方向から自宅のドライブウェイに車を乗り入れるのが見えた。エヴァンスはその真後ろに駐車して車を降りた。

「どうも、署長さん」ジョニーが挨拶する。

「ジョニー、ちょっと時間はあるか？　いとこのジャスティンのことでいくつか質問したい」

ジョニーは顔を曇らせた。

「バティスト家では彼の話はもうしないことになってるんです」

「彼が家を出てから、何か音沙汰はあったのか？」

「ないですよ、ぼくの知る限りでは。母親には連絡するものとみんな思ってましたけどね。子どもは彼ひとりなのに」

「彼は本当にミセス・デシャントの不倫相手だったのか？」

「駆け落ちするまで知りませんでしたよ。そんなそぶりは少しも見せなかったし。だけど、バートンがふたりの浮気現場を目撃したと言っていて、そのあと彼の奥さんは忽然と姿を消し、ジャスティンも同じ夜にいなくなった。なら、当然そういうことになりますよね？」

「つまり、バートン・デシャントがそう言っただけなんだな？　ふたりが一緒にいるところを見た者はほかにいないのか？」

署長が何を言わんとしているのかに気づいて、ジョニーは目を見開いた。

「あれは事実じゃなかったってことですか？」

「わたしは何も言ってない。質問をしているだけだ。家を出たとき、ジャスティンは自分の荷物を持っていったかどうか知っているか？」

ジョニー・バティストの顔からすべての色が失せた。

「ライラは絶対に信じようとしなかった」

「ライラとは誰だ？」エヴァンスは尋ねた。

「ジャスティンの奥さんです。ライラは彼の浮気を信じなかった。彼女は親戚のみんなにずっと訴えてたんです、ジャスティンはバッグひとつ持っていってないって。だけど当時は祖父が健在で、彼は聖書の教えを厳格に守り、教会へ欠かさず通う人でした。祖父は〝汝（なんじ）、隣人の妻を欲するなかれ〟と何度も何度も繰り返して、言い返そうものなら相手が誰であれ激高した。反論するよりも放っておくほうが楽だったんです」

「なるほど」エヴァンスは言った。「助かったよ、ジョニー。大いに助かった。いまはまだこの話は口外しないでもらえるとありがたい」

ジョニーは家を振り返り、子どもたちはまだ家の中にいるのを確認した。

「あの、署長さん……フェイスと一緒に町を出たんじゃないなら、ジャスティンの身に何が起きたんですか？」

「フェイスが町を出たとどうしてわかる？」エヴァンスは問い返すと、パトカーへ戻り、走り去った。

寝返りを打ったローガンは、負傷したほうの肩を体の下敷きにして息をのんだ。

ウェイドはシャツとブーツを脱ぎ、彼女の隣で上掛けの上に横たわり、ぐっすり眠っていた。ローガンは彼を起こさないようベッドからそっと抜けだすと、バスルームへ入り、そこでぴたりと動きを止めた。鏡に映る自分の姿に顔をしかめる。髪がくしゃくしゃだ。

小物入れからヘアブラシを取りだし、髪のもつれを梳こうとしたが、左手ではブラシに絡まる一方だ。いっそスキンヘッドにしようかしらとぶつぶつ言っていると、戸口にウェイドが現れた。彼はローガンの手からブラシを取り、トイレの蓋を閉めて指さした。

「あっちを向いて座ってくれ」

ローガンは戸口に背を向けて座った。ブラシが髪に差し入れられ、彼女は顔をしかめた。

「絡まっているところがあるのよ」彼女は言った。

「ああ、わかってる。引っ張らないよう気をつけてる」

「それならいいわ。ごめんなさい」

ウェイドは彼女の頭頂部に手をのせた。「謝らなくていい。おしゃべりでもしよう。

髪をいじられていれば気がそれるだろう」

「いいわよ。なんについて?」

「ダラスの何が一番恋しい?」

「自宅のプールね」

ウェイドは小さく笑った。「同感だ」

「夕食はどうする?」彼女は尋ね、彼は髪を梳かし続ける。

「ここにはどんな選択肢がある? おれはヘリで病院へ直行したから、何も知らないんだ。ケイティがドーナツを持ってくるまで、病院食しか見てなかった。そのあと食ったのは署長のドーナツだ。ブルージャケットにはドーナツのほかに何かうまいものはあるのか?」

ローガンは笑った。「〈バーニーズ〉ね。ガンボはルイジアナ一よ。あそこならどの料理もおいしいわ。人前に出られるような髪にしてくれたら、〈バーニーズ〉へ行くのもいいわね」

「悪くないな」ウェイドは言った。「きみがお兄さんを殺した犯人を見ていないのはいまや周知の事実だ。襲われる心配はもうないだろう」

「そうね。町へ戻ってから、食事はずっとあの店でとっていたわ。一度、〈シュリンプ・シャック〉のドライブスルーでシュリンプ・ポー・ボーイを買ったのだけが例外ね」

「肩の具合はどうだ？」ウェイドは尋ねた。

「痛むわ。出かける前に鎮痛剤を飲まないと」

ウェイドはブラシを置くと、長い黒髪に指をくぐらせて絡まりを探った。

「きれいになったぞ」

ローガンは立ちあがり、動きを止めた。何も言わずに彼を見つめる。

「なんだ？」ウェイドは問いかけた。

ようやく彼女はかぶりを振った。「なんでもないわ……見とれていただけ」

彼の目に炎がともるのが見えた。彼の両手がローガンの頬を挟みこみ、唇と唇が重ねられ、彼女はうっとりとしてわれを忘れた。

しばらくして、口づけを解いたのはウェイドだった。いまの彼女にはここまでが限界だ。

「続きは、きみが全快したら」そう約束し、彼女の下唇を親指でかすめる。

ローガンは身震いした。キスの続きの約束。

「鎮痛剤」口ごもりながら言う。「それに靴よ。靴を履かなきゃ」

ウェイドはこんなローガンを見たことがなかった。心持ち取り乱し、表情は愛に満たされた女性のそれになっている。ただキスをされただけで。


ふたたびハマーに乗りこみ、カフェで食事をとるという普通のことをしに行くのは、裸で隠れ家から出ていく気分だった。ブルージャケットへ戻る前は、安全とは現場で安全帽をかぶること、もしくは金属を削る際に保護用のゴーグルをつけることを意味していた。ここでは、それはまったく別の意味合いを持つ。町へ戻ることにある程度のリスクがともなうのは承知していたが、ローガンは危険を甘く見ていた。ウェイドがここにいるいま、少なくとも彼女には援護がいる。

「気分は悪くないか?」彼が尋ねる。

「大丈夫よ。病院の外はいいものね」

「きみが生きているとわかっているのはもっといいものだ。ヘリでブルージャケットまで飛んだのは人生最悪のフライトだった」

「あなたの側の気持ちは考えたことがなかったわ」ローガンは言った。「目が覚めて、あなたの声がしたのは覚えてる。そのあとあなたの顔を見て、もうひとりじゃないとわかった」

「ひとりでいる必要はない、ローガン……もう二度と。だが、それはきみが決めることだ」

彼の視線を受け止め、ローガンの心臓は跳ねあがった。「わかってるわ」

困ったような彼女の表情を見てウェイドはウインクし、彼女は頬を緩めた。それからあとは、彼女はいつもの彼女だった。

銀行の前を通り過ぎたとき、見知らぬ人が手を振ってきた。スモークガラスで外からは見えなくても、ローガンは手を振り返した。

「〈バーニーズ〉は次のブロックよ」彼女は教えた。「上に黄色い看板が出ている建物が見えるでしょう？　以前はバーニーズ・カフェと書いてあったんだけど、わたしが町を去るずっと前からカフェの部分は消えてしまってるの」

「ああ、あれか」ウェイドはハンドルを切り、難なく駐車場へ入った。

先に降車し、助手席側へ回って彼女が降りるのを手伝う。

「観客の前に出る心の準備はできてるか?」

「じろじろ見られるのは町へ戻ってきてからずっとよ。いまは少なくともわたしが戻ってきた理由は知れ渡ってる」

店に入ると、笑い声や食器がぶつかる音、〝ジュニー、アイスティーのおかわりだ〟と誰かが言う声が響いていた。

ウェイドは満足げに微笑した。「いい雰囲気だな」

だがふたりが足を止めて席を探していると、笑い声は小さくなり、店は静まり返った。

「奥のテーブルはいつも空いているわ。なぜだか、あそこにはわたし以外誰も座らないの」

ウェイドは彼女の腰に手を回し、食事客のあいだを縫って進みだした。

通りすがるローガンの腕に誰かがそっと触れる。

そのあと女性がささやいた。「あなたの幸運を祈ってるわ」

別の客が声をかける。「よく町へ帰ってきてくれた」その言葉に、前へと進む彼女の目に涙がこみあげた。

誰かが手を叩き、割れんばかりの喝采が沸き起こった。

ローガンは懸命に涙をこらえ、客たちに向き直った。

「ありがとう。こちらはわたしの友人、ウェイド・ギャレット。ウェイド、ここにいるのはみんなわたしの町の友人たちよ」

ウェイドは笑みを浮かべて帽子を取った。

すると誰かが声を張りあげた。「勘定書はこっちへ持ってきてくれ。彼らの分はおれが払う」

ジョージ・ウェイクリー、デイモンを雇っていた配管業者だ。

「ありがとうございます、ミスター・ウェイクリー。だけど前もって警告しておくわ、このカウボーイのおなかをいっぱいにするのは至難の業よ」

ウェイドはにやりとし、余った椅子の角にステットソン帽を引っかけると、ローガンが座るのを手伝った。その後店内にはいつもの喧噪が戻り、シャーロットがメニューと、水滴のついたアイスティーのグラスをふたつ持ってやって来た。

シャーロットは、エチケットの権威エミリー・ポストが一世紀近くも前に飲み物の入ったグラスがあるべき場所として定めたあたりにグラスを置いた。

「店のみんなであなたの無事を祈ってたのよ。元気な顔を見られてよかったわ」

「元気な顔をお見せすることができてよかった」ローガンは言い、それからウェイドに彼女を紹介した。「ウェイド、こちらはシャーロット。デイモンとわたしは、彼女がご家族と住んでいた通りのすぐ先に住んでいたの」

「よろしく、シャーロット」ウェイドは言った。「お薦めは何かな？」

シャーロットはにっこりした。「肉好きなら、あなたはそうだとわたしは見たけど、この店のチキンフライドステーキは絶品よ。それから、メニューに載っている魚料理は当然すべて揚げてあるわ」

「なるほど」彼は言った。

「どうぞごゆっくり。すぐに注文を取りに戻るわ」シャーロットは急いでそばのテーブルへ料理を運びに行った。

「すばらしい店だ」ウェイドは言った。

ローガンは顔をあげ、彼の視点から店を見てみた。すると普通の人たちが普通のことをしているのがわかった。安全。ここにはまだそれがあるのかもしれない。

「ええ、すばらしいお店だわ。だけどわたしがそのことに気づくためには、一度失う必要があったのよ」

ウェイドは彼女の手を握った。そのとき彼が浮かべた表情は見間違えようがなく、一部の男性客が抱いていた夢は潰えた。

ふたりは注文し、料理が来ると旺盛な食欲を発揮して食べ始めた。けれど、食事中もプライバシーはいっさいなかった。帰り際にふたりのテーブルに立ち寄り、家族でローガンのために祈ってると伝える客もいれば、店に入るなり、この町で彼女の身に起きたことを静かにわびる者もいた。そして誰もが彼女の兄の死に同情を寄せた。

ダニー・ベイルズ殺害のニュースは、ローガンの身に起きたこと、そして彼女の帰郷の理由とも重なり、町中を震えあがらせた。住民の中に殺人犯がいるという事実は衝撃的であり、恥ずべきことでもあった。ブルージャケットは都会の犯罪とは無縁だと思ってきたが、それは間違いだった。

ローガンとウェイドがモーテルへ戻ったずっとあと、エヴァンス署長が妻の待つ家へ帰ったずっとあと、ビッグ・ボーイは祝杯をあげていた。

シュガーは彼を口で楽しませ、彼はその見返りに彼女にダイヤモンドの指輪を買ってやることにした。

サービスには報酬を。邪魔者には死を。

それがビッグ・ボーイのやり方だ。

もっとも、自分がすでに警察署長から目をつけられていることを知っていたら、彼の眠りはこれほど安らかではなかっただろう。

ベイルズ家は陽気なムードではなかった。

ステラとコニー、同じ男性を愛したふたりの女性は共通の憤激で結びつけられていた。悲嘆は怒りの陰でなりを潜めた。ステラは犯人が誰かを知りたがり、コニーは、自分がすでに知っているのではと恐れた。

ステラの息子たちは、明日にはニューオーリンズからやって来る予定だった。不在の実父の代わりによき父親となってくれたダニーの死を彼らは深く悲しんだ。

アンジェラは何も言わずに泣き続けた。毎年この家と小さな町を訪れるのを楽しみにしていたのに、いまはどう感じればいいのかわからなかった。

その夜、それぞれの寝室へさがったあと、アンジェラは母親のベッドに潜りこんだ。

「眠れないの」小さな声で言う。

コニーは両腕を広げた。「あたしもよ、ベイビー」そして娘を抱き寄せた。

「これからどうなるの?」アンジェラは尋ねた。

「どういう意味?」コニーが問い返す。

「毎年イースターとクリスマスにはここへ遊びに来ていたわ。もうああやって来ることはないのね。そうでしょう?」

「ええ、ベイビー。もう来ることはないわ」

アンジェラは涙をこぼし、コニーは娘とともに泣いた。

翌朝は新たな一日というだけで同じことの繰り返しだった——暑気とハエ、だるそうにのろのろと動く人々——しかし、署長にとっては別だ。

エヴァンスは午前七時過ぎには家を出て警察署へ向かい、ジャスティン・バティストの調査に取りかかった。本当にフェイス・デシャントと駆け落ちしたのなら、少なくともどちらか、あるいは両方の社会保障番号から職歴がたどれるはずだ。待つあいだ、バートン・デシャントがどこへ行くかを見ておこうと彼の住まいを見張るために出かけた。ほどなくデシャントが家から出てきて町の中心部へ向かった。エヴァンスは距離を空けてそれを追跡し、相手が銀行のATMに立ち寄るのを眺め、その後〈バーニーズ〉へまっすぐ車を走らせるのを尾行した。

デシャントが店内に入るまで待ってから車を停め、入店してテイクアウトの注文をする。デシャントが友人たちと座っているテーブルのそばの席を選び、コーヒーをもらった。

ロジャー・フランクリン、それにトニー・ウォーレンの両名もデシャントとともにテーブルを囲んでいた。皮肉なものだ、とエヴァンスは思う。このふたりは最初の容疑者で、デシャントのほうは捜査線上に名前すらあがっていなかった。

「おはようございます、署長。サウスサイドに住んでたベイルズって男の話は聞きましたよ。ひどいものだ。エルウェイ保安官は犯人の目星はつけてるんですか？」ロジャーが問いかけてきた。

「ご家族には悲劇的な事件です」エヴァンスは言った。「だが、わたしの管轄区域ではないので、その件がいまどうなっているのかは何も言えません」

「ひとつはっきりしてるのは、ダラスから車で乗りこんできたあの女性が、この町の亡霊を叩き起こしたってことだ」トニーが言った。

「彼女が叩き起こしたのはすでにこの町に存在していたものです。それに、彼女はこの町の一員だ、お忘れですか？　恐ろしい不幸に見舞われるまで、彼女はここで暮らしていた」

トニーは咳払いしてうなずいたが、テーブルについている三人の男が誰ひとりとして、サウスサイドの住人にこれっぽっちも同情心を持ち合わせていないのは明白だった。彼らの物言いにショックを受け、失望さえすべきところだが、エヴァンスはこれまで何度もこの手の会話を耳にしていた。

「で、彼女はいつダラスへ戻るんだね？」デシャントが尋ねる。

ここに腰かけたのは、針に餌をつけて投じるためだった。お次は釣り糸の巻きあげだ。

「彼女がお兄さんの遺体を埋めた場所が見つかり次第になるでしょう。倒れたその場所に穴を掘ったと話しているが、場所は暗く、彼女は怯えていた。それに十年前のことだから、場所を百パーセント覚えてるとは言えないらしい。ですが、警察が彼女に協力して捜索します。われわれにできるせめてものことだ」言いながら、エヴァンスはデシャントの瞳孔が広がるのを観察した。

デシャントは声を低めた。

「署長、こんな場所で持ちだすべき話題ではないが、この土地ではどれだけ早く腐敗が進むかは彼女に説明したのか？　ここじゃ棺だって、地面に埋めても土から出てくる水で押しあげられる。穴に遺体を放りこんだだけとなれば、おそらく何も残ってはいまい。水が出て地面の上に押しだされたのを、動物がばらばらにしてしまってる」

ほかの男たちも同意してうなずいた。ひとりはハリケーン・カトリーナの通過後、大おじの棺が霊廟から流れでて、見つからずじまいになったという話をしだした。

エヴァンスは話を続けさせたあと、最後の釣り糸を投げこんだ。

「遺体はまだ残っていると彼女が確信している理由はよくわかりませんが、そこに犯人が残した証拠があるらしい」

デシャントの顔にショックの色が浮かんで消えるのをエヴァンスは見つめた。

「どんな証拠なんですか？」ロジャーが尋ねた。

「犯人は銃で二発撃っているんだ。それで遺体か、遺体を包んだ防水シートの中に銃弾が残っているのを期待しているらしい。ご存じのように、鉛と薬莢は腐食しませんからね」

トニーは眉根を寄せた。

「わからないな。銃弾が見つかったところで、比較の対象になるものがない」

「それはどうでしょう」エヴァンスは言った。そのときジュニーが彼の注文したものを手にテーブルへやって来た。「おっと、朝食のおでましだ。では失礼します。みなさんはごゆっくりどうぞ」

「ああ、どうも」男たちは口々に挨拶した。

エヴァンスは車に戻ると、バックで駐車場を出て、一ブロック先まで移動し、バートン・デシャントの次の行き先を見張った。

十五分もせずにデシャントの車が駐車場から現れて、大通りを走りだす。

エヴァンスはじっと座り、町長の車が北へ向かい、〈バイユー・モーテル〉を通り過ぎ、町の外へ出るのを見守った。

彼はにやりと笑い、ギアを入れて警察署へ戻った。

「朝食を買ってきたぞ」アーニーのデスクに紙袋をどさりと置く。

アーニーは顔を輝かせた。

「どうもすみません、署長！　二度目の朝食はいつだって歓迎だ」

「そりゃあよかった」エヴァンスは執務室へ向かった。

ニューオーリンズでのペイトン・アダムズの宿泊先を裏付けるために依頼した、ラリー・オーウェンスに関する報告が住所と電話番号付きであがってきたが、おそらくこれはもう必要ない。とはいえ、エヴァンスは念のために情報を保存した。

続いてジャスティン・バティストの職歴についての報告を調べた。デイモン・コンウェイのそれを調べたときとまったく同じだ。ブルージャケットでぷつりと途切れている。その意味するところを考え、エヴァンスのうなじに寒気が走った。数分後、フェイス・デシャントについても同様の報告があがってきた。

「おいおい、ふたりの死体はどこへ埋めたんだ？」

デシャントは猛スピードで車を走らせ、住宅や広告掲示板(ビルボード)の前を飛ぶように通過し、車線を縫うように車を追い越して自分の所有地へと続くアスファルト道に入った。

急ハンドルのせいで溝に突っこみかけ、肝を冷やしてようやくスピードを落とす。

しかし三キロを過ぎた地点で、破れたフェンスとだらりと垂れさがる四本のワイヤーを目にするなり、彼は車から飛び降り、毒づきながら駆け寄った。背の高い草むらの中に四輪バギーのタイヤ痕が見える。彼は激高した。

「四輪バギーで走りまわるティーンエージャーどもだな。わたしのフェンスを壊したやつは首の骨を折ってればいいんだ」ぶつぶつ言いながら、フェンスがなくなったので、少なくとも水辺まで徒歩ではなく車で行けることに気がついた。

車で溝を越えるのには多少苦労したものの、どうにかうまくいった。あとをつけられていないか確かめるのに気を取られ、四輪バギーの轍が入り江まで続いているのを彼は見落とした。

ここへ戻るのはあの夜以来初めてだが、自分たちが立っていた場所の見当はついた。地面をにらんで周辺一帯を歩きまわり、それらしきものを探したが、目に入るのは草と倒木だけだった。

ここには見るものは何もない。彼はそう確信すると車へ戻り、自分のタイヤ痕をたどってアスファルト道に乗り、自宅を目指した。誰かを行かせてあのフェンスを直させなければ。万が一、あの女があそこにたどり着いたときに、捜索を楽にしてやることはない。

今度はゆっくりとしたスピードでブルージャケットへ戻ると、自宅に寄って妻を拾い、ニューオーリンズへ向けて出発した。車で一時間以上かかるが、何週間も前から買い物へ連れていく約束をしていた。それに今日は祝いたい気分だった。

16

エヴァンスは郡保安官に電話を入れると、自分が抱えている事件の進捗状況を報告し、お互いが追っている殺人犯は同一人物でほぼ間違いないことを伝えた。デシャントが北へ走り去るのを見送ったあと、彼はカメラに何が映っているかを確かめることにした。そこで援護役にケニー・マッケイを従え、車二台で出かけた。フェンスが破れているところまでたどり着くと、エヴァンスは用心しながら車で溝を越えた。すると四輪バギーの轍の上に別の車が出入りした跡が残っていた。彼はほくそ笑んだ。

一方、ケニーは狐につままれたような顔をしている。

「署長、何を探しに来たんですか？」

「ケニー、ドブネズミをつかまえに行くぞ」エヴァンスはそう言うと、入り江まで車を進めて停車した。

「ついてこい」車を降り、最初に設置したカメラへと向かう。取り外してパトカーへ引き返し、カメラがとらえた映像を調べた。

最初のほうは草間にかろうじて見える動物の映像の連続で、彼は夜間の場面を飛ばして、その日の最新映像へと早送りした。

「見てください、車がやって来ますよ」ケニーは小さな画面の左側を指さした。

エヴァンスは微笑した。車に見覚えがあるだけでなく、ドライバーも知っている。

ケニーは画面に顔を近づけた。

「これ、町長じゃないですか。こんなところで何をしてるんですかね？」

エヴァンスは何も言わずに小さな画面を見つめた。ローガンが、兄はここで倒れたと言ったまさにその場所をバートン・デシャントはぐるぐると歩いていた。

彼はカメラを止めてケニーに渡した。

「車の後部座席にこれを置いたら、わたしについてきてくれ。帰る前に残りのカメラを外す。それから足もとには気をつけろ。ここにはヘビと同じくらいアリゲーターがうようよいるからな」

「ひい」ケニーは身震いし、言われたことをやった。

三十分後、ふたりはカメラをすべて回収して帰路についた。残りの映像も観て、捜索令状を取得するのに充分な証拠があるかを確認する必要があった。ローガン・タルマンへの発砲事件で使用された薬莢は見つかっている。郡保安官はダニー・ベイルズの遺体から銃弾を取りだし、いまはバートン・デシャントが自身の名前で登録された銃を所持しているかを調査しているところだ。欠けているのは死体だけだった。デシャントはデイモン・コンウェイ殺害後、遺体をその場に放置したものの、それはローガンが埋めている。ほかの死体はデシャントが埋めているようエヴァンスは願った。打ち捨ててアリゲーターに片付けさせたのではなく。

捜索令状を取るため裁判所へ提出する書類をまとめていると、アーニーが執務室へ入ってきて、デスクに一枚の書類を置いた。

「いま届きました、署長。デルタ・ヴェンチャーズの所有者に関する情報ですよ」

エヴァンスはアーニーの退室を待たずにそれを読みだした。記載された名前に目をとめてにやりとする。パズルのピースがまたひとつはまった。所有者はバートン・デシャントだ。

ウェイドとローガンは車で〈バーニーズ〉へ出かけて朝食をとったあと、モーテルへ戻る代わりに、ローガンが育った場所を見たいと彼が言ったので、ローガンは道案内をすることにした。

公園の前を通り過ぎ、続いて高校、フットボール用グラウンドの前を通過する。ローガンは兄のかつての働き先や、ケイトリンが育った瀟洒な大邸宅を指さした。そして町のサウスサイドへ入った。

住民の暮らしぶりがそれまで見ていたものとがらりと変わったことにウェイドは気がついた。ローガンは、兄とともに暮らしていた家へと案内しながら、ダッシュボードに手をつき、兄の姿を探すかのようにわずかに身を乗りだした。

数軒先の木陰にたたずむ数人の男たちを指さして、彼女がいきなり叫んだ。「ストップ」

ウェイドがブレーキを踏むと、男たちのひとりが振り返ってこちらを見た。すぐに仲間から離れて車へ近づいてくる。

「あれがわたしの命を救ってくれた男性よ」ローガンはそう言って外に出た。

ウェイドは歩道沿いに駐車し、車を降りて彼女に続いた。

先にエンジンのうなりが聞こえ、Tボーイは誰が来たのかと顔をあげた。ローガンの車だと気づいたときの胸のうずきは、彼女に惚(ほ)れられたくて躍起になっていた頃の名残だ。いまだにローガンに惹(ひ)かれ、Tボーイは彼女が乗っているのを期待して車へ近づいた。車から彼女が出てくるのが見えた。すらりとした美人なのは昔もいまも変わらないが、腕を吊っている。そしてローガンはTボーイへ向かって歩いていた。

ふたりは通りの真ん中で向かい合った。子どもの頃に数えきれないほどそうしたように。ただし今回、彼女は微笑んでいる。

「あなたがわたしの命を救ってくれたと聞いたわ」

Tボーイは肩をすくめた。

「友人が倒れてたんだ。当然だろ?」

「あなたに一生感謝するわ」ローガンは片方の腕を彼の首に回して抱擁した。

それはTボーイが二度とふたたび手にすることのない瞬間であり、先に彼女がそうしたので、彼もローガンの体にごくごく優しく両腕を回し、抱擁を返した。ついに、これだけの歳月が経ってから、自分が彼女に惚れているのと同じくらい、彼女が自分に惚れていたら、どんな人生だったかを知ることができた。

彼女の肩越しに視線をあげると、大柄なカウボーイが車から降りてこっちへ近づいてくるのが見えた。たいした男前だ、年は自分たちより上だろう。しかし男の表情は、すでに彼女は人のものであることをTボーイに告げていた。

Tボーイはローガンの背中をそっと叩いて後ずさった。

「通りでたむろする不良からあんたを守るために増援のおでましだ」彼はからかった。

ウェイドのことだとローガンにはわかった。

「彼はわたしの部下よ」彼女は隣へやって来たウェイドに紹介した。「ウェイド、こちらはTボーイ。幼なじみよ。そして救急車が来る前にわたしが失血死するのを止めてくれた男性でもあるわ。Tボーイ、こちらはウェイド・ギャレット」

ウェイドはTボーイの手を取り、感謝の気持ちを込めて握った。

「お会いできてよかった。彼女なしでは、おれも、向こうで待ってる連中も、途方に暮れる」

「こちらこそどうも」Tボーイが言い、その瞬間、もっとましな選択をしていればよかったと心の底から悔やんだ。

振り返り、仲間に声を張りあげる。

「よう、みんな。コンウェイだぞ。今日はあのおっかないバットは持ってない。挨拶しに来いよ」

ローガンはウェイドを見あげて苦笑いした。

ウェイドはステットソン帽を頭の後ろに押しやり、住民たちが何事かとポーチへ出てきて、彼女に気づくのを眺めた。彼女が町へ戻ってきたことはみんな知っていたし、いまではその理由も判明した。そして彼女はここで暮らした仲間だった。

彼らはローガンを取り囲み、おしゃべりをして笑い、けれども彼女にぶつからないよう充分に気をつけた。ローガンから話を聞くまで、Tボーイが彼女の命を救うのにひと役買ったことは誰も知らなかった。

毒づかれる代わりに称賛されたそのひとときをTボーイは生涯忘れないだろう。

ウェイドのほうは、ローガンのこれほどくつろいだ姿を見るのは初めてだった。これが本来の彼女だ。秘密を抱えていないひとりの女性。

ジョシュ・エヴァンスは捜索令状を手に入れたが、肝心の相手がいなかった。バートン・デシャントとその妻シュガーは家を留守にしていた。

料理人兼家政婦のルーシーから、ご夫妻はニューオーリンズへ買い物に行かれましたと告げられたところだ。家宅捜索をするのに夫妻がいる必要はない。ルーシーに令状を受け取らせることもできるが、エヴァンスは、動揺したデシャントが口を滑らせるのを狙っていた。

「ご帰宅はいつになりますか？」エヴァンスは尋ねた。

「奥様から今夜は何か特別な夕食を用意しておくよう電話がございましたので、五時か六時にはお戻りになられるかと。夕食は七時と決まっておりますから」

「そうですか、それならいいでしょう」そこでエヴァンスはふと思いついた。「ところでルーシー、ちょっといいかな。前の奥さんがここにいたときも、あなたはこの家で働いていたんですか？」

「ミス・フェイスのことでしょうか？　ええ。それはお優しい奥様で。穏やかな話し方をされる品のいい方でした」

「彼女が家出をしたとき、あなたは家にいましたか？」

「いいえ。あのときはちょうど、旦那様がわたしと主人を七日間の蒸気船の旅へ送りだしてくださっていました。あれは一生の思い出です」

「それはすばらしい。何か特別な機会だったんですか？　あなたの誕生日……もしくは結婚記念日とか？」

「いいえ。旦那様からの突然のプレゼントで、わたしもびっくりしました」

エヴァンスはうなずいた。あらかじめ目撃者を排除しておいたのだろう。

「それでは……旅行から戻り、ミセス・デシャントが失踪したと聞いたときは驚かれたでしょうね」

ルーシーは肩をすくめた。

「たしかにそううかがいましたが、いまだに信じていいものやら。ミス・フェイスはそういうお方ではありませんでしたから」

「では、あなたは彼女の身に何が起きたとお考えですか？」エヴァンスは尋ねた。

ルーシーは眉根を寄せた。

「わたしにはわかりようがございません。いまでもどこか引っかかっておりますが。ミス・フェイスがいなくなってから、初めてここへ戻ってきましたとき、旦那様はバラ園でバラの植え替えをされていました。いつもあそこで過ごされて、本当にバラがお好きなんです。ええ、株の中には百歳近くになるものもあると旦那様はおっしゃってます」

ミス・ルーシーを両腕に抱えあげて玄関ホールを飛び跳ねたい気分だ。エヴァンスはその衝動を抑えこんだ。これで遺体を埋めた場所がわかったぞ。

「どうも、すっかり時間を取らせてしまいましたね。重ね重ねありがとうございました」

「どういたしまして」そう言うと、ルーシーはキッチンへ引き返していった。

エヴァンスは玄関を出ると、裁判官の執務室へ電話を入れ、発行ずみの家宅捜索令状に建物の外回りも含めるよう修正を要請した。その理由を秘書に説明し、これから取りに行くと伝える。そのあと、彼は郡保安官のエルウェイにも電話をかけた。

モーテルに戻ったローガンは、ベッドの上で体を伸ばした。疲れてはいても、心は穏やかだ。ウェイドは携帯電話を耳に当ててうろうろと歩きまわり、彼女に聞こえないよう声を低めてしゃべっているものの、いらだっているのが感じ取れた。自分がこれほど彼を怒らせるところは見たくないものだと考えていると、彼がマグワイアの名前を口にするのが聞こえ、それで彼女の仕事に関わる話をしているのだとわかった。

ローガンはベッドの上で体を起こした。

「ウェイド！」

彼はちらりと目をやり、言った。「ちょっと待ってろ」携帯電話を手で覆う。「どうした、ハニー？」

「現場で何があったの？」

ウェイドはためらった。

彼女は立ちあがると、アームスリングをしたまま、携帯電話を渡すよう手を伸ばした。

ウェイドはまっすぐ彼女のもとへ歩み寄った。

「マグワイアが酔って現場に現れ、テーブルソーを作業トラックの荷台に乗せようとしていたところを、ほかの作業員が止めたらしい」

彼女の目がすっと細くなる。

「いまは誰が電話に出ているの？」

「エンゾ・ベヘニャだ」

彼女は電話を受け取った。

「エンゾ、ローガンよ」

「ボス・レディ。声を聞けてよかった。体は大丈夫ですか？」

「わたしは元気よ。ウェイドが言っていることは事実？　マグワイアはお酒を飲んで仕事場へ来たの？」

「そうなんです、シニョーラ。それでテーブルソーを持っていこうとしていて」

「持っていってどうするの？」

「売るそうですよ。ボスが給料を支払わないから、給料代わりにそれを持っていくんだとレンガ職人のひとりに言ってました」

「それは大嘘よ」ローガンはぴしゃりと言った。「警察に連絡して。窃盗未遂で逮捕させなさい。警察には、彼が酔っ払って仕事場へ来たことと、わたしが告訴する旨を伝えるように」

「シ・シニョーラ、そうします」

「頼むわよ、エンゾ。またあとで連絡して。ウェイドに替わるわ」

ローガンは携帯をウェイドに返すと、自分のバッグを探しに行った。

ウェイドは、マグワイアが逮捕されて現場から連行されたらすぐに連絡するようエンゾに言って、電話を切った。

ローガンはすでに自分の会計士に電話を入れ、給料が滞りなく支払われ、誰の給与も留保されていないことを確認した。通話を終えたとき、彼女はそれまで以上にかんかんになり、その電話でわかったことをウェイドに伝えた。

「マグワイアはあなたの代わりに費用を立て替えたと主張して、会計士にその分の小切手を振りださせようとしたそうよ。酔っているような声で、会計士に断られると、罵詈雑言(ばりぞうごん)を吐いて電話を切ったんですって」

ウェイドはあきれて首を振った。「マグワイアのこんな態度はこれまで一度も見たことがない。きみはあるか？」

「いいえ。それに、アンドリューが亡くなったあと、あなたの代役をまかせたことも二、三度あった。あなたもいなくなり、わたしがここで生きてるか死んでるかもわからないから、いまなら簡単に金をふんだくれると考えたんでしょう」

「すまない」ウェイドは言った。「おれが彼を責任者に任命した」

「わたしだって、その前に彼を何度か責任者にしてる。お互いに彼の本性を見抜けなかったのね。いまさら仕方がないわ」彼女は言った。「だけど、わたしたちが戻るまで、現場の段取りを誰にまかせればいいかしら？　あなたが帰るのが一番——」

「それはだめだ」ウェイドは言った。「二度ときみをひとりにするものか。おれが帰るときはきみも一緒に行く」

心ひそかにローガンはほっとした。

「そうだわ、サージはどう？　もう引退しているけど、アンドリューがよく言ってたの、あれほどうまく現場を仕切れる人はいないって」

ウェイドはうなずいた。

「名案だ。彼の電話番号ならわかる。手が空いていて、働けるかきいてみよう」

「働くといっても、いわば交通整理程度のことよ。それをちゃんと伝えて」

「これから彼に電話をする」ウェイドは言った。

傷が痛んだ。ローガンは時計に目をやった。最後に鎮痛剤を飲んだのは朝食の前だ。彼女はもう二錠飲んでベッドに横になり、薬が効くのを待ちながら考えをめぐらせた。湿地帯に仕掛けたカメラは成功するだろうか。兄のために正義を求めているとはいえ、いまやダラスへ戻る必要があるのもはっきりしていた。

シュガーは新しい服や新しい靴のことを上機嫌でぺちゃくちゃしゃべり、街で見てもらった占いの話を持ちだし、くすくす笑った。

「想像できる？　占いで言われたでしょう、何か大きなことがわたしたちを待ち受けているんですって。いったい何かしらね」

「占いなど、わたしは信じないよ」ビッグ・ボーイは言った。

シュガーは口をとがらせた。

「ふん。わたしは信じるわ。あなたもいまにわかるわよ」

彼は小さく笑った。

「そうむくれるな。奥様同士の食事会に着ていく新しい服を買っただろう。きみはきっとそこで一番の美人だ。いつだってきみはそうだ」

シュガーが幸せそうに笑う。

「もう、ハニーったら。わたしをうれしがらせるのが上手なんだから」

「それはわかってるよ」ふたりは声を合わせて笑った。

自宅のドライブウェイに車を入れたときも、ビッグ・ボーイは楽しい気分で、今夜の夕食はなんだろうと考えていた。

「ああ。やっぱりわが家が一番ね」シュガーがシートベルトを外す。

ドアハンドルに手をかけ、バックミラーを見あげたビッグ・ボーイは顔をしかめた。

「なんの騒ぎだ？」つぶやいて車の外に出る。


エヴァンス署長は警光灯を点滅させ、サイレンを鳴らしてデシャントのドライブウェイに車を乗り入れた。後続のパトカー四台も警光灯とサイレンを使用している。捜索令状を手に車から降りたエヴァンスは、デシャントの顔つきを目にし、逃げられる前に相手をつかんだ。

「バートン・デシャント、これはあなたの家を捜索する令状、こっちは屋外を捜索する令状だ」二枚の令状をデシャントのポケットに押しこむ。

「やめろ！」デシャントはわめいた。「理由は？　なんなんだ、これは？　正気の沙汰じゃない。その手を離せ！　わたしは悪いことなど何もしていないぞ」

エヴァンスは平然とし、補佐役のひとりにデシャントを渡した。「逃走を図らないよう見張っていてくれ。捜索のあと、彼に尋問する」

シュガーは唖然としていたが、夫に手錠がかけられるなり、悲鳴をあげながら走りでた。

「何をしてるの？　やめて！　彼を放して、放してったら！」叫び、エヴァンスに駆け寄る。「どういうつもりか知らないけど、これは全部とんでもない間違いだわ」

「どいていてください、奥さん。お宅と家のまわりを捜索する令状を取ってあるんです」

「こんなこと起きるはずがないわ！」シュガーは金切り声をあげたが、ケニー・マッケイ巡査に引っ張って連れていかれた。警官二名が署長に手を貸しにやって来る。デシャントは最後尾のパトカーの向こうへ目をやった。ブロックの端に黄色の小型ショベルカーが現れた。それが自分の家に向かっているのに気づいたとき、彼は生まれて初めて恐怖を覚えた。

「あのショベルカーで何をする気だ？」彼は叫んだ。

エヴァンスは彼に面と向かって言い放った。「われわれはこれから敷地内を捜索する。屋内と屋外の両方です。あなたが妻フェイスとジャスティン・バティストの遺体をここに埋めたと信じる根拠がある」

デシャントはあんぐりと口を開け、やがてわめき散らしだした。

「だめだ。わたしの庭を掘り返すなんて許さない。バラだけでも値段のつけようがないほどの価値がある。百歳になる株があるんだ。歴史を破壊する気か！」

バートン・デシャントはたったいま、自覚もなしに遺体を埋めた場所を白状し、自分で自分の首を絞めた。

ショベルカーが近づき、哀れな声を発してシュガーも近づいてくる。

「やめて、やめてちょうだい、署長さん！」彼女は懇願した。「どうしたらこれが間違いだとわかってもらえるの？」

「ご主人が銃を保管している場所を教えてください」

「書斎よ」シュガーは言った。「ご案内するわ。それであなたの間違いが証明できるはずよ」

ビッグ・ボーイは衝撃に打たれた。この女はなぜ銃があることを知ってる？ しかも隠し場所まで？ 次の瞬間、彼は頭をのけぞらせて怒りの咆哮を発した。この女のために人まで殺したというのに、こいつはいま目の前で彼を裏切ったのだ。

「このあばずれめ！ 何をやってるんだ？ セックスがうまくなければ、おまえもとうに埋めていた」

シュガーは息をのみ、まるで初めて見るかのように夫を凝視した。その瞬間、ビッグ・ボーイは自分が何を言ったかに気がついた。がくりとうなだれて目をつぶる彼に、エヴァンスは容疑者の権利を読みあげた。ショベルカーはどんどん近づいてきた。

デシャントを乗せようとエヴァンスがパトカーの後部座席のドアを開けたとき、ショベルカーが到着した。運転手は警察官でいっぱいのドライブウェイを迂回し、手入れの行き届いた芝生をのぼりだした。後にはタイヤの跡がギザギザと残された。

デシャントは車に乗りこみかけて動きを止め、木蓮(もくれん)の木の横を車体を揺らして通過するショベルカーを恐怖の目で見つめた。ショベルカーは角を曲がって裏手の庭園へ向かい、視界から消えた。

ビッグ・ボーイはうめき声をあげ、濡れた犬が水を振り払うように、垂らした頭をぶるぶると振った。

「やめさせろ」彼は言った。

エヴァンスは身をかがめた。

「悪いが聞こえなかった。なんと言った?」

「やめさせろと言ったんだ！　バラを掘り返させるな」

「あいにくだが、見つけなければならない遺体があり、悲しみに暮れている遺族がいる。遺体と犯人を見つけるのがわたしの仕事だ」

「わたしがやった」ビッグ・ボーイは言った。

「何をだ？」エヴァンスは尋ねた。

「わたしが殺した」

「聞こえないな」

ビッグ・ボーイは彼を振り返って怒鳴った。

「わたしが殺したんだ。シュガーがほしかったからフェイスを殺した。フェイスが姿をくらます理由が必要だったからジャスティンも殺した。頼む、いますぐやめるよう運転手に言ってくれ。バラを掘り返させるな」

エヴァンスはさらに自供を引きだそうとたたみかけた。「デイモン・コンウェイを殺したのは妻殺しの依頼をはねつけられたから、ダニー・ベイルズを殺したのはデイモン・コンウェイが殺された夜に車を借りたことを思い出されるのを恐れたから、そうだな？」

デシャントは焦っていた。ショベルカーがぎしぎしと音をたてて進むのが聞こえ、美しいバラの茂みがずたずたに引き裂かれるのが目に浮かぶ。彼はうなった。もはや逃げ道はない。「そうだ、その通りだ、わたしがやった……ふたりともわたしが殺した。これでいいだろう、やめさせてくれ。わたしのバラを掘り返すな」

エヴァンスは補佐役のひとりにうなずきかけた。

「ヘンリーにショベルカーを町の倉庫へ戻すよう伝えてくれ。遺体を掘り起こすときにまた使う」

「わかりました」補佐役は駆け足で去っていった。

「ちなみに、遺体はどこへ埋めたんだ？」エヴァンスは尋ねた。

デシャントはうなだれた。

「庭園の中にレンガ敷きの小道が通っている。その突き当たりにあるベンチの下だ」

エヴァンスは彼の腕をつかんだ。

「もしも嘘だったら、庭園を丸ごと掘り返すだけでなく、焼き払ってやるからな」デシャントを後部座席へ押しこむ。「頭に気をつけろ」そう言って、相手の鼻先にドアを叩きつけた。

一時間後、全員が署へ戻り、デシャントの銃とサイレンサーを証拠物件として登録し、当人を留置場へ収容した。デシャントが独房に勾留された件は、町を騒然とさせた一週間のクライマックスとなった。デシャントはすべての騒ぎを引き起こした怪物だ。

服を着替えさせられ、顔写真の撮影と指紋を取られる屈辱に憤慨し、デシャントは簡易ベッドにどさりと腰をおろした。自分の前にどれだけの犯罪者がここへ収容されたんだ？　そう考え、彼は身震いした。

エヴァンスは独房のドアに鍵をかけると、執務室へ行ってジョニー・バティストに電話をかけた。

「もしもし」ジョニーが応答した。

「ジョニー、エヴァンス署長だ。親戚全員にきみの家に集まってもらうのに、どれぐらい時間がかかる？」

「どれぐらいと言われても、署長。少なくとも一時間、もう少しかかるかもしれないですね」

「では、すぐに連絡を回してくれ。きみたちに報告することがある。全員に一度に話をしたい」

ジョニーは不安に駆られながらもためらいはしなかった。

「わかりました。みんなをここへ集めます」

「ではまたあとで」エヴァンスは言い、次にウェイド・ギャレットに電話をした。

「ウェイドだ」

「エヴァンス署長です。ふたりともモーテルに？」

「ああ」

「これからうかがいます。報告することがあるので」エヴァンスは言った。

電話を切り、続いてステラ・ベイルズにもう一本電話を入れる。

ウェイド・ギャレットとは違い、ステラは電話に出るのが遅かった。そして応答したときには背後でたくさんの物音がした。さらに家族が到着したのだろう。

「もしもし、ステラよ」

「ステラ、署長のエヴァンスです。大勢集まっているようですね」

「ええ、騒々しいでしょう」

「よろしければわたしもお邪魔させてもらおう。お伝えしたい新たな知らせがあります」

「どうぞ。みんな家にいるわ」

エヴァンスは電話を切ると、今度は自宅にかけた。呼び出し音を聞きながらリーニーの声を待つ。やがて彼女が電話に出た。

「もしもし」

「リーニー、わたしだ」

「ハイ、スイートハート！　これからお帰りになるの？」

「いや、まだだ。先にいくつか家を回り、それから帰る」

「ずいぶんサイレンが鳴っていたわ」彼女が言う。「事件が解決したのね？」

エヴァンスは妻の声に笑みの響きを聞き取った。

「ああ、リーニー。すべて解決だ」

ウェイドとローガンはベッドに腰かけ、ドアがノックされるのを落ち着かない気分で待った。

「なんの話かしら?」ローガンは尋ねた。

「サイレンを聞いただろう。いい知らせだと思うぞ」

ローガンは彼の肩に頭をもたせかけた。

「そうだといいわね。デイモンを見つけて、ダラスへ帰りたい」

「ああ。おれもそう願ってる、きみのために……おれたちふたりのために」

耳をそばだてていたので、ついにノックの音がすると、ふたりして飛びあがった。

けれどドアへ向かったのはローガンだった。

「どうぞ」招じ入れて自分はふたたびベッドに腰をおろし、椅子二脚を男性たちに譲る。だが、ウェイドは彼女のそばを離れなかった。署長が話し始めると、彼女の腰に腕を回した。

エヴァンスは、ローガンの兄がデシャントの最初の被害者である事実に敬意を払い、一番にここを訪れた。彼はふたりが座っているベッドの前へ椅子を引くと、自分がここにいる理由を単刀直入に切りだした。

「バートン・デシャントを逮捕した。あなたの兄デイモン、彼の妻フェイス、ジャスティン・バティスト、ダニー・ベイルズ殺害の容疑です」

「ええっ、どうして犯人がわかったの？」ローガンは尋ねた。

「カリフォルニアから到着したダニー・ベイルズの元妻が、サウスサイドでジョディ・ベイルズが殺されたのと同じ夜に、ダニーのシルバラードを借りた男がいたと証言してくれたんです」

ローガンは身震いし、ウェイドに目を向けた。

「誰かはわからなかったけど、通りに遺体があるのを見たわ。デイモンが帰宅する直前の出来事だった」

エヴァンスはそれを聞いてうなずいた。「同じ夜、コニーの兄がダニーのシルバラードを借りていた。妻を葬ろうとした理由は、別の女と結婚するためでした。デシャントが犯人であることは間違いない。本人が自供している」

「バートン・デシャントは、バラ園のある大きな屋敷に住んでいたわよね？」

エヴァンスはうなずいた。

「ええ。彼の妻とジョニー・バティストのいとこ、ジャスティンの遺体はそのバラ園に埋められている。デシャントは、ふたりが不倫関係にあったと言いふらし、妻は男と出奔したことにした。そしてあなたのお兄さんが殺された夜に車を使ったのは自分だと思い出されないよう、ダニーを殺害した」

「とんでもない話だな」ウェイドはあきれて言った。

「これが真相です。それからローガン、郡保安官が全部の関係機関に連絡している。あなたがよければ、明日、お兄さんの遺体の回収を、あなたの立ち会いのもとで始めたい」

「ええ」彼女はささやいた。「これでようやく……ええ、もちろんいいわ。立ち会います。時間だけ教えてちょうだい」

「朝、わたしの車についてきてください。すべての職員が現場に集まるのは九時近くになるでしょう。さまざまな機関からこれだけの協力をこうも迅速に得られるのは例外的ですが、みんなあなたの状況に同情している。明朝、出発前に連絡を入れます」

エヴァンスは腰をあげた。

ローガンも立ちあがり、彼と握手を交わした。

「あなたにはどれほど感謝しても足りないわ」

「あなたとは出だしでつまずいたのが悔やまれる。あれがなければもっと早く解決していたかもしれない」エヴァンスは言った。

「終わったことよ、水に流しましょう」

エヴァンスはうなずき、ウェイドに目を向けた。「では明日の朝」そう言って、立ち去った。

署長が出ていったあと、ウェイドはドアに鍵をかけて振り返り、ローガンを抱きしめた。

「ついにやったな、ボス・レディ。きみはお兄さんを殺したやつを見つけたんだ」

ローガンは彼の肩に頭をのせ、抱擁に身を預けた。

「ええ。あとは兄を見つけるだけだわ」


エヴァンスは次にベイルズの家へ行った。庭には車が何台もあったため、道路に停めた。家へ向かって歩いていると、ステラとコニーが彼を出迎えた。

「どんな話にしろ、中へ入って、みんなで一緒に聞かせてちょうだい」ステラが言った。

「ええ、いいでしょう」彼はふたりに続いて中へ入った。

ステラはエヴァンスを紹介して椅子を勧めたが、彼はそれを断った。

「長居はしません。現在の状況を伝えに来ただけなので。詳細はのちほどご報告しますが、ローガン・タルマンとコニー・ベイルズのおかげで、殺人犯がわかりました」

部屋にいた全員がコニーを見る。彼女は涙で顔をゆがめていた。

「ああ、やっぱりそうだったのね？」コニーが尋ねた。

エヴァンスはうなずいた。

彼女は椅子に崩れ落ちて嗚咽し始めた。

「どういうこと？　あなたたち、何を言ってるの？」ステラは動揺した声をあげた。

自分の知らせがどう受け取られるか、エヴァンスには想像がつかなかった。なにせ犯人はコニーの血縁だ。

「四人を殺害した容疑でバートン・デシャントを先ほど逮捕しました」

ステラは息をのんだ。「バートン？　四人？　彼が人を四人も殺していた？」

「ええ。デイモン・コンウェイ、フェイス・デシャント、ジャスティン・バティスト、そしてあなたのご主人、ダニーです」

ステラは話についていけず、首を横に振った。

「だって、フェイスとバティスト家のあの男は駆け落ちしたのよ」

「いいえ、違います。それはデシャントが自分の犯行を隠蔽するために広めた嘘です。ジャスティン・バティストが犯した唯一の過ちは、間の悪い時に間の悪い場所に居合わせたことだけだ。デシャントは妻が突然姿を消した口実として彼を利用したにすぎない。デシャントはふたりの遺体を自宅のバラ園に埋めている。遺体は数日中に回収する予定です」

部屋に集まった人々が一斉にしゃべりだし、エヴァンスは辞去する頃合いだと察した。質問を浴びせる者もいれば、わっと泣きだす者もいる。

「みなさまにお悔やみを申しあげます。わたしはこれからもう一軒、報告に行かなければならないところがありますので」

ステラが彼の手を取った。

「ありがとう。ありがとう、あたしたちのダニーを殺した犯人をつかまえてくれて」

「ええ。事件が起きてしまったことだけが残念です」そしてエヴァンスは玄関から外へ出た。

車に乗りこみ、気持ちが落ち着くまでしばらく座っていた。ハードな一日の締めくくりだが、望みうる最善の結末ではあった。

二軒が終わり、あと一軒だ。

次はケイトリンとジョニーの家へ車を走らせた。そこでは、親族の車が歩道沿いにずらりと停められていた。屋内は人でいっぱいで、フロントポーチまで溢れでている者や、庭のローンチェアに座っている者もいる。

エヴァンスがポーチの階段をあがるよりも先にジョニーが家から出てきて、彼を中へ迎え入れた。

「署長さんに言われた通り、みんな集まってますよ」

エヴァンスは全員に話が聞こえて彼の姿が見えるよう、戸口に立った。一同が静かになるなり、話を始める。

「先ほどデイモン・コンウェイおよびダニー・ベイルズ殺害の容疑で、バートン・デシャントを逮捕しました」

まさかと驚いて息をのむ音がした。

「みなさんにこの話をお伝えしているのは、すべての悲劇はデシャントが別の女と結婚するために、最初の妻を亡き者にしようとしたことから始まっていたためです。デイモン・コンウェイに妻殺害の依頼を拒絶され、デシャントは彼を殺したが、その結果、デシャントは自分の手で妻を始末しなければならなくなった」

あっと声があがり、ささやきが広がる。エヴァンスがここにいる理由がわかり始めたようだ。

「みなさんに知っていただきたいのは、ジャスティン・バティストはなんの関わりもなかったということです。妻が消えた理由をデシャントが必要としていたときに、彼はたまたまそこに居合わせただけでした。デシャントはふたりを殺して自宅のバラ園に埋めました。ジャスティンは奥さんを捨てたのではありません。彼は被害者でした、ほかの人たちと同様に。詳しい取調べはこれからで、遺体は数日中にすべて回収する予定です。ジャスティンの奥さんはここにいますか？」

茶色い髪の小柄な女性が立ちあがった。

「ライラ・バティスト。ジャスティンの妻です」

「このたびはお悔やみ申しあげます。ご主人の遺体を回収後、警察から連絡が行きますので、どうかそのあとできちんと埋葬されてください」

「ありがとう」彼女が言った。「夫が亡くなっているのはわかっていました。ただ夫の身に何が起きたのかがわからなくて。彼が家出なんかするはずないとみんなに言ったんです。何度も言ったのに、誰も信じてくれなかった」

悲しみに暮れる寡婦のまわりに親族が集まりだす。エヴァンスは外へ出て自宅に向かった。遺体の回収が始まる前に、愛する妻と過ごすひとときが必要だった。この夏が終わったとき、自分は心から安堵することだろう。


ブルージャケットでは重苦しい夜になった。

ローガンはベッドの中で眠るために気持ちを静めようとし、ウェイドはその隣に体を横たえ、彼女の緊張を感じ取っていた。

ローガンは湿地帯に十年間埋められていたデイモンと対面する心の準備をしていた。ウェイドは彼女が眠れないのに気づきながらも、どんな言葉をかければいいかわからなかった。

「ボス・レディ、その重荷をきみの肩からおろすことができるなら、おれはなんでもする。だがおれにはできないし、おれはその事実を受け入れよう。これはきみの悲しみだ。ただ、おれがここにいるのはわかっていてほしい。明日はおれに寄りかかっていろ。無理をして体に差し障るようなことはしないでくれ、いいな？」

ローガンは彼の言葉に約束を聞き取り、愛を感じた。

「ええ。明日は悲しくてつらい一日になるでしょうけど、兄の体を転がしてあの穴に落とした夜と比べればなんでもない。そうよね？」

「ああ。今度はおれがついている」

ローガンは安心して目をつぶり、ウェイド・ギャレットの腕に抱かれてようやく眠りに落ちた。


雲ひとつない晴れわたった朝が訪れた。メキシコ湾の潮風のしょっぱさが口の中に感じられそうなほど湿度が高く、大気が重い。

エヴァンス署長の車に続いて遺体の発掘現場へと向かうあいだ、ウェイドとローガンは無言だった。ローガンは今日一日に備えて気持ちを引き締めた。ウェイドが一緒にいてくれるのがありがたい。

ルイジアナ州捜査局の現場捜査班はすでに到着して待っていた。ここでは彼らが作業を指揮する。

郡保安局の警官も出動しており、回収チームの安全を確保するため、必要が生じればただちにアリゲーターやヘビを駆除できるよう、武器を抜いて立っていた。

ブルージャケット郡区のエヴァンス署長は、ひとつにはローガンのために、ひとつにはこの事件を解決した当人であることから、この場に立ち会った。

ローガンは現場に到着するなり、デイモンが撃たれて倒れた場所と、彼を埋めた場所、両方の地面にスプレーでバツ印をつけるよう求められた。彼女は現場捜査官に穴の中の略図を描いた紙を手渡した。そこには遺体にたどり着くまでに出てくるであろうものが詳細に記され、チームの全員が彼女のしたことに舌を巻いた。

ローガンの略図では、彼女が転がして入れた大きな石がふたつ、一番上に描かれていた。

その下には倒木が何本も重なり合い、さらにその下に防水シートにくるまれた彼女の兄の遺体があった。

捜査官たちは折りたたみ椅子を木陰に広げて彼女を座らせると、周囲の草をすべて踏み倒してヘビを追い払ってから、シャベルで慎重にひとすくいずつ土を掘り返し始めた。

相変わらずの炎天で、すでに気温は地獄でもこれよりはましだと思うほど高く、体を流れる血はどろりとした液体と化し、心臓はその分速い鼓動を打ってひたすら血液を押しだした。

太陽が高くあがるにつれて気温は上昇する一方だ。木陰にいようと、そよとも風の吹かない湿地の濃厚な大気からは逃れられなかった。

最初のうち、ローガンはじっと座っていたが、穴の最初の層が取り除かれると、ウェイドはどこへ行ったのだろうと視線をあげた。すると、開けた場所の向こうで、木々のあいだに動くものがあった。腕に鳥肌が立ち、彼女はよく見ようと立ちあがった。もう何もない。彼女はふたたび腰をおろした。

大勢の人々と作業の物音で発掘現場はざわめきに包まれている一方で、湿地はしんと静まり返っていた。大気はさらに重みを増した。汗がだらだらと流れ落ちる。

巨大な石が出てきたとき、土を掘り返していた男たちはその大きさに驚嘆し、改めて敬意の目でローガンを見た。

ローガンは彼らの視線に気づかなかった。また立ちあがり、木々の奥に目を凝らす。何かが、いいえ、誰かがあそこにいる。肩、それから長い脚がちらりと見えた。彼女の鼓動は速くなり、懐かしい姿がまぶたによみがえる。

あれはまさか！

ウェイドが背後へやって来て、冷えた水のボトルを彼女に渡した。ローガンは渇いた喉をうるおし、何も言わずにボトルを返した。

一時間、さらにもう一時間が経過し、六十センチほど土を掘り返したところでシャベルが腐った木に当たり、ローガンの胃は締めつけられた。

彼女はもう一度立ちあがると、彼が木々のあいだを縫ってこっちへやって来るのを見つめた。あれが誰かはもうわかっている。彼女は愛情を感じた。彼は見届け、お礼を言いにここへ来たのだ。

不意に、穴の中にいた男たちのひとりが立ちあがった。

「見つけました」彼が言う。

ローガンはウェイドの腕を押しのけて前へと進み、穴の縁に立った。

「危ないですから、さがってください」警官が注意する。

「わたしが兄をそこに埋めたのよ。わたしは兄に戻ってくると約束した。兄が穴から出されるところを見届ける義務がわたしにはあるわ」

ウェイドはローガンの腰に腕を回すと、耳にささやきかけ、安全な場所まで彼女を引き戻した。

「おれに寄りかかるんだ」

彼女はそうした。

発掘していた捜査官は小ぶりのシャベルをさらに小さなスコップと刷毛に持ち替え、劣化した防水シートの上から土や木片をすべてきれいに取り除いた。

男性四人が穴の中へ入り、シートとその中身を慎重に持ちあげると、別のグループがそれを受け取り、穴から運びだして地面にそっとおろした。

穴から出てくるシートをついに目にしたとき、ローガンはウェイドの支えがなければへたへたと座りこんでいただろう。いまや彼女の体は震え、急にひどく冷たくなっていた。

誰かが遺体袋を取りに行き、ほかの者たちはみなシートとその中身に注視したが、ローガンは木立に目を凝らしていた。

小さな影の中に立つ彼の姿がいまやはっきりと見える。彼は動かないが、声が聞こえた。

ありがとう。愛してるよ。振り返らずに、前を見るんだ。

涙で視界がかすみ、それとともに彼の姿が薄れていく。

まるで兄が最後の息を引き取った夜のように、ローガンは喪失感をふたたび味わった。腕をあげて手を振ろうとしたが、彼はすでに消えていた。

「愛してるわ。兄さんが恋しい。安らかに眠ってね」

エピローグ

テキサス州ダラス――一年後

プールの水面に反射した日射しがローガンの目に飛びこんだ。彼女は脚を踏み替えて顔をそむけた。視線を戻すと、ウェイドが水からあがってこっちへ歩いてくるところだった。

ウェイドは背が高いから、彼の首に腕を回すにはローガンは背伸びをしないといけないが、愛を交わすにはちょうどいい身長だ。彼は無条件にローガンを愛しており、彼女はそれを心と体で感じていた。

彼が手を差しだした。

「プールに入ろう、ダーリン」

足を踏みだしたローガンの薬指で、ダイヤモンドが日光にきらめく。ウェイドは唐突に彼女をすくいあげた。

ローガンは笑い声をあげた。幸せすぎて喜びが溢れだす。

「クレイジーな人ね。何をしてるの？」

「きみがぐずぐずしてるからだ」ウェイドは彼女を抱えたままプールの水深が深い側へ飛びこんだ。

悲鳴をあげるローガンをプールがのみこみ、ふたりの体がどんどん沈んでいく。やがて足が底に触れると、ウェイドは思いきり蹴りあげ、今度はふたりの体はどんどん上昇して、笑い声とともに水面から日射しの中へ飛びだした。

訳者あとがき

人が抱えている孤独の形はさまざま、その深さもさまざまかもしれません。シャロン・サラはそれらをひとつひとつすくい取り、物語として描いているように思えるときがあります。

本作のヒロイン、ローガンが胸に秘めている孤独は恐ろしく深く、そして十年間誰とも、愛する夫とさえ、分かち合うことのできないものでした。夫が事故死してから二年後、彼女はようやく孤独の原因となった過去と向き合う決心をし、生まれ故郷であるルイジアナの小さな町、ブルージャケットへ戻ります。そして自分の体に刻んでいるタトゥーの数字に従って、アリゲーターやヘビが棲息する湿地帯へたどり着きます。そこは十年前の満月の夜、彼女が泣きながらシャベルで穴を掘り、愛する兄の遺体を埋めた場所でした。

ローガンは幼くして両親を失い、ただひとり残された肉親、兄デイモンに育てられました。生活に余裕はなく、デイモンは家計を支えるために頼まれればどんな仕事も引き受けていました。ところがある夜、彼は奇妙な電話を受けます。依頼したい仕事があるが、人に聞かれたくないから湿地帯まで来てくれというのです。はじめデイモンは断りますが、提示された報酬金額につられて出向いてしまいます。この会話を盗み聞きしていたローガンは、兄を心配してピックアップトラックの荷台に身を隠し、こっそりついていきました。

はたして、湿地帯に現れた相手の男の依頼は、事故を装って自分の妻を殺してほしいというものでした。もちろんデイモンは言下に断りますが、男はいきなり銃を取りだすと、デイモンを射殺してしまいます。すべてはあっという間の出来事で、ローガンが目撃したのは走り去る男の車のみ。相手の顔も名前もわかりませんでした。次は自分がターゲットになることを恐れ、彼女は兄の死を隠蔽して町を去ることに決めます。暗闇の中で穴を掘るこの描写の恐ろしげなことといったら……。

ローガンが兄を失うのは、彼女が十六歳のときです。その頃から彼女は驚くほど強い意志の持ち主で、十年後には亡き夫の会社を受け継ぎ、建設会社の女社長として大勢の男性を率いて、建設現場で活躍しています。強くなるしかなかった、と彼女自身が語っていますが、故郷の町を捨てたとき、近所の大人たちは誰も当てにすることはできないと考えていたのは、実はまだ幼かった彼女の思いこみにすぎなかったことがのちに判明します。手がかりは車種だけという状況で、いったいどうやって犯人を見つけることができるのでしょうか。とうてい不可能に思えますし、実際、このわずかな手がかりさえも途切れてしまう場面があります。けれども、町の警察署長エヴァンスを筆頭に、思いがけなくも、大勢の町の人たちがローガンを支えていきます。

ストーリーのおもしろさはもちろんなのですが、本作は食事のシーンが多く、南部のいろいろな料理が登場します。ユニークなのが、ウエイトレスが「お肉が好きなら」と薦めるメニュー、チキンフライドステーキ。チキンのステーキ？　と調べてみると、なんと鶏肉ではなく牛肉で、鶏肉のように衣をつけて揚げることからそう呼ばれているという、なんとも紛らわしい料理でした。ほかにも熱々の揚げパン(ハッシュパピー)など、作ってみたくなる料理もあり、ローガンがお店で注文するチコリコーヒーは、ノンカフェインでコーヒーの代替品として、日本でもじわじわと人気になりつつあるらしく、インスタントのものが手軽に入手できます（何を隠そう、訳者はこれをきっかけにすっかりチコリコーヒー派になってしまいました。あたためた牛乳に入れると、やさしい甘さのカフェオレのような味わいです）。こうして知らない町の暮らしを垣間見ることができるのも、小説の醍醐味のひとつでしょうか。シャロン・サラがお届けするサスペンス・ロマンス、みなさまもどうぞお楽しみください。

二〇二〇年一月

ザ・ミステリ・コレクション

悲(かな)しみにさよならを

著者 シャロン・サラ
訳者 氷川由子(ひかわゆうこ)

発行所 株式会社 二見書房
東京都千代田区神田三崎町2-18-11
電話 03(3515)2311［営業］
03(3515)2313［編集］
振替 00170-4-2639

印刷 株式会社 堀内印刷所
製本 株式会社 村上製本所

落丁・乱丁本はお取り替えいたします。
定価は、カバーに表示してあります。

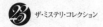

ISBN978-4-576-20022-4
https://www.futami.co.jp/

＊の作品は電子書籍もあります。

いつわりの夜をあなたと
カイリー・スコット
門呉茉莉［訳］

ベティはハンサムだが退屈な婚約者トムと別れようと決心したとたん、何者かに誘拐され…!? ２０１７年アウディ賞受賞作家が贈る映画のような洒落たロマンス！

愛という名の罪
ジョージア・ケイツ
風早柊佐［訳］

母の復讐を誓ったブルー。敵とのベッドインは予期していたが、想像もしなかったのは彼に夢中になってしまうこと……愛と憎しみの交錯するエロティック・ロマンス

かつて愛した人
ロビン・ペリーニ
水野涼子［訳］

故郷へ戻ったセインの姉が何者かに誘拐された。彼はかつての恋人でＦＢＩのプロファイラー、ライリーに捜査を依頼する。捜査を進めるなか、二人の恋は再燃し……

過去からの口づけ
トリシャ・ウルフ
林亜弥［訳］

殺人未遂事件の被害者で作家のレイキンは、事件前後の記憶も失っていた。しかし新たな事件をＦＢＩ捜査官のリースと調べるうち、自分の事件との類似に気づき…

闇のなかで口づけを
レベッカ・ザネッティ
高橋佳奈子［訳］

元捜査官マルコムは、国土安全保障省からあるカルト教団への潜入捜査を依頼される。元信者ピッパに近づいた彼は身分を明かせぬまま惹かれ合い…。官能ロマンス！

許されざる情事
ロレス・アン・ホワイト
向宝丸緒［訳］

連続性犯罪を追う刑事のアンジー。男性との情事中、呼ばれて現場に駆けつけると、新任担当刑事はその情事の相手だったが……。ベストセラー作家の官能サスペンス！

秘めた情事が終わるとき
コリーン・フーヴァー
相山夏奏［訳］

無名作家ローウェンのもとに、ベストセラー作家ヴェリティの共著者として執筆してほしいとの依頼が舞い込むが…。愛と憎しみが交錯するジェットコースター・ロマンス！

二見文庫 ロマンス・コレクション

禁断のキスを重ねて
ジル・ソレンソン
幡美紀子［訳］
警官のノアは偶然知り合ったアプリルと恋に落ちる。だが、彼女はギャングの一員の元妻だった。様々な運命に翻弄される恋人たちの姿をホットに描く話題作！

愛は闇のかなたに
L・J・シェン
水野涼子［訳］
父の恩人の遺言で政略結婚をしたスパロウ。十も年上で裏社会にさえ顔がきくという男との結婚など青天の霹靂だったが、いつしか夫を愛してしまい…。全米ベストセラー！

夜の果ての恋人
アリー・マルティネス
氷川由子［訳］
テレビ電話で会話中、電話の向こうで妻を殺害されたペン。コーラと出会い、心も癒えていくが、再び事件に巻き込まれ…。真実の愛を問う、全米騒然の衝撃作！

危険な愛に煽られて
テッサ・ベイリー
高里ひろ［訳］
兄の仇をとるためマフィアの首領のクラブに潜入したNY市警のセラ。彼女を守る役目を押しつけられたのは最凶のアルファ・メール＝マフィアの二代目だった！

なにかが起こる夜に
テッサ・ベイリー
高里ひろ［訳］
『危険な愛に煽られて』に登場した市警警部補デレクと一見奔放で実は奥手のジンジャーの熱いロマンス！ダーティトーカー・ヒーローの女王の新シリーズ第一弾！

危険な夜と煌めく朝＊
テス・ダイヤモンド
出雲さち［訳］
元FBIの交渉人マギーは、元上司の要請である事件を担当する。ジェイクという男性と知り合い、緊迫した状況のなか惹かれあうが、トラウマのある彼女は……

ダイヤモンドは復讐の涙
テス・ダイヤモンド
向宝丸緒［訳］
FBIプロファイラー、グレイスの新たな担当事件は彼女自身への挑戦と思われた。かつて夜をともにしたギャビンとともに捜査を始めるがやがて恐ろしい事実が……

二見文庫 ロマンス・コレクション

始まりはあの夜 *
リサ・レネー・ジョーンズ
石原まどか［訳］
2015年ロマンティックサスペンス大賞受賞作。過去の事件から身を隠し、正体不明の味方が書いたらしきメモの指図通り行動するエイミーを待ち受けるのは――

危険な夜をかさねて *
リサ・レネー・ジョーンズ
石原まどか［訳］
何者かに命を狙われ続けるエイミーに近づいてきたリアム。互いに惹かれ、結ばれたものの、ある会話をきっかけに疑惑が深まり…。ノンストップ・サスペンス第二弾！

長い夜が終わるとき *
リサ・レネー・ジョーンズ
米山裕子［訳］
理由も不明のまま逃亡中のエイミーの兄・チャドは何者かに捕まっていた。謎また謎、愛そして官能…すべての謎が明かされるノンストップノベル怒涛の最終巻！

夜の彼方でこの愛を *
ヘレンケイ・ダイモン
相野みちる［訳］
行方不明のいとこを捜しつづけるエメリーは、レンという男が関係しているらしいと知る…。ホットでセクシーな男性とのとろけるような恋を描く新シリーズ第一弾！

許されない恋に落ちて
ヘレンケイ・ダイモン
相野みちる［訳］
弟を殺害されたマティアスはケイラという女性を疑い、追うが、ひと目で互いに惹かれあう。そして新たな事件が…。禁断の恋に揺れる男女を描くシリーズ第2弾！

あなたを守れるなら
K・A・タッカー
寺尾まち子［訳］
警察署長だったノアの母親が自殺し、かつての同僚の娘グレースに大金が遺された。これはいったい何の金なのか？ 調べはじめたふたりの前に、恐ろしい事実が……

ミッシング・ガール
ミーガン・ミランダ
出雲さち［訳］
10年前、親友の失踪をきっかけに故郷を離れたニック。久々に家に戻るとまた失踪事件が起き……。〝時間が巻き戻る〟斬新なミステリー、全米ベストセラー！

二見文庫 ロマンス・コレクション

恋の予感に身を焦がして ＊
クリスティン・アシュリー
高里ひろ〔訳〕〔ドリームマン シリーズ〕
グエンが出会った〝運命の男〟は謎に満ちていて…。読み出したら止まらないジェットコースターロマンス！超人気作家による〈ドリームマン〉シリーズ第1弾

愛の夜明けを二人で ＊
クリスティン・アシュリー
高里ひろ〔訳〕〔ドリームマン シリーズ〕
マーラは隣人のローソン刑事に片思いしている。でもマーラの自己評価が2.5なのに対して、彼は10点満点で…。〝アルファメールの女王〟によるシリーズ第2弾

ふたりの愛をたしかめて
クリスティン・アシュリー
高里ひろ〔訳〕〔ドリームマン シリーズ〕
心に傷を持つテスを優しく包む「元・麻取り官」のブロック。ストーカー、銃撃事件……二人の周りにはあまりにも問題が山積みで…。超人気〈ドリームマン〉第3弾

危ない恋は一夜だけ ＊
アレクサンドラ・アイヴィー
小林さゆり〔訳〕
アニーは父が連続殺人の容疑で逮捕され、故郷の町を離れた。十五年後、町に戻ると再び不可解な事件が起き始め、疑いはかつての殺人鬼の娘アニーに向けられるが…

夜の果てにこの愛を ＊
レスリー・テントラー
石原未奈子〔訳〕
同棲していたクラブのオーナーを刺してしまったトリーナ。6年後、名を変え海辺の町でカフェをオープンした彼女はリゾートホテルの経営者マークと恋に落ちるが…

背徳の愛は甘美すぎて ＊
レクシー・ブレイク
小林さゆり〔訳〕
両親を放火で殺害されたライリーは、4人の兄妹と復讐計画を進めていた。弁護士となり、復讐相手の娘エリーを破滅させるべく近づくが、一目惚れしてしまい……

甘い口づけの代償を ＊
ジェニファー・ライアン
桐谷知未〔訳〕
双子の姉が叔父に殺され、その証拠を追う途中、吹雪の中でゲイブに助けられたエラ。叔父が許可なくゲイブに一家の牧場を売ったと知り、驚愕した彼女は……

＊の作品は電子書籍もあります。